無限笑笑

무한소소 5
김현영 新무협 판타지 소설

초판 1쇄 찍은 날 § 2004년 8월 26일
초판 1쇄 펴낸 날 § 2004년 9월 6일

지은이 § 김현영
펴낸이 § 서경석

편집장 § 문혜영
편집 § 장상수 · 김민정 · 최하나
마케팅 § 정필 · 강양원 · 이선구 · 김규진 · 홍현경

펴낸곳 § 도서출판 청어람
등록번호 § 제1081-1-89호
등록일자 § 1999. 5. 31
어람번호 § 제2-0425호

주소 § 경기도 부천시 원미구 심곡1동 350-1 남성B/D 3F (우) 420-011
전화 § 032-656-4452 팩스 § 032-656-4453
http://www.chungeoram.com
E-mail § eoram99@chollian.net

ⓒ 김현영, 2004

ISBN 89-5831-222-X 04810
ISBN 89-5831-024-3 (SET)

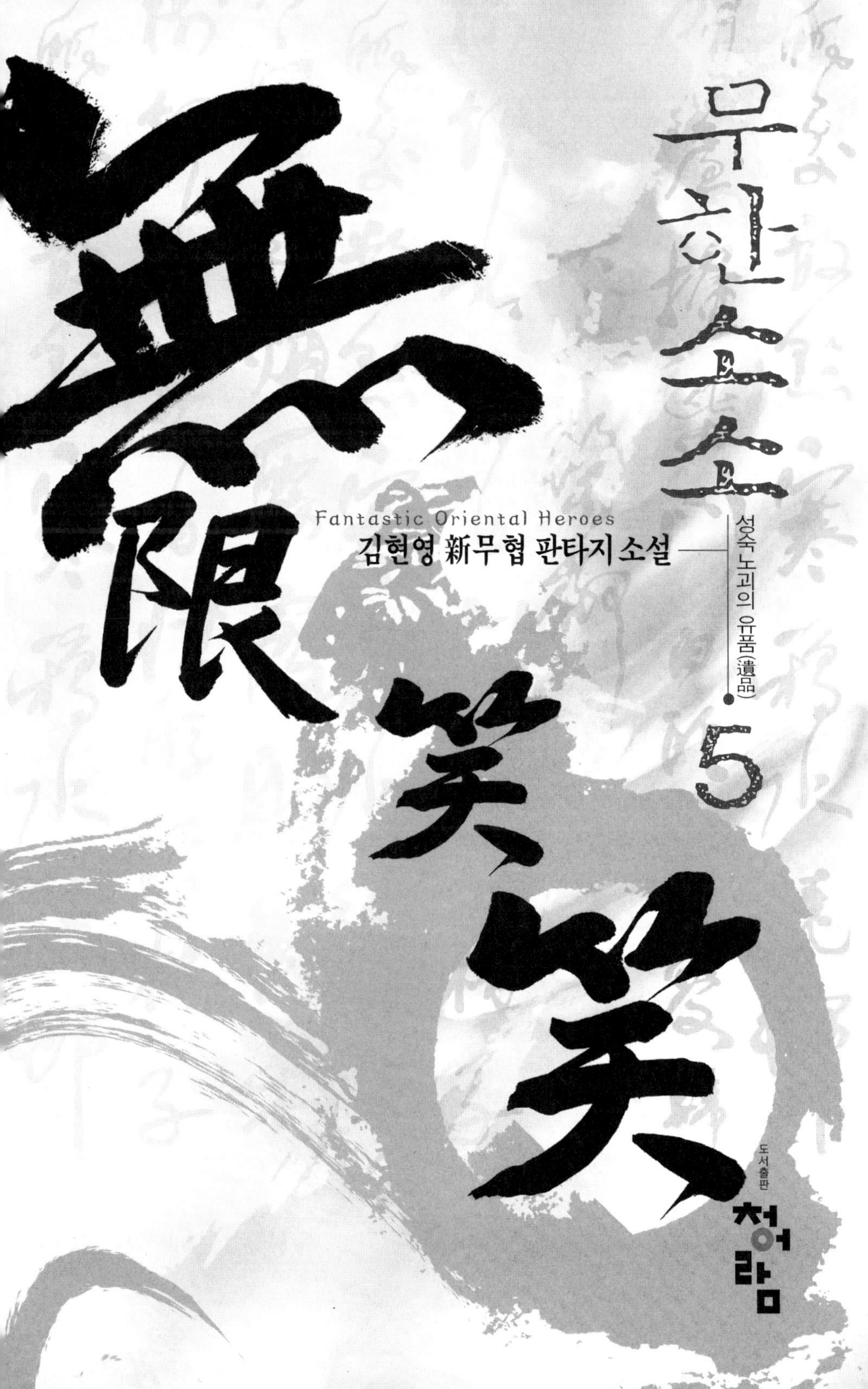

무한소소
Fantastic Oriental Heroes
김현영 新무협 판타지 소설
성숙 노괴의 유품(遺品)
無限笑笑
5
도서출판
청어람

제1장 독정지왕

붕위산에 자리한 천독문.

천하삼대독문 중 하나로 당문, 오독문과 어깨를 나란히 하고 있다.

어슴푸레 어둠이 깃든 시각, 흑의장삼을 걸친 한 인영이 외문 쪽으로 걸음을 옮겼다. 비쩍 마른 체격에 매의 눈을 지녔고, 귀밑머리는 희끗희끗한 노인이었다.

가슴 쪽에는 금빛으로 독(毒)이란 글자가 새겨져 있었는데 그의 몸이 움직일 때마다 옅게 반짝거렸다.

그가 문을 지날 때마다 호위하던 무사들은 공손히 머리를 조아렸으나 그는 굳은 인상으로 연신 발걸음을 재촉했다.

한참을 걸어 그가 발길을 멈춘 곳은 정사면체로 이루어진 건축물 앞이었다.

크기는 일반적인 가옥 정도였고, 겉은 온통 먹물을 바른 듯 무겁게
가라앉은 검은색이 칠해져 있었다. 그 주위를 빙 둘러 거의 삼십여 명
의 무사가 눈을 번뜩이며 미동도 없이 굳건히 서 있었다.

그가 이르자 수장으로 보이는 삼십 대 후반의 사내가 포권을 취했
다.

"독정대주 장묘혼, 삼장로님을 뵙습니다."

"이상없느냐?"

천독문의 삼장로인 을휴가 묻자 장묘혼이 거침없이 답했다.

"신선이라도 이곳을 통과할 수는 없을 것입니다."

을휴는 만족스러운 듯 고개를 끄덕이고 말했다.

"독정지왕(毒晶之王)이 잘 지켜지고 있는지 내가 직접 살펴보겠다."

순간, 장묘혼의 얼굴이 굳어졌다. 오른쪽 눈썹 위로 길게 그어진 칼
자국이 또렷하게 드러났다.

"그럴 수 없습니다."

장묘혼의 눈빛은 매서우면서도 침착했다.

삼장로 을휴가 미간을 찡그렸다.

"나를 가로막겠다는 것이냐?"

"물러서십시오."

그 말과 함께 장묘혼은 거침없이 검을 뽑아 들었다. 삽시간에 주변
의 공기가 험악해졌다. 그와 함께 주위에 서 있던 십여 명의 검수가 검
을 빼 들고 일제히 삼장로 을휴를 에워쌌다.

명백한 하극상이었지만 장묘혼을 비롯한 검수들의 안색에는 추호의
망설임도 없었다. 섣부른 동작이라도 취한다면 당장 온몸을 절단 내겠

다는 듯 살기를 여실히 뿜어내고 있었다.

삼장로 을휴의 얼굴에 분노가 떠올랐다.

"장묘혼, 너를 천독문에 데리고 온 것도 나이고, 오늘의 네가 있기까지 너를 위해 모자라지 않게 배려했다. 한데 지금 이게 무슨 짓이냐?"

그의 이마와 목에 곤두선 굵은 핏대가, 그가 얼마나 분노하고 있는지를 여실히 보여주고 있었다.

그가 말한 대로 장묘혼을 거둔 것은 을휴였다. 일곱 살 때, 전염병으로 부모를 잃고 사경을 헤매고 있던 장묘혼을 을휴가 구해 지금까지 키워온 것이다. 장묘혼에게 있어 을휴는 아버지나 다름없는 존재였다. 그런 장묘혼이 눈앞에서 칼을 들이밀고 있는 것이다.

"사사로운 정을 들먹이지 마십시오."

"고얀 놈! 나는 지금 문주님의 명을 받아 독정지왕을 살피러 온 것이다. 어서 문을 열어라!"

"돌아가십시오."

장묘혼은 어떤 흔들림도 없었다.

"네놈이 감히!"

을휴가 손을 치켜들자 장묘혼을 비롯한 검수들이 일제히 기를 끌어올려 주위 공기가 질식할 것처럼 빽빽해졌다.

"문주님의 인장이 찍힌 서신이 있어야만 가능한 일입니다."

을휴는 집어삼킬 듯이 장묘혼을 노려보았다. 네 개의 눈은 허공에서 부딪쳐 불꽃이 튀는 듯했다.

바로 그 순간,

"하하하하하!"

을휴였다.

그는 언제 분노에 타올랐냐 싶게 화통하게 웃음을 터뜨렸다.

장묘혼과 검수들은 당혹스러움 속에서도 혹시 모를 기습에 대비해 경계를 풀지 않았다.

웃음을 그친 을휴는 품에서 서신을 꺼내며 흐뭇하게 말했다.

"네가 나에게조차 검을 들이댔다는 것을 문주님께서 들으신다면 크게 기뻐할 것이다. 자, 서신을 살피도록 해라."

을휴가 내민 서신을 꼼꼼히 확인하던 장묘혼의 안색은 그제야 부드럽게 바뀌었다.

"무례했던 점 용서하십시오."

"하하하, 무례라니. 만일 네가 어쩔 수 없다는 듯 나를 들여보냈다면 너의 생명을 거둘 수밖에 없었을 것이다. 네가 굳건히 버텨준 것이 나로서는 도리어 고맙구나."

장묘혼은 그제야 침을 꿀꺽 삼킨 후 을휴를 안으로 모셨다.

"그래, 그러니까 턱 밑에까지 검을 들이밀었단 말이지?"

천독문주 소언각의 얼굴에 흐뭇한 미소가 떠오르자 그렇지 않아도 길고 가느다란 그의 눈이 줄을 그어놓은 것처럼 변했다.

그는 눈뿐 아니라 입술도 매우 얇어, 윗입술과 아랫입술을 합친다 해도 보통 사람의 윗입술 하나보다 더 작고 가늘었다. 그런 모습은 그의 성격이 치밀하고 심중을 헤아리기 힘든 사람으로 보이게 하기에 충분했다.

"아마 제가 조금이라도 움직였다면 틀림없이 묘혼의 검(劍)은 저의 목을 뚫고 들어오려 했을 것입니다."

탁자에 마주 앉아 문주와 독대하고 있는 을휴는 당시의 난감했던 상황을 조금은 과장된 표정으로 흉내 냈다.

"그럼 내기에서 진 것을 인정하겠나?"

"물론입니다."

"하하하하!"

천독문주 소언각과 삼장로 을휴가 내기를 한 것은 두 시진 전이었다. 천독문은 전대 문주로부터 근 백여 년을 지속하며 일만 가지 독과 약초의 조합을 통해 독정지왕(毒晶之王)이라 칭한, 지상 최고의 독을 연단하고 있었다.

천독문의 사활이 걸린 독정지왕의 완성이 열흘을 앞두고 있는 상황이고, 그 독정지왕을 지키는 사명을 맡은 이가 독정대주 장묘혼이었다.

두 시진 전 을휴가 문주에게 문의 여러 내용을 보고하던 외중에 독정지왕에 관한 이야기가 나왔고, 대화는 자연스럽게 독정지왕을 지키는 장묘혼에게로 흘러갔다.

그때 문주 소언각이 지나는 말로 '묘혼이 사사로운 정에 얽매이진 않겠지?'라고 말한 것이 발단이었다.

을휴는 곧바로 답하지 못했고, 천독문주 소언각이 그럼 시험을 해보자고 한 것이다. 소언각은 장묘혼이 결코 문을 열지 않을 것이라는 쪽에 걸었고, 을휴는 장묘혼을 아끼는 마음에 혹여 장묘혼의 마음이 흔들릴 것을 우려해 망설였었다.

그런 망설임은 오히려 소언각을 더욱 자극해 서둘러 시험하게 만들었다.

결과적으로 장묘혼이 한 치의 빈틈도 보이지 않았으니 천독문주와 을휴가 기뻐한 것은 당연했다.

"을 장로가 제대로 가르친 게지."

"과찬의 말씀이십니다."

"그래, 이제 열흘 뒤라……. 그때가 되면 심지어 독왕노괴라도 두렵지 않을 독공의 고수가 될 수 있다."

"천독문의 영광입니다."

"열흘이다, 열흘……."

다음날 정오 무렵, 천독문주 소언각은 천독실에 들었다. 백 년의 기한이 차는 앞으로 구 일간은 매일 확인할 셈이었다.

세 개의 야명주가 내실을 비추고, 중앙 제단에 녹색 연무에 휩싸인 독정지왕이 담긴 옥병이 신비스러운 자태로 놓여 있었다.

사실 독정지왕의 제련은 한 달 전에 끝난 상태였다. 그럼에도 숙성이란 이름으로 보관하고 있는 이유는 전대 문주로부터 계획된 백년대계의 뜻을 기리고자 백 년의 만기가 차는 날에 의미를 부여하기 위함이었다.

그만큼 독정지왕은 천독문의 전부이자 신앙과 같은 것이라 할 수 있었다. 소언각은 가슴 가득 차 오르는 뿌듯한 감동으로, 연무 사이로 고귀하게 자리한 옥병을 한없이 바라보았다.

한순간 그의 작고 가느다란 눈이 커졌다. 그가 이렇게 눈을 치켜뜬 것은 일생에 걸쳐 다섯 번이 될까 말까 할 정도였기에 이건 대단한 사건이었다.

그는 다시 눈을 질끈 감고 옥병에 시선을 주었다. 뭔가가 달라져 있었다. 녹색 연무 사이로 얼핏 얼핏 드러나는 까닭에 처음에는 발견하지 못한 것이었으나 달라진 건 확실했다.

삽시간에 오한이 들고, 두려움이 몰려왔다.

그가 기억 상실증에 걸린 것이 아니라면, 독정지왕이 담긴 옥병은 세로 줄무늬를 띠고 있어야 했다. 그런데 지금 그의 눈에 비친 옥병에는 줄무늬가 없었다.

'그래, 침착해라. 어쩌면 독정지왕의 공능으로 옥병에 변화가 생긴 것일 수도 있지 않겠는가.'

어제만 해도 을휴가 확인을 했고, 지금 그의 뒤에는 물샐틈없이 지키고 있던 장묘혼이 시립하고 있다. 결코 바뀌었을 리는 없었다. 바람이라도 흔적을 남기게 마련인데 그 누가 있어 쥐도 새도 모르게 바꿔치기 할 수 있단 말인가.

애써 마음을 다독였지만 불안은 멈추지 않고 온몸을 점령해 가고 있었다. 그는 연무를 헤치고 나아가 한 손에 쏙 들어오는 옥병을 집어 들었다.

느낌이 달랐다. 전혀 독정지왕의 기운이 전해오지 않았다.

그는 수전증에 걸린 사람마냥 손을 떨며 옥병을 열었다. 아주 천천히 옥병을 기울이자 투명한 물이 흘러내렸다. 독정지왕은 짙은 녹빛을 띠어야 했다.

"어, 어떻게 이런 일이……!"

이 모든 것을 뒤에서 미동조차 없이 지켜보던 장묘혼의 안색은 경악으로 거의 시체처럼 변해 버렸다.

소언각은 옥병을 집어 던지고는 장묘혼의 목을 움켜쥐었다.

"설명해 봐라, 설명해 봐!"

장묘혼은 숨도 제대로 쉬지 못한 채 몸이 들려 고통스럽게 꿈틀거리며 입만 벙긋거렸다. 소언각이 조금 힘을 풀자 그제야 장묘혼이 더듬거리며 말했다.

"이해할 수가… 없습니다……. 저로서는… 도무지……."

"네가 이해할 필요는 없다. 사실을 말해라, 사실을!"

질식할 것만 같은 살기가 천독실을 가득 메웠다.

장묘혼은 동공 가득 두려움을 머금다 순간 눈이 커졌다.

"설마……."

"어서 말해라."

"천독실에 든 이는 사흘 전 문주님께서 다녀가신 후… 어제 을휴 장로님뿐입니다."

소언각은 휴지 버리듯 장묘혼을 팽개친 후 정신적 공황에 빠져 비틀거렸다.

을휴, 을휴라니…….

어제 을휴와 나눈 대화가 떠올랐다. 어찌 이야기가 진행되다가 장묘혼을 두고 내기를 했던 것, 그 모든 것이 철저히 계산된 것이었다고밖에는 볼 수 없었다.

소언각은 피를 토하듯 부르짖었다.

"을휴! 이 개자식, 네 온몸을 씹어 먹고 말 테다!!"

그로부터 반 시진도 채 되지 않아 을휴는 붙들렸다. 하지만 엄밀히 따지자면 을휴는 결코 잡혔다고는 볼 수 없었다.

을휴를 제외한 네 명의 장로와 장묘혼이 추적조의 조장을 맡아 다섯 개의 조를 형성해 추적에 나섰고, 그들 중 누구도 을휴를 만나진 못했다. 황당하게도 을휴는 태연히 자신의 발로 천독문으로 돌아온 것이다.

이미 천독문이 발칵 뒤집힌 상태라 입구를 수비하던 이들은 을휴를 보고 흡사 귀신이라도 본 듯 놀라 안쪽으로 달아났고, 을휴는 고개를 갸웃하고는 걸음을 옮겼다.

을휴가 왔다는 말에 천독문주 소언각을 비롯한 문의 모든 고수가 사지를 찢어발길 듯 날아오다 을휴가 공손히 읍하며 하는 말에 모두 멍해져 버렸다.

"문주님, 문에 무슨 일이라도 생긴 겁니까?"

전혀 영문을 알 수 없다는 표정이 거짓없이 드러났다.

"을휴, 네놈이 독정지왕을 바꿔치기하고 달아난 것이 아니란 말이냐? 천독실에 든 것은 오직 네놈뿐이었다! 그리고 오늘 아침엔 일찍 자리를 비웠다. 독정지왕을 빼돌린 후 아무 일도 모른다는 표정을 계속 지을 참이냐?"

을휴의 얼굴 가득 의아함이 떠올랐다.

"저로선 무슨 말씀을 하시는지 이해할 수가 없습니다. 저는 묘혼의 부탁을 받고 옷을 사러 밖으로 나간 것뿐입니다."

이어 을휴가 지난밤 묘혼의 수하가 찾아와 건넨 서신에 대해 이야기했다. 백 년이 차는 날을 맞아 그날은 성대한 의식을 갖추게 될 것이기에, 그에 걸맞는 옷을 입고 싶다는 내용이었다.

그러면서 손에 든 옷가지에 시선을 주었다. 바로 이것입니다, 라는 뜻이었다.

"네가 아니라면 도대체 누가 천독실에서 독정지왕을 빼낼 수 있었단… 헉!"

"억!"

말을 다 맺지도 않은 상태에서 소언각과 을휴는 동시에 경악성을 내질렀다. 그리곤 동시에 입을 열었다.

"장묘혼!"

"장묘혼!"

소언각은 정신이 황폐해진 가운데 비명을 지르듯 외쳤다.

"장묘혼을 잡아라! 장묘혼을 데려와~"

제2장 경공 시합

송겸의 눈송이 및 종이 쪼가리 낚아채기 수련은 겨울이 끝나갈 무렵
에서야 끝났다.

혹독한 수련에 몇 번이고 포기하고 싶었지만, 그때마다 마음을 붙든
건 밥과 그림자들의 격려였다.

"이 수련이 끝나면 분명 멋진 선물이 기다리고 있을 것이네."

"노군께서 무턱대고 이런 수련을 명하실 리는 없잖은가."

"겨울이 지나면 봄이 오듯 그만한 대가가 있을 것이야."

선물이 무엇인지 알 순 없었지만 그런 격려는 확실히 힘이 되어주었
다.

그러나 수련은 끝났지만 끝난 것이 아니었다.

수련이 끝나고 이틀 정도 날씨가 풀려 당장 봄이 온 듯 화창한 날씨

가 되자 성질 급한 개구리 한 마리가 동면을 깨고 뛰어다니다, 그 다음 날 갑작스레 몰아닥친 꽃샘 추위에 얼어 죽은 날, 송겸에겐 새로운 수련이 기다리고 있었다.

염도가 송겸을 가만히 불러 말했다.

"그동안 고생이 많았다. 내일부터는 유만과 경공을 겨루도록 하겠다."

송겸이 인상을 찡그렸다.

"사제하고요? 에이, 사부님도 참, 그 느림보하고 무슨 시합을 합니까?"

"그리 만만히 볼 일이 아니야."

송겸은 솔직히 기분이 언짢았다. 사랑을 독차지하다가 동생이 태어나 모든 것을 양보해야만 하는 큰아들의 심정을 이해할 수 있을 것 같았다.

"이거 너무 무시하시는 것 아닙니까? 아무리 사랑은 내리사랑이라도 그렇지, 좀 심하잖습니까? 이래 뵈도 저는 삼 년여를 수련했고, 사제는 이제 반년도 되지 않았습니다. 게다가 저는 오백 년이나 된 산삼 반 토막을 꿀꺼덕한 사람 아닙니까? 사부님이 유만을 아끼시는 건 이해합니다만, 현실을 냉정히 보셔야죠. 이런 식으로 저를 과소평가하시면 어쩝니까?"

"잔말 마라. 한 달 정도 시합을 할 것이고, 진 사람에겐 밥이 없다는 것만 명심해라."

"푸하하하! 이거 원, 어린놈이 배를 곯게 생겼군요."

                    *   *   *

“으아아아아아악~”

경공 시합을 목전에 둔 송겸은 비명을 내질렀다. 칼에라도 맞은 듯한 아픔이 물씬 밴 비명이었다.

“이건 반칙입니다! 애초에 이런 말은 없었잖습니까?”

송겸의 경악으로 부릅뜬 시선은 쌀가마니에 닿아 있었다. 경공 시합에서 송겸은 쌀가마니를 메고 달리라 했기 때문이다.

“사부님, 저를 너무 과대평가하시는군요! 사부님이 누구보다 저를 잘 아시잖습니까? 저로 말할 것 같으면 진짜 별 볼일 없는 놈 아닙니까? 그때 산삼도 고작 한입 베어 문 것뿐이고요. 게다가 유만은 느림보 같아도 막상 무공을 펼칠 때는 애가 아주 싹 달라지잖습니까? 저는 거목이 될 놈이 못 됩니다! 그냥 톱밥 같은 놈이라고요. 저를 있는 그대로 봐주세요. 제발요~”

“송 공자, 멋지게 한번 보여주라구.”

채상요가 실실거리며 말했다. 오랜만에 흥미진진한 구경거리가 생긴 탓에 취망산의 그림자들이 대거 모여든 상태였다.

채상요에 이어 유번이 입을 열었다.

“송 공자, 저것을 쌀가마라 생각지 말고 미인이라 생각해 보게. 보쌈해서 추적을 따돌리고 어디 은밀한 곳을 향해 달려가는 중이라 생각해 보란 말이네. 그러면 아마 초인적인 힘이 솟아날걸.”

송겸이 죽을상을 하고 유번을 바라봤다.

“정말 이러깁니까? 쌀을 빻아 여자라도 만들어줄 셈입니까? 죄송하지만 쌀 미녀는 사양입니다.”

“그거 정말 멋진 생각인데요.”

한쪽에서 빙그레 미소 짓고 있던 유만이 거들고 나섰다.

“유만, 너까지… 이걸 그냥 확!”

파악!

염도가 송겸의 뒤통수를 갈겨 버렸다.

“그만 소란 떨고 어서 쌀가마를 메도록 해라. 시합은 산 아래까지 내려갔다가 다시 올라오는 것이다. 아래에 오교가 있으니 오교를 한 바퀴 돌고 올라오면 된다.”

송겸은 입으로 연신 구시렁거리면서 쌀가마를 등에 업고 끈으로 단단히 묶었다.

“송겸, 너는 유만보다 삼십 장(약 100미터) 앞서 달려와야 한다. 그보다 짧을 시엔 넌 지는 거야.”

송겸은 당장이라도 울 것 같은 표정으로 염도를 바라봤다. 차라리 저를 죽이십시오, 라는 말이 얼굴 가득 새겨져 있었다.

“준비!”

가차없는 선언에 송겸과 유만이 동작을 취했다.

“출발!”

송겸과 유만이 누가 먼저랄 것도 없이 일제히 신형을 날렸다.

취망산의 그림자들은 박수를 치고 휘파람을 불며 열렬히 응원했다.

“송 공자, 힘내게! 승리는 자네 것이야~”

“사형의 자존심을 세우는 걸세.”

“멋지게 끝내 버려!”

"출발이 좋군. 달리다가 쌀가마 터지지 않게 조심하게."

열악한 조건 탓인지 응원은 일방적으로 송겸에게로 향했다.

그때 모두의 입에서 짧은 경악성이 터졌다.

"헉!"

조금 앞서 달리던 송겸이 돌부리에 걸려 앞으로 고꾸라진 것이다. 무거운 쌀가마에 적응이 안 된 탓이었다.

유만이 잠깐 멈춰 송겸을 일으켜 세우려 하자 염도의 호통이 터졌다.

"지금 뭐 하는 짓이냐! 어서 달리지 못해!"

그 말에 유만은 뜨끔해져 산 아래로 달려 내려갔다. 송겸은 꾸역꾸역 일어나 옷을 털 생각도 않고 다시 신형을 날렸다. 그러다 막 경사면에 진입하는 순간 균형을 잃고 말았다.

"으아악~"

비명 소리와 함께 고꾸라진 송겸의 모습은 염도와 그림자들의 시야에서 사라졌지만 족히 상상이 되고도 남는 것이었다.

"보아하니 송 공자는 오늘 식사는 다 한 것 같은걸."

"쌀가마 안 터졌을라나."

"쌀 갖고 다른 데로 튈지도 모르겠어."

"그냥 자갈로 했어야 했나?"

그림자들의 염려 아닌 염려 속에 송겸의 마음은 초조하기 이를 데 없었다. 평소 유만의 성격을 생각하면 가차없이 내달리지는 않을 것이나 이미 사부가 대충대충 했다간 경을 치겠다고 엄포를 놓은 까닭인지 유만의 뒤통수조차 보이지 않았다.

쌀가마를 메고 산을 내려오는 것은 결코 녹록한 일이 아니었다. 조금이라도 속도를 높일라 치면 몸의 중심이 앞으로 크게 쏠려 발은 그야말로 통제 불능 상태로 다다다닥, 거려 급경사를 만나게 되면 그대로 고꾸라지기 일쑤였다.

'이건 말도 안 돼!'

송겸이 중간 정도 내려올 때였다.

"송 공자, 힘내요!"

월하 누님이었다. 송겸으로서는 대답할 여유도 없었다. 예쁘장한 월하 누님도 지금으로선 거치적거릴 따름이었다.

송겸이 다섯 번을 더 뒹굴며 삼분의 이 정도 내려갈 때 어느새 유만은 반환점을 돌아 올라오고 있었다.

송겸은 걸음을 멈추고 두 팔을 활짝 벌려 가로막았다.

"유만, 너 벌써 오는 거냐? 너, 임마! 아무리 그래도 그렇지, 설마 먼저 올라갈 생각은 아니겠지? 내가 올라올 때까지 저쪽에 숨어 있어라. 알겠어?"

유만이 빙긋 웃고는 고개를 끄덕였다.

"안 보이게 숨어 있을게요."

"하하하! 자식, 경로 사상 하난 제대로 배웠구나."

"송 공자, 그건 반칙이에요."

통쾌하게 웃던 송겸이 소리난 곳을 보니 초민 누님이 있을 수 없는 일이라며 손가락을 젓고 있었다.

"유 공자, 어서 올라가지 않으면 노군께 다 일러바칠 겁니다."

"…아니에요, 아니에요. 저 지금 갑니다. 사형, 그럼 저 먼저 갈게요."

유만이 빠르게 올라가는 것을 송겸이 멍하니 쳐다보며 그대로 주저 앉아 쌀가마를 풀어놓고 대자로 드러누웠다. 나뭇가지 사이로 양떼구 름이 천천히 이동하고 있었다.

"벌써부터… 배고프다……."

그날 밤 송겸은 은밀히 찾아온 월하 누님과 초민 누님으로부터 주먹 밥을 받았다. 감격스러워 막 눈물이 쏟아지려 할 때 송겸의 얼굴은 사 정없이 일그러졌다.

주먹밥은 진짜였다. 진정 말 그대로의 주먹밥!

딱딱하기가 돌덩이 같아 철사장 고수의 주먹이라 해도 충분할 정도 였다.

"이거라도 먹어둬야 내일 시합을 할 수 있을 것 같아서……."

"쉰밥도 있긴 한데 그거라도 줄까요?"

"…고, 고맙습니다."

송겸이 간신히 주먹밥을 받아 쥐고 한입 베어 물었다. 놀랍게도 주 먹밥은 이가 전혀 들어가지 않았다.

송겸은 그로부터 한 시진 동안 주먹밥을 갉아먹어야 했다.

비통한 심정으로 주먹밥을 갉아먹으며 경공 대결은 계속 이어졌다.

거의 열흘 정도가 지나갈 무렵, 송겸은 유만과의 간격을 삼십여 장 정도로 줄일 수 있었으며, 그때마다 누님들의 배려 아닌 배려로 삼시 세 끼 철사장을 익힌 주먹밥을 갉아먹을 수 있게 되었다.

거의 죽기 살기로 노력한 끝에, 이겨야겠다는 생각보다는 철사장을 익힌 주먹밥을 먹을 수는 없다는 투혼으로 이십여 일이 지나자 유만과 거의 같은 속도를 낼 수 있었고, 하루하루 지나면서 쌀가마를 몸의 일부처럼 느끼게 되어 서서히 우위를 점해갔다.

급기야 한 달 정도가 지났을 때, 송겸은 유만보다 삼십여 장 정도 앞서 도착할 수 있게 되었다. 드디어 첫 번째 승리를 낚아채고, 밥 먹을 자격을 얻은 것이었다.

"이 자식아, 너도 돌 주먹밥을 한번 먹어봐라! 하하하하하!"

송겸은 천하를 얻은 듯 통쾌하게 웃었다. 하지만 유만의 한 박자 느린 대답은 맥 빠지게 하기에 부족함이 없었다.

"…사형, 오늘이 마지막 날이에요."

"커억!"

송겸은 오로지 승리해야 한다는 사실만을 생각하며 시간 개념 없이 지내고 있었던 터라 벌써 한 달이 되었다는 말에, 더 이상 밥 걱정할 일이 없다는 것에, 숨이 막혀 비틀거렸다.

제3장 성숙노괴의 유품(遺品)

만물이 소생하는 봄, 천지 사방에 싱그러운 봄 내음이 가득했고 꽃들은 저마다 아름다움을 과시하듯 흐드러지게 피어났다.

그리고 불곰은 동면에서 깨어났다.

봄을 맞아 취망산의 모든 식솔들이 오교의 처소 부근에 모여 근사한 회식 자리를 가졌다.

오교는 사슴 세 마리를 잡았고, 그동안 자신이 가꾸어온 상추와 채소를 마련해 놓고 돌판에 지글거리며 고기를 구웠다.

불곰은 송겸의 손에 이끌려 약간 떨어진 곳에 조심스럽게 앉아 가끔 무리를 바라보며 개미를 찍어 누르는 놀이를 하고 있었다. 불곰으로서는 이 자리가 여간 불편한 것이 아니었다.

지금 불판에 올려진 건 사슴이지만 저들이 어느 날 갑자기 '오늘은

곰 고기를 먹어보는 건 어때?' 라고 하는 날에는 비참한 최후를 맞이할 것이 분명했기 때문이다.

슬쩍 송겸을 바라보니 송겸은 고기에 환장한 사람처럼 입 안 가득 고기를 밀어 넣느라 정신이 없었다. 데려와 놓고 지 혼자 처먹고 있는 것을 보고 있자니 울화가 치밀었지만 그저 속으로 삭일 수밖에 없었다.

그런 불곰을 배려한 것은 오교였다. 한참 고기를 굽고 불을 살피던 오교는 따놓은 봄 열매를 바구니째 들고 가 불곰 앞에 내려놓았다.

"많이 먹어라, 곰탱아."

불곰으로서는 이제 막 동면에서 깨어난 탓에 위에 부담이 없는 열매를 보자 기분이 좋아져, 방금까지 서운했던 마음은 까마득히 잊어버렸다.

염도를 위시한 모두는 부지런히 고기를 먹으면서 지난겨울의 여러 추억들을 도마에 올려놓고 왁자지껄 소란스럽게 떠들었다.

주제에 오른 사람은 주로 송겸이었지만, 송겸은 모든 대화에 관대했다. 고기와 술을 마음껏 먹을 수 있다는 것, 배가 두둑이 불러오는 것이 모든 것을 초월하게 만든 것이다.

염도가 꺼억, 하는 소리와 함께 자리를 털고 일어났고, 월하와 초민이 배를 두드리며 처소로 돌아갔지만 송겸은 아직도 한창이었다.

그동안 철사장을 익힌 주먹밥을 갉아먹었던 한(恨)을 풀어내야 한다는 듯 배가 산봉우리처럼 불러와도 손은 멈출 줄 몰랐다.

하나둘 자리를 뜨고, 이제 남은 이는 송겸과 유만, 채상요, 유번, 오교뿐이었다. 송겸은 목구멍 바로 아래까지 우격다짐으로 고기를 채워 넣어 더 이상 고기를 먹을 수 없게 되자, 고기로 채워진 뱃속의 빈틈에 술을 쏟아 붓기 시작했다.

술도 더 이상 마실 수 없는 지경에 이르러서야 송겸은 만족스러운 듯 환하게 웃었다.

"하하하! 뒈지게 잘 먹었다."

그러다 문득 송겸은 한 가지 사실을 떠올렸다. 가을과 겨울에 걸쳐 낙엽과 눈송이를 낚아채던 수련 당시 그림자들이 힘내라며 들려준 이야기였다.

"아저씨, 근데 사부님께서 제게 줄 것이 있다는 데 뭔가요? 이 수련이 끝나면 뭔가 좋은 게 있을 것이라 했지 않습니까?"

그 말에 유번이 빙그레 웃으며 송겸의 배를 가리켰다.

"산달이 다 되어가는군. 이보다 더 큰 선물이 있을까?"

진짜 송겸의 배는 곧 해산할 여인처럼 보였다.

"크크큭, 겨우 고기 잔치를 가지고 그렇게 거창하게 말한 것이었나요? 역시 사파인답군요."

송겸은 포만감으로 마음까지 태평해져 실실거리며 웃어 넘겼다. 지금은 무슨 말을 들어도 그저 허허거릴 수 있을 것 같았다.

"이거 의외인걸. 꽤나 실망할 줄 알았는데 말이야."

"그러게. 내가 다 맥이 빠지네."

채상요와 오교가 서로 마주 보며 어깨를 으쓱거렸다.

"전혀 사파답지 않잖아. 전혀 송 공자답지도 않고."

"진정한 사파인의 마음은 정도인보다 더 넓은 법이죠. 하하하하!"

"…사형, 그 말 멋진데요."

유만이 엄지를 들어 보이며 말했다.

"짜식, 너 아직 날 잘 모르는구나? 흐흐흐."

다음날 일찍 염도는 송겸을 불러들였다.

염도가 그 어느 때보다 진중하자 송겸은 감히 촐랑대지 못하고 무릎을 꿇은 채 얌전히 자리했다.

보통 때 같았으면 '어째 속이 좀 더부룩하신 모양입니다. 어제 쌈싸 드신 상추에 있던 애벌레가 활동하기 시작한 건가요?' 따위의 말을 늘어놓았을 터였다. 하지만 분위기는 일전에 빙안미성과 함께일 때 죽이겠다고 분노하던 때가 떠오를 정도로 무겁게 가라앉았기에 그저 입을 꾹 다물었다.

"그동안 수련하느라 고생이 많았다."

염도의 음성은 종교 행사를 진행하는 제사장같이 엄숙했다. 염도는 이어 곁에서 옥갑을 들어 송겸에게 내밀었다.

"열어보아라."

한눈에 봐도 고풍스러운 기운이 물씬 풍기는 옥갑을 대하자 송겸은 얼떨떨한 가운데서도, 유번 등이 말했던 좋은 선물을 받게 될 것이라는 말이 떠올랐다. 또 한 번 속았구나라는 생각이 들었지만 계속 그 생각을 하고 있을 마음의 여유가 없었다.

서책 정도 크기의 옥갑은 위로 봉황이 각인되어 있었다.

조심스럽게 옥갑을 열자, 고운 비단 위로 초승달 모양의 검은 가죽이 누워 있었다.

송겸이 염도를 바라보자 염도가 고개를 끄덕였다.

송겸은 두 손으로 가죽을 들어 올려 그 안에서 자줏빛 초승달을 꺼냈다. 길이는 손에 가려질 정도였고, 한쪽 끝에 작은 구멍이 뚫려 있었으며, 초승달의 바깥쪽으로는 서슬 퍼렇게 날이 서 있었다.

"이게 무엇입니까?"

"성숙노괴의 신물이며, 그가 사용하던 병기다. 지금부터는 네가 간직하도록 해라."

송겸의 가슴이 심하게 요동쳤다. 초승달은 앙증맞을 정도로 작았지만, 송겸은 밤하늘에 걸린 보름달보다 더 크다고 생각했다.

오늘을 잊지 못할 것 같았다. 태어나서 처음으로 아버지께 선물을 받은 날인 것이다. 생일이나 어떤 특별한 기일은 다 잊는다 해도 이날은 두고두고 마음에 새겨야 할 날이 될 것이다.

그동안 세상에 버려져 서글펐던 마음과 뒤늦게 찾아온 감동이 복잡하게 얽혀 왈칵 눈물이 쏟아지려는 것을 간신히 참아냈다.

"그는 이것을 자월도(紫月刀)라고 불렀다. 소중히 간직하도록 해라. 내가 지난 가을과 겨울 동안 수련을 명한 것은, 최소한이나마 네가 자월도를 다룰 수 있기를 바랐기 때문이다."

송겸은 낙엽이나 눈을 붙드는 수련이 그저 안력을 높이고 상대의 암기나 화살을 피하고 붙드는 의미려니 생각했었다. 진정 수련은 험하고 고된 것이었지만 자월도를 대하고 보니 좀 더 열심히 할 걸 하는 아쉬운 마음마저 들었다.

"자월도를 제대로 구사한다면 강호에서 자월도를 피할 수 있는 사람은 그리 많지 않을 것이다. 하나 문제는 자월도를 운용하는 것이 그리 쉽지 않다는 점이다. 운용심법은 자월연(紫月延)이라고 한다. 이 사부는 그 방법을 알지 못한다. 현재 유일하게 아는 사람이 있다면 그건 바로 너일 것이다."

"네? 사부님, 저는……."

"잠깐 나가자꾸나."

밖으로 나가 염도는 자월도를 건네 받고 손으로 오십여 장 떨어진 나무를 가리켰다. 나무의 꼭대기에는 가느다란 가지에 새 한 마리가 앉아 있었다.

"잘 보아라."

염도는 자월도의 한쪽 끝을 잡고 살짝 손목을 비틀었다. 순간 자월도가 햇빛을 받아 번쩍거리며 날았다.

송겸은 애꿎은 새 한 마리가 목이 날아가겠구나 생각했지만, 자월도는 새가 앉아 있는 가지를 스치듯 지나더니 길게 호선을 그리며 맹렬히 돌아왔다.

송겸은 자줏빛이 어른거리며 자신을 향해 날아들자 '어, 어' 하는 소리를 내면서 주춤거렸지만 자월도는 송겸의 일 장여에서 휘어져 가며 빨려들듯 염도의 손아귀에 붙들렸다.

그때까지도 새는 무슨 영문인지도 모른 채 앉아 있다가 머리 위로 다른 새들이 날아가는 것을 보고 몸을 솟구쳐 날아올랐다. 그 순간 새가 앉아 있던 가느다란 가지가 힘없이 끊어지며 떨어졌다.

얼마나 빠르고 정확히 가지를 쳐나갔는지를 알 수 있는 대목이었다. 만일 새의 목을 향해 날아갔다면 새는 목이 절단난 것조차 깨닫지 못했을 것이 분명했다.

염도는 자월도를 흑혁(黑革:검은 가죽)에 집어넣고는 송겸에게 건네며 말했다.

“나는 네게 나의 무공 전부를 전수하지 않았다. 그것은 성숙노괴가 무상심법을 통해 네게 무공을 남겨놓았을 가능성을 염두에 두었기 때문이다. 너는 모든 기억을 잊어 스스로 꺼낼 수 없지만 아직 희망을 접을 단계는 아니다. 무령노괴의 심혼결을 통한다면, 네게 분명 뭔가가 각인되어져 있다면 너는 능히 모든 것을 찾을 수 있을 게다.”

“하지만 그게 아니라면…….”

송겸이 자신없는 목소리로 말을 흐렸다.

“그렇지 않다 해도 자월도는 네가 지니도록 해라. 성숙노괴가 네게 남겨놓은 것이 없다면, 그땐 나의 모든 것을 네게 전하도록 하마. 하지만 네게 성숙노괴가 무상심법을 통해 무공을 남겨놓았다면 너는 최선을 다해 그의 무공을 익히도록 노력해야 할 것이다. 그것이야말로 내가 친구를 위해 해줄 수 있는 전부이고, 너로서는 아버지를 네 마음에 새기는 일이 될 테니 말이다.”

“잘 알겠습니다.”

“내일 떠나도록 해라. 유만도 경험 삼아 함께 가도록 하고, 유번과 채상요도 동행하게 될 것이다.”

송겸의 마음은 불안과 기대, 설레임으로 어지럽게 뒤엉켰다.

제4장 비로소 수련의 날이 오다

사건은 취망산을 떠난 지 이십여 일 지나면서 꿈틀거렸고, 유번과 채상요가 잠시 자리를 비웠을 때 본격적으로 벌어졌다.

유만의 얼굴은 위장염을 앓는 사람처럼 변해 버렸는데, 그 원인은 송겸이 느닷없이 새로운 수련이란 것을 들고 나왔기 때문이다.

"사형, 이건 결코 사부님께서 좋아하지 않으실 겁니다."

뭔가 정상적인 수련이었다면 마땅히 유만도 쌍수를 들고 환영했을 것이나, 송겸이 제시한 수련이란 수련이라 이름 붙이기엔 수련에게 미안할 정도의 것이었다.

"사제야, 잘 들어라. 각 사문마다엔 전통이란 게 있는 법이다. 그리고 내가 말한 건 변치 않을 우리 사문의 전통이다. 나도 처음 그 수련의 내용을 듣고 지금 네가 짓고 있는 그런 표정을 지었었다. 무슨 말인지 알겠냐? 즉, 이 과정이 없이는 진정한 독왕노군의 제자가 될 수 없단 말이다."

"그래도 이건 아무리 봐도……."

송겸이 고개를 가로저었다.

"강호는 험한 곳이야. 언제 어떤 재앙과 위험이 닥칠지 모른단 말이다. 그 속에서 네가 임기응변술 없이 살아날 수 있을 것 같으냐?"

유만은 당황스러워 어서 유번과 채상요가 돌아오기만을 기다렸다.

취망산을 나설 때 사부는, 어려운 일이 생기면 반드시 유번과 채상요에게 도움을 얻으라고 말했었다. 결코 사형에게 도움을 구하라는 말은 하지 않았다. 당시에는 왜 사형을 빼놓았는지 이해할 수 없었지만 지금은 확연히 깨닫고도 남음이 있었다.

유만의 소망은 제때 응답을 받았다.

객방 문이 활짝 열리며 유번과 채상요가 들어선 것이다.

송겸과 유만은 둘 다 반가운 미소로 맞았고, 약간의 어색함이 깃든 미소를 지은 채로 송겸이 말했다.

"하하하, 늦으셨군요."

"맛 좋은 술을 얻기란 그리 쉬운 일은 아니니까."

"자자, 오늘 밤 근사하게 취해보자구."

탁자에 각기 자리를 잡고 앉자 유만이 머리를 긁적이며 어렵게 입을 열었다.

"저… 읍!"

옆 자리에 앉아 탁자 아래로 송겸이 유만의 허벅지를 꼬집었다.

그러나 그 정도로 유만의 입을 막을 순 없었다.

“두 분이 계시지 않을 때 사형이 제게 말한 게 있는데요, 아무리 생각해 봐도 이건 사부님께서 원하시지 않는 일일 것 같아서요.”

“응? 거참, 궁금하군. 어서 말해 보게, 유 공자.”

유번과 채상요가 힐끔 송겸을 바라보자 송겸이 굳은 근육을 억지로 펴며 요상하게 활짝 웃었다.

“…그러니까 험한 강호에서 살아남기 위해서는 임기응변술을 펼칠 줄 알아야 하니, 내일부터 사형이 임기응변술을 가르치겠다고 하지 뭐겠습니까?”

유번과 채상요가 굳은 얼굴로 송겸을 바라봤다.

송겸은 입을 다문 채 입술에 미소를 머금고 눈을 연신 깜박거리면서 어깨를 으쓱했다.

“송 공자!”

“아하하, 말씀하십시오.”

유번이 냅다 탁자 위에 놓인 송겸의 손을 붙들었다.

“대단하네, 대단해. 어떻게 그런 생각을 다 했나? 내일 당장 하도록 하세.”

유번의 말에 유만의 눈이 휘둥그래지기도 전에 채상요가 한 번 더 염장을 질렀다.

“정말 재밌겠는걸. 송 공자의 사제 사랑은 당해내지 못하겠네. 하하하, 내일의 수련을 위해 오늘 밤 건배를 들자구.”

송겸의 얼굴에는 그야말로 복사꽃이 만개했고, 유만의 낯빛은 썩은 피처럼 변해 버렸다.

“훌륭합니다. 역시 우리는 사파죠. 사파 만세!”

송겸이 잔을 높이 쳐들자 유번과 채상요도 힘차게 외쳤다.

“사파 만세!”

“사파 만세!”

그저 유만만이 잔 대신 병을 들고 조용히, 하지만 숨도 쉬지 않고 술을 부어넣었다.

임기응변술은 섬서성과 하남성의 경계를 막 지날 무렵, 모습을 드러냈다.

“잘 들어라. 이 임기응변술은 어떤 내공보다 뛰어나고, 어떤 경공술보다도 훌륭한 신공이다. 그야말로 너는 온 힘을 다해 펼쳐 내야 해. 알겠어?”

목표물이 정해지고, 은밀히 숨은 상태에서 송겸은 마지막으로 확실한 조언을 퍼부었다.

지난밤 독한 술로 어느 정도 마음을 다잡은 유만도 힘차게 고개를 끄덕였다.

“잘할게요.”

“그래, 좋아. 사파?”

“만세!”

“크크, 좋았어.”

송겸은 유만의 뒤통수를 대견하다는 듯 톡톡 치고는 외쳤다.

“자, 가라!”

목표는 거지였다. 정확히는 거지의 밥그릇이었다. 거지는 땟구정물이 가득했지만 자세히 보니 이십 대 중반을 넘어 보이지는 않았다. 젊은 거지가 재수없이 목표물이 된 것은 그가 단순한 거지가 아닌, 어느 정도 무공을 익힌 자로 파악되었기 때문이다. 임기응변술은 일반인을 상대로 펼치지 않는 것이 원칙이었다. 무공을 모르는 자에게라면 임기응변을 펼칠 까닭이 없기 때문이다.

유만이 해결해야 할 일은 거지의 밥그릇을 차버리는 것이었다. 거지에게 있어 밥그릇만큼 중요한 건 없다. 유만은 미친놈의 흉내를 내면서 완수해야 했다.

아침나절에 송겸의 실감나는 시범이 있었던 터라, 유만은 입을 헤벌리고 머리를 규칙적으로 흔들면서 거지에게 다가갔다. 눈에서 초점이란 찾아볼 수 없었다.

"저 녀석, 꽤 하는군요."

송겸의 속삭이는 말에 유만과 채상요도 고개를 끄덕였다.

"그 사형에 그 사제가 아니겠나."

"지금까지 내가 본 유 공자는 시키는 건 아주 잘한다는 거지. 끝내 해내고야 마는 끈기의 화신이니까 이번에도 잘해낼걸."

소리없이 열렬한 응원을 받으며 유만은 점점 거지에게 가까이 다가갔다. 거의 삼 장여에 이르렀을 때 벽에 기대고 있던 거지가 눈썹을 꿈틀거리며 유만을 노려봤다. 뭔가 불안정한 걸음이었지만, 그러면서도 점점 다가온다는 것을 눈치 챈 것이다.

'저 미친놈, 어째 내게 오는 것 같은걸. 저리 가, 새끼야! 휘이, 휘이.'

거지가 마음속으로 소금을 뿌려대며 유만을 쫓으려 할 때 유만은 어느새 거지에게 바짝 다가선 상태였다. 유만은 어벙한 미소와 침 두어 방울의 가면을 뒤집어쓰고 목적 달성을 눈앞에 두고 있었다.

바로 그때 누구도 예상치 못했던 일이 벌어졌다.

거지가 슬그머니 자신의 밥그릇을 품에 끌어안은 것이다.

유만은 내색하지 않았으나 속으로 흠칫해 잠시 고개를 두어 번 기웃거리고는 헤헤 웃으며 거지의 가슴에 안겨진 밥그릇을 걷어차 버렸다. 목표야 밥그릇이었지만 정작 거지의 관점에서는 가슴팍을 가격당하는 순간이랄 수 있었다.

거지는 날랜 동작으로 옆으로 떼구르르 굴러 유만의 발길을 피한 후 벌떡 일어서며 삿대질을 했다.

"야, 이 미친놈아! 미쳐도 곱게 미칠 것이지, 왜 사람을 패려 하냐! 이 미친놈아, 정신 차리지 못해!"

그 광경을 바라보는 송겸과 그림자들은 고개를 떨궜다. 완전 실패였다.

실패한 까닭에 유만이 마땅히 돌아올 것이라 생각했지만, 그건 유만을 몰라도 한참 모르는 생각이었다.

유만은 뚫어져라 밥그릇을 노려보며 여전히 침을 질질거리면서 발길질을 가했다. 지난 시간 동안 뼈를 깎는 수련을 거듭한 유만이었기에 발차기는 예사롭지 않았고, 처음 몇 번의 삽질이 급기야는 살벌한 각법으로 변해 버리고 말았다.

"아이고, 두(頭)야."

송겸은 너무도 황당해 머리를 감싸 쥐었고, 유번과 채상요는 눈 한 번 깜박이지 않고 이 믿을 수 없는 광경을 식은땀을 흘리며 지켜봤다.

거지는 연신 밥그릇과 함께 요리조리 피하다가 어느 순간부터 발길질이 미친 작자의 허둥댐이 아니라 무공을 수련한 것으로 바뀌자, 고의적인 수작이라 생각하고 수세에서 공세로 전환했다.

"이 새끼, 너 미친 거 아니지?"

급기야 두 사람은 아예 본격적으로 싸우기 시작했다.

타다닥, 붙었다 떨어지고 붙었다가 떨어지기를 반복하는 와중에 진정 어이가 없는 것은, 유만이 격전을 벌일 때는 엄청 진지한 표정이 되었다가 잠시 떨어질 때는 애써 침을 흘리며 고개를 흐느적거렸다는 점이다.

그건 진정 거지를 미치게 만들었고, 지켜보는 송겸과 그림자들의 땀구멍에서 땀을 무한정 뽑아내는 행위였다.

싸움은 점점 격렬하게 변했고, 나름대로 참을성 많게 상대하던 거지의 인내심도 한계에 다다랐다.

사실 이 거지 청년은 개방의 사대괴짜 중 서열 사위인 오혁이었다. 그는 종횡마걸의 사손이자 현 개방 방주 황조의 제자였다.

오혁이 본실력을 드러내지 않고 있는 것은 현재 필요한 정보를 수집하기 위해 자리를 잡고 있었던 터라 참고 있었을 뿐이었지만 이젠 그마저도 다 팽개쳐 버리고 싶어졌다.

"이 자식! 너, 계속 이렇게 할 거지?"

오혁은 이를 앙다물고는 뻗어오는 유만의 다리를 빗겨내 그대로 금나수법으로 어깨를 붙들고 날려 버렸다.

유만은 바닥에 뿌연 먼지를 일으키며 나뒹굴었지만 언제 넘어졌냐 싶게 다시금 벌떡 일어서더니 애써 머리를 흐느적거리고 헤에 하는 미소를 지으며 다가들었다.

그 광경에 오혁은 분노마저 넘어 기가 막힌 나머지 허허, 거렸다.

"도대체 네놈은 누구냐?"

그러나 유만의 눈에는 밥그릇밖에는 보이지 않았다. 방금 전보다 더 빠른 동작으로 몸을 날려 발길을 가했다.

오혁은 자신도 나름대로 개방 내는 물론이고 강호에서 내로라하는 괴상한 작자라 생각했지만 이 작자에 비하자면 애송이에 불과하다고 생각했다.

"어디가 부러져야 정신을 차릴 모양이로구나."

오혁은 유만의 예봉을 피한 후, 곧바로 뒤춤에 꽂아둔 팔뚝 길이만 한 몽둥이를 꺼내 들었다. 일단 몇 군데 부러뜨려 놓은 다음에 차근히 까닭을 물을 속셈이었다.

그가 막 공격을 하려 할 때였다.

푸른빛이 번쩍이는가 싶더니 청의 무복을 걸친 한 사내가 유만 앞쪽으로 가로막고 섰다. 그는 유번이었다. 이대로 가다가는 유만이 볼썽사나운 꼴을 당할 것이 뻔했기에 그대로 보고만 있을 순 없었던 것이다.

"거지 양반, 고정하시게."

오혁의 눈썹이 애벌레마냥 꿈틀거렸다. 그 표정이란 '뭐야, 이거 패거리가 있었던 거야?' 혹은 '너희 아주 작당을 하고 내게 시비를 건 것이로구나?' 라는 뜻이 물씬 풍겨 나오는 것이었다.

"강호란 원래 괴상한 일투성이 아니겠나? 게다가 자네는 거지이니 지나는 개한테 물리는 일도 많을 터. 오늘은 그냥 재수없는 일을 당했다고 생각하게."

유번으로서는 나름대로 상당히 겸손하게 말한 것이었지만 오혁에겐 당최 이해가 되지 않는 말이었다.

막 돌아서는 유번을 향해 오혁이 꽥, 하고 고함을 질렀다.

"거지가 개를 팬다는 말은 들었어도 어떻게 개에 물릴 수 있단 말이냐! 이놈들, 무릎 꿇고 용서를 구하지 않는다면 한 발짝도 벗어나지 못할 줄 알아라!"

그 말에 유번이 오혁을 향해 천천히 고개를 돌렸다. 어느새 유번의 눈에는 살기가 가득해 오혁은 순간적으로 등골이 오싹해지고 말았다.

"입 닥치고 하던 동냥질이나 계속해라."

오혁은 잠시 상대의 눈에 질리긴 했어도 개방 사대괴짜답게 분연히 움츠린 마음을 떨쳐 내고 눈에 불을 켰다.

"뭐? 뭐, 이 새끼들이 정말!"

오혁이 봉으로 일격을 가하려 할 때였다.

슉!

뭔가가 허공을 갈랐고, 오혁의 눈이 휘둥그레지고 말았다.

봉을 쥐고 있는 바로 위쪽으로 봉이 힘없이 떨어져 내리는 것이 보였다. 손목을 조준했다면 손목이 매끈하게 잘려 나갔을 정도의 쾌도였다.

정녕 냉혈쾌도라는 별호가 부끄럽지 않은 솜씨였다. 유번의 도집에는 언제 도를 뽑았냐 싶게 칼이 돌아와 있었고, 멍해진 오혁을 남겨둔 채로 유번은 유만을 끼고 신형을 날렸다.

잠시 얼떨떨한 상태에서 잘린 봉과 저만치 멀어져 가는 그들의 모습을 번갈아 보던 오혁이 두어 번 빠르게 머리를 휘저었다.

“이 자식들을 그냥… 으아아악~”

오혁은 시뻘겋게 부어오른 얼굴로 길게 휘파람을 불며 뒤쫓았고, 그가 신형을 이동하는 중에 십여 명의 거지가 가세했다.

제5장 소외되다

개 떼같이 쫓아오는 개방도들의 맹렬한 추격을 간신히 따돌린 후,
일행은 그제야 겨우 숨을 돌릴 수 있었다. 유번과 채상요는 물론이고
송겸도 거지들이 두려운 것은 아니었다. 어쨌든 시비를 건 것은 이쪽
이었기에 괜히 일을 복잡하게 만들 필요는 없다는 생각에 몸을 빼낸
것이다.

"유만 너, 나한테 불만있나! 안 되겠으면 그냥 돌아와야지, 왜 계속
발길질이야? 그건 임기응변술이 아니라 한번 붙어보자는 거잖아!"

이젠 완연히 하남성으로 접어들자 산기슭에 잠시 자리를 잡고는 송
겸은 잡아먹을 듯이 으르렁거렸다.

"…저는 그래도 잘해보려구……."

유만이 머리를 긁적이자 송겸은 손으로 자신의 목 뒤를 움켜쥐고는

신음을 내뱉었다.

"아아… 답이 안 나와, 답이."

채상요와 유번은 거지의 밥그릇을 차리려고 애쓰던 유만의 모습이 떠올라 킬킬거렸다. 더군다나 탄로가 났음에도 불구하고 힘겹게 미친놈 행세를 하던 모습은 생이 다하는 날까지 잊지 못할 것 같았다.

"…다음엔 잘할게요."

"이번에도 어설프게 하면 너 떼놓고 갈 거야. 알겠어?"

유만이 한참 있다가 고개를 끄덕였다.

두 번째 목표는 얼마 지나지 않아 나타났다.

이십사오 세 정도 되어 보이는 여인이었는데, 등에는 장검을 메었으며 얼굴은 대단한 미인이라고는 할 수 없었지만 큰 눈과 작게 영근 앵두 같은 입술이 누구에게나 호감을 주는 인상이었다.

송겸은 하늘거리며 걷는 여인을 가리키며 어떻게 임기응변술을 구사해야 하는지 설명했다. 유만은 방금까지 잘할 수 있노라고 다짐했지만 곧바로 난색을 표했다.

"사형, 기다렸다가 남자 중에서 고르도록 하죠."

송겸이 슬며시 주먹을 들어 보였다.

"잘 들어라. 너는 강호 경험이 없어서 잘 모르겠지만, 강호에는 아주 성질 사납고 무공이 강한 여자들이 개미 떼처럼 많다. 지금 미리 대비하지 않는다면 언젠가 너는 크게 당할 날이 오게 될 거다. 그러니 잔말 말고 이 사형의 말을 들어라. 알겠어?"

정작 송겸이 강호의 여인에게 곤욕을 치른 것은 임기응변술이 근원이었지만 그 내용을 사실대로 말할 수는 없는 노릇이었다. 어떤 의미에서 송겸의 마음속에는 '사형인 나도 고생했으니 너도 고생 좀 해야지' 라는 뜨거운 애정이 담겨 있는 것이기도 했다.

"…알겠어요. 그러니까 그냥 꼭 끌어안기만 하면 되는 거죠?"

"그래, 바로 그거야. 아주 으스러지게 안아버려라. 흐흐흐."

유만이 막 몸을 일으키려 하자 송겸이 아무래도 걱정스러워 유만의 팔을 붙들고 눈알을 부라렸다.

"이번엔 정말 똑바로 해라. 응?"

유만은 눈을 두 번 깜박이는 것으로 대답을 대신하고 조용히 여인의 뒤를 밟았다. 일단 사정권까지는 들키지 않아야 했다.

오 장여(15미터) 간격이 삼 장여로 가까워졌고, 유만은 이제 세 걸음만 더 접근하면 몸을 날려 여인을 끌어안을 속셈이었다.

바로 그때였다.

평범하게 걸어가던 여인이 느닷없이 신형을 날려 앞으로 쭉 나아가 버리는 것이 아닌가. 그건 유만은 물론이고 지켜보던 송겸 등도 전혀 예상치 못했던 일이었다.

막 몸을 날리려 어깨를 들썩이던 유만이 엉거주춤한 자세로 멍하니 여인의 뒷모습을 바라보고 또 고개를 돌려 송겸 쪽을 보다가 결심한 듯 경공을 펼쳐 여인을 뒤쫓았다.

그 광경을 바라보고 있던 송겸과 그림자들은 황당함의 호수에 빠져 사정없이 허우적거렸다.

"크크… 아무래도 유 공자는 안 되겠군."

유번이 실실거렸고, 채상요는 과장된 동작으로 고개를 끄덕였다.

"이건 하늘의 뜻인 게야. 그렇지 않고서야 이런 일이 있을 수나 있겠어?”

유번과 채상요의 말에 송겸도 이마를 짚었다.

“맞습니다, 맞아요. 임기응변술은 그냥 접어야 할 것 같네요.”

“아무래도 그렇지.”

서로 고개를 끄덕인 세 사람은 신형을 날려 유만을 좇았다.

여인이 갑작스레 신형을 날린 것은 무언가 위기 의식을 느꼈기 때문은 결코 아니었다. 걷다가 한줄기 바람이 스쳐 지나고 앞쪽으로 나비가 팔랑거리며 날아가자 기분이 나서 한번 달려가게 되었던 것이다.

그렇기에 그녀는 얼마 뒤 다시 천천히 걸음을 옮겼다.

곧 따라잡게 된 유만은 들키지 않을 정도로 뒤를 따르며 두근거리는 가슴을 한 손으로 지그시 누르고는 조금씩 가까이 다가갔다.

‘천천히… 천천히…….’

그렇게 접근해 가며 사정권에 들자 유만이 냅다 몸을 날렸다.

허공을 가로지르며 여인의 등을 향해 두 팔을 쭉 뻗어가던 유만은 한없이 보드라운 풀이 자라난 땅바닥에 그대로 처박혔다.

촤악!

여인이 인기척을 느끼고 몸을 피해 버린 까닭이었다.

여인은 순식간에 검을 뽑아 들고 유만의 목에 들이대며 호통쳤다.

“어디서 감히 추행을 하려 하느냐!”

하지만 곧바로 그녀는 인상을 찡그렸다. 누구냐? 정체가 뭐냐? 따위의 말을 할 필요도 없었고 대답을 들을 필요도 없었다.

유만의 입가엔 침이 좔좔 흘러내리고 눈은 맛이 가버렸으며, 입가에는 바보 천치의 해맑은 미소가 걸려 있었던 것이다.

"뭐야, 이거. 미친 작자였잖아. 젠장. 에잇, 재수없어!"

그녀는 검을 거두고 입맛을 쓰게 다신 후에 다시 걸음을 옮기려 했다.

바로 그때,

"그놈은 사기꾼이오. 속지 마시오!"

이건 또 뭔 소린가 싶어 그녀가 소리가 난 앞쪽을 보니 초라한 행색의 거지가 빠른 신법으로 다가왔다.

여인은 정상적인 인간은 다 어디 가고, 미친놈에 이어 거지까지 출현하자 기분이 우울했지만 도대체 뭘 속지 말고 누가 사기꾼이라는 것인지에 대해서는 사뭇 궁금증이 일었다.

나타난 거지는 오혁이었다.

행방을 놓친 후 개방도들을 돌려보내고도 화를 참을 수 없어 거품을 물고 여기저기 들쑤시던 중 이 광경을 목격하게 된 것이다.

뜻밖에 오혁이 등장하자 상황은 백팔십 도로 바뀌고 말았다.

해롱거리며 미친 흉내를 내고 있던 유만이 놀란 표정으로 벌떡 일어나 뒤로 달아났고, 저만치 뒤에서 지켜보던 송겸 등이 유만을 지키려 우르르 달려나갔다.

그 광경을 보고 여인이 눈살을 찌푸렸다.

"뭐, 뭐야? 미친 거 아니었어?!"

채상요와 유번, 그리고 송겸이 약속이라도 한 듯이 팔짱을 끼고 꼬나보자, 오혁이 고함을 내질렀다.

"이 미친놈들아, 도대체 네놈들의 정체가 뭐냐! 왜 대낮에 사람들을 희롱하고 다니는 거냐? 뭐 하는 놈들이야, 니들!"

그 말에 송겸이 손을 입가에 대고 흠흠, 소리를 내고는 말했다.

"사실 말이네, 우리의 정체를 밝히기는 어렵다네. 극비리에 추진되고 있는 일이거든. 하지만 너무 억울해하는 것 같으니 이야기를 해주지."

극비 운운에 오혁과 여인의 표정이 뚱하게 변했고, 곁에 섰던 유번과 채상요도 이건 또 뭔 소린가 싶어 쳐다봤다.

"우리는 황궁의 비밀 기관인 '보편적 심리 연구회'에서 나온 사람들이라네. 즉, 쉽게 말해서 예상치 못한 상황에 사람들은 어떠한 반응을 보이는지를 살피고 통계를 내 그 결과를 보고하지. 두 사람은 자신들도 모르게 나라를 위해 기여하고 있는 셈이라고나 할까."

유번과 채상요는 당장 웃음이 터지려는 것을 가까스로 참아야 했다. 평소 정상이 아니라는 것은 알고 있었지만 증세가 이 정도까지인 줄은 정말이지 생각지 못했던 것이다.

오혁의 얼굴이 푸르러졌다가 붉어졌다가를 반복하면서 울상이 되고 말았다.

"야! 너, 지금 이 와중에서도 장난이 나오냐? 너희, 오늘 각오해라! 개 끌듯이 분타로 데려가서 고문이 무엇인가를 보여주마!"

그 말에 채상요가 히죽 웃었다.

"고문? 우리를? 크크큭."

유번도 말을 보탰다.

"또 휘파람을 불 생각이냐? 주변에 거지 떼들을 데려오려고?"

이기죽거리는 말에 오혁의 얼굴이 심각해졌다.

"네깐 놈들은 나 혼자라도 충분하다."

오혁은 이미 유번의 무공을 견식한 터라 자신이 그에 미치지 못한다는 것을 알고 있었지만 비굴하게 물러서느니 차라리 죽는 것이 낫다고 생각했다.

곁에 섰던 여인도 분연히 검을 뽑아 들었다.

"나, 장소혜도 너희를 용서하지 않겠다!"

송겸은 사뭇 분위기가 험악해지자 마땅치가 않았다. 임기응변술은 이런 식으로 결론나서는 안 되는 것이었다.

과거 사부도 임기응변술을 익힐 때 교청은 앞에서 토껴 버리지 않았던가. 치고 받는 건 영 어울리지 않는 일이었다. 하지만 유번과 채상요를 보니 거지가 물러서지 않으면 이번에는 진짜 본때를 보여줄 생각인 것 같았다.

송겸이 어떻게 이 상황을 해결할까 고심할 때 뜻하지 않은 변수가 찾아왔다.

당장이라도 돌진할 것 같던 오혁이 장소혜라고 이름을 밝힌 여인의 얼굴을 들여다보고 눈을 떼지 못한 것이다.

장소혜는 눈에 독기를 품고 있다가 모두가 의아한 눈이 되어 젊은 거지를 보고 있자 힐끔 고개를 돌렸다가 다시 정면을 보다가 화들짝 놀라 다시 거지를 바라봤다.

"왜, 왜 그러시오?"

격전을 눈앞에 두고 심적 부담이 너무 큰 나머지 돌아버린 것인가 싶기도 했다.

오혁은 지극히 정상이었다.

"저, 혹시…… 고향이 건유촌이 아닙니까?"

느닷없는 고향타령에 장소혜가 의아한 얼굴을 하고는 말했다.

"그걸 어떻게 아셨죠?"

"어렸을 때 큰아버지 집에서 자랐구요?"

장소혜가 고개를 재차 끄덕였다.

그 말에 오혁이 경직된 자세를 풀고 화사하게 웃었다.

"역시 너였구나. 나, 오혁이야. 오혁! 모르겠니?"

"오혁? 설마…… 너구리? 너구리 맞는 거야?"

"그래, 맞아. 너구리야! 하하하하!"

급기야 두 사람은 서로를 알아보고는 손을 맞잡고 뛰기 시작했다.

당황한 건 도리어 송겸 일행이었다. 워낙 흥겹게 서로를 확인하고 얼싸안을 듯이 날뛰는 바람에, 송겸을 비롯한 모두는 완전히 소외된 인생들이 되고 말았다.

그들은 이곳에 있었지만 그 어떤 존재감도 없는 인간들이었다.

이 광경을 어떤 화가가 그린다면 송겸과 유번 등은 배경 색보다 흐릿하게 흐려지고 있는 상황이라 할 수 있었다.

오혁과 장소혜는 거의 구 년 만에 만난 감동의 재회를 만끽하며 철저히 안하무인의 자세를 취했다.

"네가 어느 날 갑자기 보이지 않아서 얼마나 놀랐는지 아니? 그런데 개방에 들어간 것이었구나?"

"응, 개방 방주가 내 사부님이셔. 두루 인사라도 하고 가자고 했지만 워낙 막무가내시라 야반도주하듯 마을을 떠날 수밖에 없었어."

"와우, 대단한걸. 개방 방주를 사부로 모시다니."

"근데 너도 훌륭한 스승님을 모시게 되었나 보구나?"

“응, 백운 대사님이셔.”

“백운 대사님이시라면 여류고수시지. 잘됐다, 잘됐어.”

돗자리라도 깔아준다면 오늘 하루 내내 저렇게 떠들 것만 같은 분위기였다.

송겸과 유번 등은 쓸쓸히 터벅거리면서 그곳을 벗어났다. 숨죽이며 조용히 물러난 것이 아니었음에도 오혁과 장소혜는 전혀 눈치 채지 못하고 고향 이야기를 하느라 정신이 없었다.

그렇게 송겸 등은 화가의 그림에서 완전히 벗어나 그 자리에서 종적을 감추었다.

제6장 취심법을 배우다

임기응변술은 그야말로 대실패였다.

송겸은 유만이 특수한 인간이란 것을 인정하지 않을 수 없었고, 앞으로는 임기응변술에 관해서는 유만에게 절대로 요구하지 않겠노라 다짐했다.

제대로 되는 게 없이 일이 꼬이자, 송겸은 낙지처럼 흐느적거리며 그저 발걸음을 옮겼다.

유만은 자기 때문에 사형이 힘이 없다는 생각에 미안한 마음으로 우스갯소리를 한다고 했지만, 원래 끔찍스럽게 말이 느리고 맥아리없이 차분한 말투 덕분에 두어 개의 우스갯소리가 끝나자 송겸의 상태는 거의 상해 버린 낙지처럼 되고 말았다.

그렇게 하루하루를 보내다 송겸의 눈이 번쩍 뜨인 것은, 보다 못한 유번이 꺼낸 말 때문이었다.

"상요, 자네가 그것을 가르쳐 주는 건 어때?"

"그럴까?"

"그래, 두 사람 다 너무 기가 죽어 있잖아. 임기응변술이 안 되었으니 다른 것이라도 배워야지."

"크크. 하긴, 배워두면 좋긴 하지."

옆에서 두 사람이 하는 말을 듣다가 송겸이 화색을 발하며 물었다.

"그게 뭡니까?"

"취심법(取心法)이라네."

"오호, 마음을 빼앗는 법이라고요? 엄청 거창한 이름이군요."

"어때, 배워보겠나?"

"그럼요. 마음을 빼앗는 법을 안다면 세상에 두려울 것이 없지 않겠습니까? 그렇지 않냐, 만아?"

"…그런 것 같기도 하네요."

"좋아. 그럼 전해주도록 하겠네. 취심법은 다른 말로는 소매치기라고 하지."

"네?"

송겸이 꿀떡같이 맛있는 밥을 먹다가 돌을 씹은 표정으로 째리자 채상요가 실실거렸다.

"그렇게 노려볼 것까지 있나. 생각해 보게. 누구든 그의 몸에 지닌 것을 보게 되면 그가 어떤 사람이고, 무엇을 좋아하는지, 어떤 성격인지까지 알 수 있게 되니 취심이란 말은 매우 적절하다고 할 수 있지."

송겸은 취심법이란 거창한 이름 때문에 기상천외하면서도 심오한 그 무엇일 거라는 환상이 워낙 컸던 탓에 깨어진 환상 조각에 찔려 마음이 쓰라렸다. 하지만 채상요의 말을 곰곰이 생각해 보더니 남이 지닌 물건을 내 호주머니의 물건 꺼내듯 한다는 것에 마음이 닿자 그것도 꽤나 재밌을 것 같았다.

"하하하하, 좋습니다."

"하지만 취심법을 알려주기 전에 두 사람에게 약속을 받아야겠네."

일순 채상요의 안색이 진중해졌다.

"말씀하세요."

"취심법을 습득한 후에 아무에게나 함부로 남용하지 않겠다는 것을 이 자리에서 약속하게."

채상요가 굳이 이런 말을 한 것은 그에게 취심법을 알려준 일수취심(一手取心) 배공(杯空)을 잊지 않았기 때문이다.

이십여 년 전 인연을 맺을 당시 배공은 가난한 자와 선한 자, 연약한 자의 마음을 빼앗는 일은 없어야 한다고 말했다.

배공은 천하의 대도(大盜)로 이름을 날렸는데 이름답게 그는 진정 대도(大盜)여서 악인의 품을 거덜 내고, 그것을 선한 이의 품에 혹은 집에 놓아두기를 즐겨했다.

"허허, 저를 밑동 잘린 나무처럼 작게 보시는군요. 사파의 체면이 있지 어찌 함부로 취심을 남발할 수 있겠습니까?"

송겸은 사람을 그런 식으로 비참하게 만들지 말라며 언짢게 말했다. 하지만 정작 속마음은 전혀 달랐다.

'아, 사파가 달리 사파여. 그냥 하고 싶은 대로 하고 살면 되는 것이지. 키키키키. 약속 나부랭이야 불쏘시개로 사용하라고 있는 거잖아.'

그렇게 하여 채상요는 가는 길에 취심법을 가르쳐 주었다.

송겸과 유만은 서로를 상대로 하여 밤낮을 가리지 않고 맹렬히 재주를 익혀갔다.

그중 송겸의 성취는 유만과 비교할 수 없을 만큼 빨랐다.

아무래도 송겸의 배우고자 하는 열의가 더욱 뜨거운 것이 가장 큰 요인이었으며 거기에 지난 시간 낙엽과 눈송이를 잡는 수련을 한 까닭에 손과 눈이 빨라졌기 때문이기도 했다.

보름 정도가 지나 제법 그럴싸한 틀을 갖추게 되자 송겸은 이젠 실전해 써보자고 성화를 부렸다.

채상요는 그것도 좋겠다며 동의했다.

하지만 정작 표적을 정하는 것이 쉽지 않았다. 어찌나 신중에 신중을 기하는지 이 사람은 너무 가난해 보인다, 저 사람은 불쌍하게 생겼다, 또 저기는 뭔가 사연이 있어 보인다 등의 말을 주절거리며 좀처럼 사람을 고르지 못했다.

사흘 동안 송겸은 '저기 저 사람 딱이네요' 라는 말을 쉬지 않았고, 채상요는 '아니야, 얼굴은 고약해 보여도 의외로 마음은 순한 사람이 많거든. 게다가 저 사람은 무공을 익히지 않은 자가 아닌가' 라는 식으로 서로 옥신각신했다.

그러다 나흘째가 되어 하남성 동쪽에 위치한 보명산 자락을 넘을 때였다.

모두의 마음에 '바로 저 사람이다' 라는 느낌이 확 밀려오는 사람을 발견했다.

그는 가던 길을 멈추고 물병을 들어 목을 축이고 있는 중이었다.

그는 사십 대 중반의 사내로 허리에 검을 차고 있었으며, 얼굴은 피로가 가득한 중에 음침했고, 쥐새끼마냥 쉴 새 없이 주변을 두리번거리며 불안해하는 모습을 보였다.

누구라도 그를 보았다면 '저놈, 저 죄졌구먼, 죄졌어' 라고 생각할 얼굴이었다.

채상요는 적절한 표적이 나타나면 사용하려고 준비한 술을 호리병에서 따라 송겸의 옷에 뿌리고, 입에도 머금게 해 술 취한 사람처럼 보이게 했다.

거기에 송겸은 손으로 눈을 마구 비벼 벌겋게 충혈되게 만들고 몸을 땅에 굴려 흙을 묻힌 후, 목표를 향해 비틀거리면서 서서히 접근해 갔다.

"꺼억~ 취한다, 취해. 세상만사 황홀할 따름이구나."

이미 임기응변술의 극에 다다른 송겸이었기에 유만 때와는 비교도 할 수 없이 자연스러웠다. 영락없이 밤새 술을 마시고 아무 곳에서 뻗어 자다가, 해가 중천에 솟은 지금에야 집으로 돌아가는 한량의 모습이었다.

중년인은 송겸을 뚫을 듯 의심 가득한 눈으로 보다가 별다른 점을 발견하지 못하겠는지 시선을 거두고 다시 물을 들이켰다.

갈지자로 비틀대며 걸어가는 송겸의 걸음은 어떤 방향으로 움직일지 모를 상태였고, 한순간 크게 노래를 부르다 중년인 쪽으로 넘어졌다.

워낙에 갑작스러운 데다 송겸이 교묘하게 몸을 움직인 까닭에 중년인은 송겸의 몸과 겹쳐 어지럽게 실랑이를 벌이다 확 밀어버렸다.

"아이쿠야……."

송겸은 벌러덩 넘어져서는 아예 잠이라도 잘 사람처럼 희미하게 눈을 깜박이며 하늘을 올려다보다가 끙끙대며 자리에서 일어났다.

"미안함다… 미안해뇨……. 음냐리."

송겸은 혀 꼬부라진 소리로 사과를 하고는 곧 쓰러질 듯 말 듯 오장여를 걸어갔다.

"얼빠진 새끼!"

중년인은 차갑게 말한 후 자리에서 일어나 옷차림을 정리했다. 그는 오른손을 품에 넣고 툭툭 만지다가 한순간 얼굴색이 백지장처럼 하얗게 변해 버렸다.

없었다. 이곳에 앉아 있을 때만 해도 품에 있는 것을 확인했었다.

술주정꾼 때문에 혹시 땅에 떨어졌나 싶어 황급히 주변을 살폈지만 어디에도 물건은 없었다.

순간 그의 머리에 번쩍 하고 불이 켜졌다.

'설마 저 새끼!'

속으로 되뇜이 끝나기도 전에 그의 손이 허리 쪽을 스쳤고, 어느새 손에 쥔 표창을 던졌다.

쉭~

표창은 허공을 가르며 곧장 송겸의 목을 향해 날아갔다.

그때 비틀거리던 송겸의 발이 기이하게 움직이면서 몸이 흐릿하게 변하더니 찰나간에 옆으로 이동하고는 돌아섰다.

잔상보였다.

송겸은 술주정꾼의 흉내를 내면서도 신경을 곤두세우고 있었다. 중년인이 허겁지겁 주변을 살피는 소리를 듣고 이미 마음으로는 그에 대한 대비를 하고 있었던 것이다.

송겸이 전혀 예상치 못한 몸 동작을 보이며 표창을 피하자 중년인의 안색은 분노로 끓어올랐다.

"누구냐, 너?"

그는 질문을 던졌지만 대답을 기다릴 여유가 없었다. 잇달아 세 개의 표창을 던지면서 몸을 날렸다.

송겸은 삼각의 방위를 점하고 밀려오는 표창 중 두 개를 피해내고, 피하기 힘든 나머지 하나는 손으로 움켜쥐었다. 지난 가을과 겨울에 걸쳐 혹독한 수련을 한 보람이 있었다. 그러나 표창이 매우 빨리 날아온 까닭에 그만 손을 살짝 베이고 말았다.

이미 표창은 피할 것이라 생각했는지 중년인은 검을 앞세우고 폭풍처럼 밀려들었다. 살기가 가득 배어 있었다.

송겸은 정 원한다면 돌려줘야겠다고 생각하고 있다가 상대가 표창에 이어 죽일 듯이 달려들자 화가 치밀어 올랐다. 파검식으로 맞서면서 연신 상대의 공격을 무산시키며 욕을 퍼부었다.

"이봐, 이게 무슨 짓이야! 그냥 좋은 말로 달라고 하면 될 것을, 사람을 죽이려 들다니. 이젠 죽어도 못 줘, 이 망할 놈아! 표창을 받다가 손까지 베었으니 네놈 피도 좀 봐야겠다!"

미친 듯이 검을 휘젓던 중년인이 손을 거두고는 뒤로 멀찍이 물러났다. 방금 전과는 달리 그의 얼굴엔 음침한 미소가 걸려 있었다.

"흐흐, 손이 베었단 말이지. 그럼 이야기가 조금 쉬워지겠구나."

"무슨 소리냐?"

뭔가 낌새가 이상했다. 분위기가 묘해지자 지켜보고만 있던 유번 등도 서둘러 모습을 드러냈다. 유번과 채상요는 큰 어려움은 없을 것이라는 생각에 끝까지 숨어 있을 셈이었으나 지금은 느낌이 좋지 않았다.

"똑바로 말하는 것이 좋을 게다."

유번이 사뭇 위협적인 어투로 중년인에게 말하자, 중년인은 슬쩍 입꼬리를 올리며 꼬나보았다.

"이런, 이런, 도둑놈이 한 놈이 아니었군. 숫자로 날 협박해 보겠다는 것이냐? 하지만 너희는 내 말을 들어야 할걸. 섣불리 행동하면 영영해독은 불가능할 테니 말이다."

"해독?"

송겸이 눈을 휘둥그레 뜨고 물었고,

"그럼 표창에 독이 묻어 있었다는 것이냐?"

채상요가 확인했다.

"후후, 일각 이내에 해독하지 않으면 의선이 강림한다고 해도 목숨을 부지할 수 없을 것이다."

"풋!"

엄청 심각한, 그 무엇을 예상했다가 고작 독이 발라져 있다는 말에 송겸이 참지 못하고 웃었다. 유번과 채상요는 빙그레 웃었고, 유만은 중년인을 향해 안됐다는 표정을 지어 보였다.

전혀 겁먹은 기색이 없자 당황한 것은 중년인이었다.

"뭐, 뭐냐?"

"난 또 대단한 거라도 있는 줄 알았지. 해독약이라, 좋지. 그거야 강제로라도 빼앗으면 그만 아니겠나? 아니, 솔직히 그렇게 하는 건 피곤

할 뿐이지."

유번의 말에 중년인은 눈알을 이리저리 굴리더니 갑자기 파안대소했다.

"푸하하하! 아주 훌륭하구나. 그래, 그 정도면 누구라도 충분히 속아 넘어가겠는걸. 하지만 너희는 사람을 잘못 보았다."

그는 상대가 허장성세를 부려 방심하게 한 후 손을 쓰려 하는 것이라 생각했을 뿐 천하의 어떤 독도 소용없다는 것을 전혀 알지 못했다.

"너희가 훔친 물건은 도리어 네놈들을 해롭게 하는 것일 뿐이니 어서 내놓아라. 내 오늘 특별히 너그러운 마음으로 자비를 베풀겠다."

중년인은 사실 이 정도에서 마무리 짓고 싶었다.

빼앗긴 물건은 그에겐 목숨보다 중요한 것이어서 모조리 목을 베어 버려도 흡족하지 않을 터이나, 지금 상황을 냉정히 따져 볼 때 어린놈은 고사하고 두 중년인을 상대하기도 벅찰 것이 사실임을 인지한 것이다.

"독까지 써가면서 사람을 죽이려 해놓고 이제 와서 자비 운운하면 곤란하지."

송겸은 지그시 중년인의 기대를 밟아 부서뜨렸다.

"정녕 개죽음을 당하겠다는 것이냐?"

"개죽음은 무슨……."

그러면서 송겸은 중년인의 품에서 훔쳐 낸 옥병을 꺼내 들고 좌우로 살랑살랑 흔들었다.

"하아, 이게 뭘까? 영약이라도 되는 걸까나."

중년인은 얼굴이 벌겋게 부어오르더니 송겸에게 달려들었다.

"어서 내놔라! 이 자식아, 어서 내놔!"

송겸은 신법을 펼쳐 벗어나서는 옥병을 유만에게 던졌다. 엉겁결에 유만이 옥병을 받아 멀뚱하니 바라봤다.

중년인은 옥병을 쫓아 이번엔 유만을 향해 전력으로 달려갔다. 유만이 얼른 채상요에게 옥병을 던져 버렸다. 중년인은 옥병에서 시선을 떼지 않은 까닭에 달려가던 몸을 급히 트느라 몸이 휘청하며 꼴불견을 연출했지만, 그런 것에도 아랑곳하지 않고 채상요에게 달려들었다.

채상요는 다시금 송겸을 향해 던졌고, 송겸은 유만에게, 유만은 채상요에게로 던지기가 반복되었다. 그때마다 중년인은 똥개처럼 헉헉거리며 달려왔다가 몸을 틀어 또 달려갔다.

"나한테도 던져."

혼자만 뻘쯤하게 구경하고 있던 유번이 왜 자기한테는 안 주냐면서 적당히 간격을 벌리고 위치를 잡자 채상요가 유번에게 옥병을 던졌다.

이윽고 옥병이 송겸에게로 옮겨졌을 때 중년인은 미친놈처럼 날뛰던 걸음을 멈추고 헉헉거리며 송겸에게 검을 겨누었다.

"어떻게 된 사연으로 아직 네놈이 중독 현상이 없는지는 모르겠지만, 그래도 난 네놈을 죽여놓고야 말겠다."

"흥, 그러셔?"

송겸은 옥병을 유만을 향해 던지고는 손을 뻗어 일장을 갈겼다.

중년인은 이번에는 옥병에 신경 쓰지 않고 송겸을 찔러갔다. 필살의 의지가 깃든 일검이라 매섭기 그지없었다. 송겸은 파검식을 운용하며 장력으로 검의 각도를 빗겨 치고는 소리쳤다.

"유만, 그거 마셔 버려라."

그 말에 중년인은 더욱 노가 충천해 송겸을 공격했다. 상당히 위협 적이긴 했으나 그래도 송겸은 어느 정도 여유를 가지고 피해냈다.

"얼른 마셔 버려!"

"마시면 안 돼! 그건 독이다! 목숨이 열 개라도 결코 몸이 성하지 못 할 것이다!"

중년인은 공격을 늦추지 않으면서 말했다. 그러나 그 말이 곧 큰 실 수가 되고 말았다.

옥병을 쥔 유만은 망설이고 있다가 중년인이 독이라는 말을 하자 그 제야 거침없이 마개를 열고 한 방울도 남김없이 마셔 버렸다.

만약 중년인이 옥병에 든 것이 영약이라 말했다면 유만은 마시지 않 았을 것이다. 취심법을 통해 억지로 물건을 빼앗은 것이기에 돌려줘야 하는 것이 아닌가라는 생각을 했기 때문이다. 하지만 독이라고 하니 괜히 다른 곳으로 유출된다면 여러 사람들이 피해를 입을 수도 있겠다 싶어, 세상에서 없애 버려야겠다는 생각으로 남김없이 마셔 버린 것이 다.

이미 송겸과 유만은 섬환공의 칠독을 투여받아 만독불침이라 세상 그 어떤 독도 두려울 것이 없는 상태였다. 유만은 그저 물을 마신다는 심정으로, 좋은 일을 한다는 생각으로 사형의 말을 따랐다.

"사형, 다 마셨어요."

유만의 말은 '그만 정지' 라는 신호와도 같은 효력을 나타냈다. 맹렬 히 공격하던 중년인은 검을 막 뻗어 내려는 자세 그대로 굳어버렸다. 그러자 송겸도 그에 반응해 막 몸을 빼내려다 멍하니 중년인을 바라봤 다.

중년인은 유만을 향해 천천히 고개를 돌렸다. 유만은 친절하게도 옥병을 거꾸로 들어 비었다는 것을 보였다. 그건 마치 '자, 봐요. 한 방울도 흘러나오지 않죠?' 라고 말하는 것이나 다름없었다.

중년인의 눈이 믿을 수 없다는 듯 크게 떠졌다.

"너, 너, 정말 다 마셔 버린 거냐?"

유만이 두 박자 늦게 서서히 고개를 끄덕였다.

"어떻게 멀쩡한 거지?"

그 말에는 뒤에 선 송겸이 무성의하게 답했다.

"그런 게 있어."

중년인의 얼굴은 믿을 수 없다는 표정과 함께 슬픔과 억울함, 서러움이 한데 어우러져 복잡하게 얽혔다.

그의 이름은 장묘혼이다.

그는 천독문에서 백년대계를 통해 정제한 독정지왕을 지키던 이로 큰 야망을 품고 독정지왕을 훔쳐 내었다. 평생의 은인이랄 수 있는 천독문의 장로, 양부 을휴와 천독문주를 배반하는 목숨을 건 도박을 결심한 것은 독정지왕을 운용할 수 있는 유뢰공(幽瀨功)을 입수한 뒤였다.

그가 독정지왕을 복용하지 않고 여기까지 이른 것은 독정지왕을 복용하는 것이 그리 간단한 일이 아니었기 때문이다. 독정지왕을 훌쩍 마신다고 하여 최고의 독인으로 거듭날 수 있는 것이 아니었다.

유뢰공을 통해 지독한 독기가 전신혈맥과 조화를 이룰 수 있도록 해야 했고, 적어도 이 기간이 삼 개월가량은 필요했다.

이때는 운신하기조차 힘들기에 아무에게도 방해받지 않을 장소가 필수였다. 그러나 천독문이 문의 모든 힘을 동원하여 쫓는 중이라 그는 몸과 마음이 피폐해져 갈 뿐 아직 마땅한 곳을 찾지 못한 것이다.

그런데 어이없게도 독정지왕이 바로 눈앞에서 사라져 버렸다.

장묘혼은 눈물을 글썽이다가 끝내 주르륵 쏟았다.

"흑흑흑……."

도망 다니는 것이 힘겨워 어떨 땐 독정지왕을 슬쩍 돌려주고 여생을 편하게 살까도 생각했던 그였다. 이젠 그 가능성마저 사라진 터라 하늘이 무너져 내리는 것만 같았다.

뜻밖에도 장묘혼이 주저앉아 울먹이자 송겸이 입을 삐죽 내밀면서 슬그머니 그를 돌아 일행이 있는 곳으로 돌아갔다.

"유 공자, 몸은 어떤가?"

채상요의 물음에,

"…저요? 아무렇지도 않아요."

유만이 어깨를 으쓱해 보였다.

"몸이 상쾌해지거나 그런 것도 없나?"

"…진액이라 그런지 목이 좀 칼칼한데요."

장묘혼은 귀가 막힌 것이 아닌지라 두 사람의 대화를 똑똑히 들을 수 있었다. 유뢰공 없이는 발작을 일으키다 죽어야 정상이었다. 그런데 그저 목이 칼칼할 뿐이라니, 더욱 속이 뒤집혔다.

송겸이 모두를 향해 눈짓을 보냈다. 모두가 고개를 끄덕였다.

그리고는 주저앉아 있는 장묘혼을 쓸쓸히 남겨놓고 쏜살같이 달아나 버렸다.

눈물로 흐려진 장묘혼의 시야에 다다다닥, 거리며 사라지는 모습이 뿌옇게 비쳤다.

"씨발. 잘 가라, 개새끼들아. 흑흑흑흑……."

송겸 일행이 먼지를 남긴 채 사라진 후에도 장묘혼은 거의 두 시진 동안 꼼짝 않고 주저앉아 있었다. 여전히 평온한 세상이었지만 그에게 있어서만큼은 하늘은 무너져 내리고 땅은 갈라졌다.

일어설 기력도, 일어서고 싶은 마음도 없었다. 어디로 가야 할지 답을 찾을 수 없었고, 바로 눈앞에 신기루처럼 사형대가 놓인 것만 같았다.

그는 단장(斷腸)의 슬픔으로 구슬픈 눈물만 뚝뚝 떨구며 욕을 해대고 땅을 치다가 대자로 벌러덩 누웠다가 다시금 벌떡 일어나 고래고래 소리를 질러댔다.

"야아아아~ 이 개새끼들아~ 잘 먹고 잘살아라~ 어디 얼마나 잘 사나 보자~ 야아아아아~"

거의 피를 토할 듯 외치고 울고를 반복하던 그의 눈에 한순간 헛것이 보이기 시작했다.

천독문주였다. 뿐만 아니라 천독문의 고수들도 보였다. 그들은 비장한 걸음으로 걸어오고 있었다.

그들은 말도 했다.

"고작 도망친 곳이 여기나?"

"죽일 놈!"

"네놈이 배신할 줄은 꿈에도 생각지 못했다, 배은망덕한 놈!"

너무나 큰 정신적 충격에 가공할 만한 환상을 접한 장묘혼은 뒤로 벌러덩 누우며 중얼거렸다.

"그래, 미안하다… 미안해……. 하지만 이젠 나도 어쩔 수 없다구."

장묘혼은 누운 채로 늦은 오후의 하늘을 바라보며 푸념을 늘어놓았다. 몽실구름이 풍요롭게 하늘을 수놓고 있었다.

바로 그때 검은 그림자가 몽실구름을 가렸다. 이건 뭐냐, 는 식으로 인상을 찡그릴 때 싸늘한 음성이 고막에 전해졌다.

"너, 아주 삶을 포기한 모양이구나."

장묘혼이 화들짝 놀라 자리를 박차고 일어났다. 그는 손으로 눈을 마구 비벼대고 눈을 빠르게 깜박였다.

"헉!"

환상이나 환청이 아니었다. 실제로 천독문주 소언악이 떡하니 눈앞에 서 있는 것이다.

"쳐 죽일 놈, 어서 독정지왕을 내놔라!"

장묘혼은 바들바들 떨며 말했다.

"독정지왕은…… 잃어버렸습니다."

소언악이 장묘혼의 머리를 양손으로 잡아당기며 그대로 무릎으로 찍어버렸다.

퍽!

장묘혼은 코뼈가 으스러져 피가 샘솟듯 흘러나오며 쓰러졌다.

소언악은 무릎 꿇은 자세로 고개를 숙이고 있는 장묘혼의 얼굴을 발로 걷어 올렸다. 장묘혼은 광대뼈가 작살나면서 몸이 붕 떠 뒤로 나가 떨어졌다.

"네놈의 발가락부터 칼로 서서히 저며주어야 제대로 말을 할 생각이냐?"

　장묘혼은 피가 나는 것도 아랑곳하지 않고, 광대뼈가 함몰된 것도 잊은 채 무릎을 꿇고 떨리는 음성으로 말했다.

　"사, 사실대로 말씀드리겠습니다. 두 시진 전이었습니다. 그들은 제게 독정지왕이 있다는 걸 알고 있었던 것 같았습니다. 은밀히 접근해 제 품에서 독정지왕을 훔쳤습니다. 그리고는… 그리고는……."

　"그리고?"

　"그리고…… 그들 중 한 명이 독, 독정지왕을 마셔 버렸습니다. 이상한 건 독정지왕을 복용했음에도… 아무렇지도 않았다는 것입니다. 제가 생각할 때 제가 훔친 것은 독정지왕이 아닌 것 같습니다. 그렇지 않고서야……."

　거기까지 듣고 있던 소언악이 발로 장묘혼의 얼굴을 밟고 땅바닥에 짓이겼다.

　"후후. 네놈이 아주 간이 부을 대로 부은 모양이구나, 말 같지도 않은 변명을 늘어놓은 것을 보니. 나는 네놈의 간이 얼마나 커졌는지 천천히 확인해 보고 싶구나."

　장묘혼이 눈으로 보고도 믿을 수 없었던 것처럼 천독문주 소언악도 그 내용을 받아들일 수 없었다. 세상 천지에 독정지왕을 복용하고 홀연히 사라져 버릴 수 있는 사람이 어디에 있겠는가.

　"사, 사실입니다. 믿어주십시오. 그들이 어느 쪽으로 사라졌는지 알고 있습니다. 지금이라도 추격한다면 잡을 수 있을 겁니다. 제가 어찌 이 상황에서 거짓을 고할 수… 윽!"

　소언악이 발에 힘을 주자 장묘혼의 이가 부서지며 극심한 고통이 찾아왔다.

소언악은 발을 떼고 수하들에게 명했다.

"이놈을 나무에 묶어라! 해부를 좀 해야겠다!"

"살려주십시오. 제발 살려주십시오! 부디 제 말을 믿어주십시오!"

장묘혼은 발작하듯 매달리는 시늉을 하다가 곧바로 손을 들어 자신의 천령개(天靈蓋)를 향해 장력을 날렸다. 순간 퍽, 하는 소리가 나며 뇌수가 터지고 피가 분수처럼 터졌다.

소언악의 눈이 경악으로 물들었다.

"이 새끼야, 여기서 죽으면 안 돼! 죽지 마! 야 새끼야, 죽지 마~"

소언악은 장묘혼의 몸을 붙들고 안타까워했지만 장묘혼의 숨결은 이미 끊긴 뒤였다.

장묘혼은 비록 죽음을 맞고 말았지만 마음의 고향인 천독문, 바로 그곳의 천독문주가 그의 죽음에 안타까운 절규를 부르짖었다는 것은 그로서는 최악 중에서 건져 낸 먼지보다 작은 행복이 아니었을까.

장묘혼을 버려두고 산 고개를 넘은 일행은 저녁 무렵이 되어 객잔에 들었다. 술과 고깃국으로 배를 채운 후 마주하는 방 두 개를 얻어 잠자리를 준비했다.

송겸은 침상에 누워 잠을 청해보았지만 좀체 잠이 오지 않았다. 왼쪽으로 오른쪽으로 몸을 뉘었다가 엎어져서 베개로 머리를 눌러봐도 머리는 또렷이 맑아져만 갔다.

이제 얼마 후면 무령노괴를 만날 수 있게 된다는 생각에 며칠 전부터 생겨난 불면증 때문이었다. 과연 아버지의 흔적을 찾을 수 있을 것인지, 아무것도 발견하지 못하면 어쩌나, 하는 불안이 원인이었다.

다시 똑바로 누운 송겸이 힐끔 옆 침상을 살폈다. 유만은 언제나 그랬던 것처럼 한 구의 시체처럼 미동도 없이 잠들어 있었다.

송겸은 가슴께를 더듬어 흑혁에서 자월도를 꺼냈다. 사부에게 건네받은 후 목걸이로 만들어 걸고 다니고 있었다. 자월도를 이리저리 움직이자 창문으로 옅게 들어온 달빛에 살짝 살짝 반짝거렸다.

'자월을 사용할 수 있었으면 좋겠어요. 그리고…… 아버지에 대해서도 알고 싶어요.'

송겸은 자월도에 입을 맞추고 본래대로 집어넣은 후 잠들기 위해 침상 아래로 내려와 운기행공을 했다.

일 식경 정도 눈을 감고 오직 운기에만 열중하자 마음이 차분해지는 것을 느낄 수 있었다.

그렇게 송겸이 운기를 마치고 가만히 눈을 떴을 때였다.

순간 송겸의 눈이 화등잔만해졌다. 보고도 믿을 수 없다는 것은 바로 이런 상황을 두고 만들어진 말임에 틀림없었다.

송겸은 손으로 마구 눈을 비볐지만 달라진 건 아무것도 없었다.

침상에 누워 있어야 마땅한 유만이 침상 이 척(약 60㎝) 위로 붕 떠 있었던 것이다.

송겸에게 이런 광경은 머리에 털이 나고 처음 보는 현상이었다. 사부와 함께 묵을 때에도 공중 부양을 한 채로 잠자는 모습은 본 적이 없었다.

"뭐, 뭐냐?"

송겸은 천천히 다가가 유만의 몸을 지그시 내리눌렀다.

유만의 몸은 거부 반응 없이 솜처럼 푹신하게 바닥에 내려앉았다.

"휴~ 도대체 무슨 조화야. 으악~"

이젠 됐겠지 하고 고개를 가로젓던 송겸이 비명을 내질렀다.

유만의 몸이 귀신처럼 붕 하고 다시 떠오른 것이다.

'뭐야, 대체.'

송겸은 덜컥 겁이 나 허겁지겁 유만 등이 머무는 객방으로 달려갔다.

"아저씨, 큰일났어요! 유만이, 유만이 이상해요!"

유번과 채상요가 벼락같이 튀어나왔다.

"무슨 일인가?"

모두는 황급히 방으로 들어섰고 유번과 채상요의 눈도 휘둥그레졌다.

유만의 상태는 아까와는 또 달라져 있었다. 조용히 공중에 떠 있었던 것에서 더 나아가 이젠 뜬 채로 몸이 요동치며 발작하고 있었던 것이다.

유번과 채상요가 유만의 몸을 붙들었다.

바로 그때였다.

"크아아악~"

한줄기 괴성이 터지면서 유만이 팔다리를 거칠게 휘저었다. 그 힘이 상상할 수 없는 것이라 채상요와 유번은 그만 뒤로 튕겨 나가고 말았다.

유만의 몸은 어느새 침상 위에 선 자세가 되어 머리는 벼락이라도 맞은 양 사방으로 뻗치고, 눈에서는 녹광을 줄기줄기 내비쳤으며, 드러난 피부에는 혈맥이 터질 듯이 팽창해 당장이라도 툭, 하고 피가 터져 나올 것만 같았다.

"어떻게 해야 하죠? 저러다 저 녀석 완전히 돌아버리는 건 아니겠죠?"

“제길, 도대체 무슨 일이지?”

“이해할 수가 없군.”

유번과 채상요는 차례로 한마디씩 내뱉다가 서로의 얼굴을 마주 보며 함께 외쳤다.

“설마!”

“설마!”

“왜 그런지 아시겠어요?”

“단언할 수는 없지만 낮에 마신 독이 몸속에서 충돌을 일으키고 있는 것 같네.”

“그럼 어떻게 해야 합니까?”

“일단 붙들어놓고 운기를 돕도록 해야겠네.”

대화가 진행되는 동안 유만은 고통스러운 듯 연신 괴성을 질러대더니 훌쩍 뛰어내려 벽을 향해 머리를 부딪쳤다.

쿵! 쿵! 쿵!

벽이 갈라지고 돌이 사방으로 튀었지만 유만의 머리는 멀쩡한 것 같았다.

송겸은 저러다 죽겠다 싶어 유만의 어깨를 붙들었다. 이어 유번과 채상요가 양 옆에서 손을 번개같이 움직여 혈을 제압했다.

그러나 그건 유번과 채상요의 희망 사항일 뿐이었다. 유만의 몸은 어찌 된 일인지 점혈이 먹히지 않을 뿐 아니라 도리어 유번과 채상요는 점혈했던 손가락이 찌릿하는 통증에 황급히 손을 떼야만 했다.

유만은 괴성을 토해내면서 몸을 뒤틀며 어깨를 붙들고 있는 송겸을 향해 주먹을 날렸다. 송겸은 급히 피했지만 유만의 경력이 무시무시해

스치기만 했는데도 뒷걸음질치며 비틀거렸다.

지금 유만의 상태는 원래 몸 안에서 작용하고 있는 섬환독공과 새로 복용한 독정지왕이 융화하지 못하고 서로 적대시하며 충돌을 일으키고 있는 상황이었다.

처음 독정지왕이 몸 안에 들어섰을 때는 서로 눈치를 살피는 위험천만한 대치 상태였다. 그러다 유만이 잠자리에 든 후 섬환독공이 발효해 독정지왕을 삼키려 했고, 이에 독정지왕이 반발하게 되었던 것이다.

섬환독공은 천하만물 모든 독의 정화를 융화시킨 것이기에 새롭게 침입한 독정지왕마저 흡수하려 했고, 여기에 극독을 품고 있는 세 영물에서 추출한 독정지왕도 섬환독공에 제압당하지 않기 위해 힘을 발휘하게 되었다.

이로 인해 유만의 몸은 서로 다른 성질의 두 독의 전쟁터가 되어 혈맥은 터질 듯 부풀어 오르고, 혈도가 제멋대로 뒤바뀌고, 진기는 춤을 추었다.

유만은 광기에 사로잡혀 분별력을 잃고 본능적으로 답답한 몸을 해소할 길을 찾아 송겸을 뿌리치고는 벽을 향해 돌진해 머리를 박아댔다.

쾅! 쾅! 쾅!

송겸 등이 잠시 얼떨떨해하는 사이에 유만은 머리로 벽을 뚫어버리고 옆 객실로 돌 먼지와 함께 머리를 내밀었다.

유만의 머리가 튀어나온 곳은 침상 쪽이었다. 그곳에는 두 젊은 남녀가 벌거벗은 채 한참 정사에 몰두하고 있었다.

그들은 옆방에서 쿵쾅거리는 소리가 났지만 서로의 몸을 탐닉하느라 정신을 빼앗겨 하늘이 무너지고 땅이 갈라진다 해도 상관하지 않을 정도로 흠뻑 빠져 있었다. 그러다 유만의 머리가 벽을 뚫고 삐죽 튀어 나오자, 비로소 시간이 멈춘 듯 입을 벌리고 유만을 바라봤다.

특히 여인은 누워 있는 상태여서 불쑥 내민 유만의 눈과 그대로 마주쳤다. 녹광이 흐르는 눈과 얼굴 가득 혈관이 터질 듯이 부풀어 오른 유만의 얼굴을 대하자 그녀는 비명도 지르지 못하고 눈을 부릅뜨다 그대로 혼절하고 말았다.

남자는 몸을 떼내고 이불로 하체를 가린 후에 으아악, 소리를 지르고는 밖으로 튀어 나갔다.

유만은 양손으로 벽을 두들겨 박살 내버리고는 옆방으로 건너갔다. 그곳에서도 유만은 괴성을 지르면서 집기를 부수고 벽을 향해 돌진해 머리를 박아댔다.

"일단 점혈이 안 되니 억지로라도 잡아놓고 묶는 수밖에 없겠어."

유번의 말에 채상요와 송겸이 뚫린 벽을 넘어 유만에게 달려들었다.

"이 녀석아, 정신 차려!"

송겸은 벽을 향해 박치기를 하는 유만의 등판에 일장을 날렸다.

펑!

그러나 송겸은 손목이 부러질 듯한 충격을 받고 뒤로 나가떨어졌다. 비록 온 힘을 다 기울인 것은 아니었다 하더라도 반탄력만으로 튕겨진다는 것은 그야말로 송겸에겐 충격이었다.

등을 맞은 유만은 포악스럽게 이를 드러내고 이어 달려드는 채상요와 유번에게 주먹을 휘둘렀다. 어떤 권격이나 초식 따위가 아니었다. 그저 건달패처럼 마구 휘두르는 것이었다. 그렇더라도 주먹이 스치면서 엄청난 경력이 일어 제대로 맞았다가는 몸을 성하게 보전하기 힘들어 보였다.

유번이 현란하게 보법을 펼치며 유만의 눈을 어지럽혔고 그 틈에 채상요가 유만의 목에 수도를 날렸다.

채상요는 손이 저려오긴 했지만, 유만은 이번에는 타격을 입고 앞으로 고꾸라졌다. 하지만 유만은 즉시 강시처럼 몸을 일으켰다. 바로 그 순간 유번이 공중으로 몸을 띄워 퇴법으로 머리와 가슴, 그리고 발목을 강타했다. 추풍퇴법 중 삼연각이라 불리는 절초였다.

유번의 공격은 제대로 먹혔다. 유만은 쓰러져 한동안 짐승 같은 신음을 발하더니 갑자기 번개같이 몸을 날려 열린 문으로 뛰쳐나갔다.

그때부터 객잔은 한바탕 난리가 났다.

"으아아악~"

"괴, 괴물이다! 괴물이다!"

"녹색 괴물이다~"

원래 객실에 머물던 이들은 소란스러운 소리가 들렸지만 강호인들의 싸움이 시작된 것이라 생각하고 차마 밖으로 나갈 엄두를 내지 못했었다.

한데 유만이 문과 벽을 가리지 않고 뚫고 들어가 괴성과 함께 손에 잡히는 대로 집어 던지고 벽을 향해 머리와 몸을 부딪쳐 가자 놀란 사람들이 비명을 내지르고 속옷만 입은 채 뛰쳐나왔다.

"사람 살려!"

"사람 살려~ 녹색 괴물이다~"

송겸은 다른 때 같았으면 구경거리가 넘치는 상황에 흐뭇한 눈길로 멋진 감상평을 늘어놓았겠지만 하나뿐인 사제의 일이라 정신이 없었다.

유만은 닥치는 대로 부수다가 송겸 등이 보이면 벽을 뚫고 이동하였기에 객잔의 이층은 초토화되고 있었다.

객잔 주인은 소동이 일자 평소 믿고 의지하던 주먹들을 서둘러 불러 막아달라고 했다. 하지만 주먹들은 유만의 모습을 보는 순간 발이 보이지 않을 정도로 달아나 버렸고, 객잔은 점점 형체를 잃어갔다.

유번과 채상요는 거의 동시에 이대로는 안 되겠다 싶은 마음의 일치를 보고 각기 도와 검을 빼 들었다.

송겸이 화들짝 놀라 두 사람을 가로막고 소리쳤다.

"유만을 죽일 셈입니까!"

"우리가 유 공자가 빠져나가지 못하도록 가두겠네. 그때 자네가 제압하도록 하게."

그제야 뜻을 이해한 송겸이 고개를 끄덕였다.

이때 유만은 이층 객실의 오른쪽 끝 방에 이르러 창가 쪽의 벽을 때려 부수고 있었다.

먼저 채상요가 질풍같이 쇄도하며 유만의 목을 노렸다.

"검을 받아라!"

그는 이미 강호에서 유성검귀(流星劍鬼)라는 별호를 얻을 만큼 검법에 능했기에 혹여 유만이 피하지 못할 것을 염려해 경고를 발한 것이었다.

유만이 오른발을 축으로 하고 왼발을 오른쪽에 딛고 빙글 돌면서 검을 피한 후 주먹을 날렸다.

그와 동시에 유번의 쾌도가 번쩍이며 비파골을 향해 찔러가자 유만은 뻗어내던 주먹을 거두고 황급히 도세에서 벗어났다.

위치가 바뀌어 유만이 중앙에 서고, 양쪽으로 유번과 채상요가 유만을 가두고 있는 상태가 되었다. 이제 송겸이 나서야 할 차례였다.

송겸은 공력을 최대한 끌어올려 파선권을 전개했다.

일격은 단전 쪽으로 향했다. 즉시 유만도 위협을 느꼈는지 주먹을 맞받아 쳤다. 하지만 유만이 손을 쓰는 순간 채상요와 유번이 옆구리를 파고들자 본능적으로 두려움을 느낀 유만의 손이 허둥거렸고, 송겸의 권격이 단전을 강타했다.

이번 공격에 송겸은 힘을 다한 까닭에 반탄력에 튕겨 나가는 일은 없었지만 팔꿈치까지 저려오는 통증은 여전했다.

"유만, 제발 정신 좀 차려라. 이대로 미쳐 버릴 셈이냐?"

그때부터 송겸의 공격은 일사천리로 이루어졌다. 양쪽에서 채상요와 유번이 유만의 눈을 어지럽힌 탓에 유만은 연신 송겸의 공격에 거의 무방비 상태로 얻어맞았다.

그래도 유만은 쓰러지지 않고 짐승이 울듯 괴성을 토해내면서 반항했다.

송겸은 거의 백여 대를 후려갈겼음에도 달라진 것이 없자 답답한 마음을 금할 길이 없었다. 이대로 가다가는 때리다 먼저 지쳐 버릴 것만 같았다.

바로 그때 송겸은 번쩍 하는 한줄기 문구를 떠올렸다.

"귀식대법이 때를 놓쳤을 시 백회혈을 필살의 기운으로 격하여 중맥을 따라 단전을 흔들고 용천혈로 사악한 기운이 흘러 나가도록 한다."

섬환독공의 순행 원리에 대한 가르침 중 하나였다.

섬환독공은 진보를 위해 귀식대법으로 모든 독기의 운용이 초기화되고 그 후 다시금 새롭게 운용되어 더 큰 힘을 얻게 되는데, 시전자가 때를 놓쳐 귀식대법을 펼치지 못하게 될 때는 급소 중 급소인 머리 중앙 백회혈을 가격하도록 하고 있었다.

송겸이 볼 때 지금 이 상황은 독기가 불안정하게 운용되어 조절이 불가능하기에 귀식대법으로 모든 것을 정지시켜야 하지만, 유만이 그럴 만한 상태가 아닌 고로 외부에서 작용을 주어야 한다고 생각했다.

"하단과 중단 쪽으로 교란해 주십시오!"

송겸의 외침에 즉시 유번과 채상요가 도와 검으로 응답하자, 유만의 몸이 엉거주춤한 상태로 구부러졌다.

그 틈을 타고 송겸은 몸을 솟구치면서 팔꿈치로 깨부술 듯이 정확히 백회혈을 가격했다.

"읍!"

도무지 무너져 내릴 것 같지 않던 유만의 몸이 외마디 신음성과 함께 서서히 앞으로 고꾸라졌다.

황급히 유만의 상태를 보니 숨이 끊어진 것은 아니었다.

차츰 부풀어 올랐던 혈맥이 가라앉고 거친 숨결도 안정되어 갔다.

"나아지고 있는 것 같습니다."

"휴, 다행이군."

"이게 도대체 무슨 조화인지……."

아직 유만을 옮길 만한 상태가 아니라 생각한 일행은 벽에 기대고 앉아 한숨을 내쉬었다.

그때 한 사람이 슬그머니 고개를 내미는 것이 보였다. 일행은 그가 객잔의 주인임을 알아보았다. 주인장은 상황이 진정된 것을 확인하고 쭈뼛거리면서 나오더니 조심스럽게 물었다.

"저, 저기 쓰러진 분은 동행이신지요?"

"그렇소이다. 소란이 일어 미안하구려."

유번의 말에 주인장의 얼굴이 미묘하게 변했다.

"저……."

"말해 보시오."

"다, 다름이 아니오라 객잔이 너무 많이 부서져 복구하는 데 비용이 적잖이 들 것 같아서……."

순간 송겸이 자리에서 벌떡 일어섰다.

"이 영감이 죽고 싶은 거야 뭐야! 가까스로 진정시킨 것을 고맙게 생각해야지, 우리가 아니었으면 다 작살나 버렸을 거 아냐! 감사하다는 말은 못할망정 뭐라고? 돈을 달라고?!"

그때 유번이 송겸의 허벅지를 툭툭 쳤다.

"송 공자, 앉게나. 내가 해결하지."

주인장의 얼굴에는 후회가 가득 번졌다. 미쳐 날뛰는 괴인을 잡으려고 동분서주하는 모습을 보며 그래도 선한 사람들이겠거니 하고 말을 꺼내본 것이었는데 다 그놈이 그놈이었던 것이다.

송겸이 할 말은 다 했다는 듯 자리에 앉자 유번이 입을 열었다.

"주인장, 미안하지만 우리는 객잔을 원상 복구할 만한 돈을 가지고 있지 않소이다."

"아, 예예… 상관없습니다. 제가 천천히 고쳐 나가도록 하겠습니다."

"돈은 지불할 수 없지만 대신."

그 말과 함께 유번이 도(刀)를 슬쩍 들어 보이고는 말을 이었다.

"한 사람을 죽여주겠소. 꼭 죽이고 싶은 사람이 있으면 말해 보시오."

주인장의 얼굴이 하얗게 질려 버렸다. 차라리 젊은 놈이 내뱉은 말이 훨씬 듣기가 좋았다는 생각이 들 정도였다. 사람을 죽이겠다는 말을 숨을 쉬듯 태연히 말하는 사람을 그는 이제껏 본 적이 없었다.

송겸조차 깜짝 놀라 눈을 깜박거리며 유번을 바라볼 정도였다. 설마 이런 식으로 해결하려 들 것이라고는 생각지 못했던 것이다.

"아, 아닙니다. 저는 죽이고 싶은 사람이 한 명도 없습니다. 그냥 쉬다가 가십시오. 필요한 것이 있다면 말씀하시고요."

주인장은 죄진 사람처럼 연방 머리를 조아렸다.

"그래도 이대로 가는 건 옳지 않은 것 같은데."

"아, 아닙니다, 아닙니다요. 저는 사실 언제나 행복합니다요. 세상을 살아가는 데 돈이 전부가 아니잖습니까요. 게다가 친척 중에 목수 일을 하는 이가 있어서 싼값에 복구할 수 있을 겁니다요."

주인장의 말투는 상냥해졌고, 더욱이 새롭게 행복에 대해 깨달은 사람이 되어 있었다.

"그럼, 이렇게 합시다. 그동안 객잔을 운영하면서 적지 않게 돈을 뜯겼을 터이니 내 그들의 돈으로 보상하도록 하겠소."

"그리하지 않으셔도 됩니다만……."

보다 못한 송겸이 버럭 소리를 질렀다.

"영감! 자꾸 시간 끌지 말고 빨리 말하라니까! 사람을 죽이는 것도 아닌데 뭘 그리 망설이는 거여, 대체!"

"네, 네… 사실 그런 무리가 있긴 합지요. 보호비 명목으로 뜯어간 돈이라면 충분히 보수를 하고도 남음이 있을 것입니다요. 그들은 낙유파인데, 아마 이 시간쯤이면 여기서 멀지 않은 화월루에서 마작을 하고 있을 겁니다요."

"그럼 내 다녀오리다."

"아, 안녕히 다녀오십시오."

유번이 열린 창문을 통해 바람같이 사라지자 주인장은 바람에 흔들리는 휘장을 바라보며 복잡한 표정이 되었다.

일을 더 크게 만든 것은 아닌지, 혼자 가도 괜찮은 건지, 남은 객잔마저 다 작살나 버리는 것은 아닌지 혼란스러웠다.

그의 상념을 깬 것은 송겸이었다.

"아저씨, 목이 좀 출출하지 않나요?"

"그렇군."

주인장이 눈치 빠르게 말했다.

"잠시만 기다리십시오."

주인장이 내온 술을 마시며 일 식경 정도가 지났을 때였다.

여러 사람의 발자국 소리가 들리는가 싶더니 험상궂은 얼굴들이 대거 방 안으로 들어섰다. 주인장의 얼굴이 대번에 샛노랗게 변했다. 제일 앞선 이가 낙유파의 두목 장파역이었다.

"무릎 꿇어."

유번의 음성이 뒤에서 들리자 장파역을 비롯한 낙유파 무리가 얌전히 꿇어앉았다.

비로소 한시름 놓은 주인장은 그제야 장파역 등의 얼굴이 벌겋게 부어 있는 것을 알아봤다.

송겸이 기다렸다는 듯 자리에서 일어나 지나가면서 한 사람씩 뒤통수를 갈겼다.

이제 송겸이 마무리를 지어야 할 차례인 것이다.

"이놈들 아주 몹쓸 놈들이구나. 기분이 나쁘면 나빴지, 왜 남의 귀한 객잔을 부숴놓은 거냐? 눈이 있으면 좀 봐라. 아주 난장판이 돼버렸잖아! 이거 대체 어떻게 할래?"

주인장이 송겸을 힐끔 바라봤다. 송겸의 말이 워낙 단호하고 머뭇거림이 없었기에 주인장은 정말 저대로 믿고 있는 것은 아닌가 싶을 정도였다.

유번과 채상요가 작게 키득거렸다.

낙유파 두목 장파역의 험상궂은 얼굴은 울어야 할지 웃어야 할지 모를 표정이 돼버렸다. 도대체 뭘 부수고 망가뜨렸단 말인가?

그는 아까까지만 해도 오늘 마작이 잘 풀리는구나, 하며 기분 좋게 판을 돌리고 있었다. 그러던 중 난데없이 한 사람이 들어와 '너희가 낙유파냐?' 라고 뜬금없이 묻길래 '넌 뭐야?' 라며 꼬나봐 주었다.

그 덕분에 마작판은 엎어지고 뒤지게 두들겨 맞은 다음 이렇게 끌려오게 된 것이다.

왜 맞아야 하는지, 왜 끌려와야 하는지 한마디도 듣지 못했다. 그냥

‘따라와’가 전부였다.

그런데 그 이유라는 것이 객잔을 왜 부쉈냐 라니? 그로서는 도무지 이해하기 힘든 상황이었다.

“저, 무슨 말씀이신지…….”

장파역이 조심스럽게 물으며 표정 또한 가장 선하게 하고서 송겸을 올려다봤다. 하지만 그 모습을 바라보는 송겸의 눈썹이 춤을 추었다.

“어라, 너 지금 째리는 거냐? 뭘 잘했다고 째려, 째리긴!”

그렇다. 장파역의 표정엔 불만이 가득해, 심지어 나랑 한판 붙어볼래? 정도의 뜻이 담겨 있었던 것이다. 그건 그의 면상 구조상 어쩔 수 없는 것이었다. 곰보 자국이 가득하고, 오른쪽 눈 옆엔 꿰맨 자국이 있어 살이 삐죽 올라가 아무리 자상한 표정을 지어도 화가 난 것처럼 보이는 것이다.

그런 안타까운 사연을 송겸이 이해할 위인이 아님은 당연했다.

송겸의 발길이 가차없이 누볐다.

“왜 째리냐고! 뭐가 불만인데, 대체 뭐가 불만이야!”

파파파팍! 파파팍!

“우읍, 윽.”

송겸은 적당히 밟아준 후 다시 물었다.

“원상 복구할래, 안 할래?”

장파역은 꾸역꾸역 다시 무릎을 꿇고, 이번에는 얼굴을 숙이고 답했다.

“저희가 새로 지은 것처럼 해놓겠습니다.”

상황을 보건대 정상적인 대화로는 해결될 것 같지 않다는 것을 장파
역은 곧바로 깨달았다.

"그래, 좋아. 그리고 앞으로는 이 객잔에서 돈을 뜯지 마라. 술 먹고
술값도 꼬박꼬박 내고. 알겠어?"

"다, 당연한 일입니다."

"여기 주인장은 내 수하의 친척이다. 앞으로 은밀히 살필 테니 섣불
리 까불면 결코 목숨을 보전하기 어려울 줄 알아라."

"명심하겠습니다."

"좋아. 끝으로 주인장에게 그동안 행패 부린 것에 대해 사과하도록
해라. 그동안 돈을 뜯어내면서 얼마나 못되게 굴었을지 안 봐도 뻔하
다. 세상이 어찌 되려는지, 대가리에 피도 안 마른 놈들이 배워 먹질
못해서 어르신을 공경할 줄 몰라. 이 썩을 놈들아, 제발 정신 좀 차려
라!"

정작 머리에 피가 안 마른 송겸이 피 운운하자 장파역과 부하들은
흠칫 어깨를 떨었다. 욕을 듣는 건 어쩔 수 없다 치더라도 어째 욕이
상황에 맞지 않아 논리적 괴리감에 빠져 버린 것이다.

주인장은 송겸의 노인 공경 사상 설파에 흐뭇한 감동에 젖어들었다.

송겸이 고개를 돌려 주인장을 불렀다.

"어이, 거기 영감, 이리 와!"

감동의 바다를 항해하던 주인장의 얼굴이 곧바로 굳어지며 감동호
가 침몰했다.

낙유파 무리도 깜짝 놀라 번개같이 고개를 들어 주인장과 송겸을 번
갈아 보고는 잽싸게 다시 고개를 숙였다.

그들은 지금까지 살아오는 동안 재수없는 경우를 많이 당했지만 그 모든 것을 제치고 오늘이야말로 가장 최악의 날임을 인정하지 않을 수 없었다. 완전히 미친놈한테 걸려 버린 것이지 않은가.

주인장이 꿇어앉은 낙유파 무리 앞에 이르자 두목 장파역이 진심 어린 어조로 입을 열었다.

"그동안 죄송했습니다. 앞으로는 어르신으로 지극 정성을 다해 받들어 모시겠습니다."

"앞으로 기대하십시오. 어른 공경이 무엇인지 보여 드리겠습니다."

"최선을 다하겠습니다."

"어르신, 객잔 수리는 염려 마십시오. 새로 지은 것처럼 바꿔놓겠습니다."

"부모님께 하듯이 어르신을 섬기겠습니다."

낙유파 도붕의 말에 장파역을 비롯해 모두가 일제히 약속이라도 하듯 도붕을 쳐다봤다. 그들이 알고 있는 도붕은 결코 부모님을 잘 섬기는 인간이 아니었기 때문이다. 흠칫한 도붕이 더듬거리면서 다시 말했다.

"그, 그러니까 앞으로 부모님께도 반항하지 않고, 집 물건도 부수지 않고 잘 섬기겠습니다."

송겸은 이놈이 필시 술 마시고 도리어 부모님께 행패를 부린다는 것을 알아차리고 다가가 사정없이 밟아버렸다.

"이 자식아, 효도는 못할망정 낳아주고 길러주신 부모님을 함부로 대해! 니가 사람이냐, 짐승이냐, 이 죽일 놈아! 차라리 죽어라, 죽어~"

"아아악~ 잘… 하겠습니다요~"

"부모님이 돌아가시고 나면 그때 잘 하려고 아껴두는 거냐? 이 자식이 아주 사람 돌게 만드네!"

도봉이 이미 혼절했다는 것을 유번과 채상요는 알고 있었지만 송겸을 말리지 않았다. 송겸이 부모 문제에 민감하다는 것을 잘 알고 있었기 때문이다.

송겸의 발길이 계속되자 옆에 있던 주인장이 슬며시 송겸의 팔을 붙들었다.

"저, 이미 기절했습니다만."

"어? 어, 그렇군. 영감, 기분이 좀 어때?"

"조, 좋습니다."

"그럼 됐고."

고개를 끄덕인 후 송겸이 낙유파 무리를 향해 일갈했다.

"너희는 간단히, 라도 이곳을 치우도록 해라! 자, 자, 서둘러라!"

낙유파 무리가 잰걸음으로 빠져나갔다.

채상요가 유만의 맥을 짚어보고 송겸을 향해 말했다.

"송 공자, 기식이 안정되었으니 화월루로 옮기도록 하지."

화월루로 옮긴 일행은 네 개의 침상을 갖춘 방을 잡았다.

유만을 눕혀놓고 각기 잠자리에 들 준비를 하고 있을 때였다.

"아저씨."

송겸이 유번을 불렀다.

"뭔가 송 공자?"

"아까 말이죠, 진짜 한 명 죽일 생각이었습니까?"

유번은 빤히 송겸을 보더니, 한쪽 입가를 올리며 의미심장하게 웃었
다.

제8장 사상 초유의 복수

다행히 유만은 오전에 정신을 차렸다.

모두 기뻐하며 지난밤 소동에 대해 이야기해 주었지만 유만은 아무것도 기억하지 못했다. 자신이 폭력적으로 변해 사형조차 구별하지 못하고, 객잔을 초토화시켰다는 것을 듣고는 혹시 누가 다치지는 않았냐며 쩔쩔맸다.

"몸은 좀 어떤가, 유 공자?"

채상요의 물음에 유만이 두 박자 느리게 답했다.

"…아무렇지도 않은걸요."

"그래, 그럼 길을 떠나도록 하지."

일행은 인적이 드문 곳을 만나자 경공을 펼쳐 가기로 했다.

각기 신형을 날리는데 뒤쪽에 처져 걷던 유만이 송겸 등을 제치고 화살처럼 앞으로 쑤욱 나아갔다.

이제껏 경공을 펼쳐 달려갈 때마다 유만은 항상 뒤에 처졌기에 다른 이들이 적절히 속도를 조절해 간격이 벌어지지 않도록 했었다. 그런데 갑자기 유만이 신바람을 내자 모두 서로 얼굴을 마주 보고 씨익 웃었다.

"그래, 한번 달려보자는 거냐!"

송겸과 유번, 채상요가 기를 끌어올려 속도를 높였다.

하지만 채 이백 보 정도 총력을 기울인 후 송겸 등은 모두 놀라 그 자리에 멈춰 설 수밖에 없었다. 유만이 너무나 여유롭게 뻗어 나갔기 때문이다.

"어, 어떻게 이런 일이……!"

"굉장히 빠르군."

"어떻게 된 거지? 설마……?"

가장 크게 충격을 받은 건 송겸이었다.

송겸의 눈에 비친 세상은 심각히 무너져 내리고 있었다.

하늘이 내려앉고, 땅은 수십 조각으로 갈라졌으며, 주변은 잿빛으로 변해갔다. 지난밤 유만이 발작을 일으키며 난리칠 때까지만 해도 자신이 독을 마시지 않은 것이 정말 다행이라고 생각했다. 하지만 지금은 자신이 왜 유만에게 그것을 마시라고 했는지 후회가 밀물처럼 몰려들었다.

괴력을 발휘할 때의 유만은 세 사람이 협공했을 때라야 겨우 제압할 수 있었다. 그렇다면 도대체 얼마나 강해져 버렸나 생각하니 가슴이 답답해 숨 쉬기도 힘들 지경이었다.

한편 유만은 한참 날듯이 달려가다 몸이 솜털처럼 가볍게 느껴지고, 달리면 달릴수록 힘이 샘솟듯 하자 크게 기뻐했다.

"이상한데요. 이게 어떻게 된 일이죠?"

그러나 아무 응답도 없고 인기척도 느껴지지 않아 곧바로 신형을 거두고 돌아섰다. 저 멀리 석상처럼 서 있는 사형과 아저씨들이 보였다.

유만이 한걸음에 석상들을 향해 달려갔다.

공간을 격하고 바람처럼 다가오는 유만을 보며 송겸은 끝내 분을 이기지 못했다.

"으아아아악~"

비명이라도 지르지 않으면 머리가 터져 버렸을지도 몰랐다.

"으아아아악~"

유번과 채상요는 송겸이 비명을 지를 만하다고 생각했다. 사실 송겸만큼은 아니어도 그들이 받은 충격도 적지 않았던 것이다.

"이건 불공평해! 내가 미쳤던 거야! 내가 미쳤어~"

"사형, 왜 그러세요?"

유만은 송겸이 시기심에 불타 소리친 것임을 전혀 깨닫지 못하고 순진하게 물었다.

송겸은 순진무구한 유만의 표정을 보고 다시 한 번 고함을 질렀다.

"으아아아아악~"

한 서린 울부짖음을 토해내던 송겸은 말미에 불현듯 한 가지를 깨달았다.

'그래, 그렇게 하면 되겠구나! 그렇게 하는 것이 가장 공평하다고 할 수 있지.'

송겸은 눈만 멀뚱거리는 유만을 향해 득달같이 달려들었다.

유만이 어, 어, 하는 사이, 송겸은 유만을 쓰러뜨려 그 위에 올라타고 목을 물어뜯었다. 송겸은 흡혈귀로 변해 유만의 피를 빨아 마실 생각이었다.

아직 만 하루가 지나지 않았기에 지금이라도 피를 마신다면 효과를 볼 수 있을 것이라 믿은 것이다.

유만이 발버둥 치고, 유번과 채상요가 깜짝 놀라 송겸을 떼어놓았다. 두 사람에게 붙들린 상태에서도 송겸은 눈을 희번덕거리면서 발버둥 쳤다.

"나도 좀 먹어야겠다, 이놈아! 그건 원래 내가 훔쳐 낸 거잖아~ 내게도 좀 나눠 줘야지. 조금만 먹을게~"

발광하는 송겸이 포기하지 않을 것 같자 유번이 손을 번개같이 쓸어 혼혈을 찍었다. 송겸은 막 두 팔을 버둥대다 스르르 고개를 떨구며 정신을 잃었다.

"휴, 황당하군. 이거 완전히 중증인걸."

"하하하… 송 공자가 아니면 누가 이런 행동을 하겠어. 진짜 노군을 뛰어넘는 괴짜란 말이야."

"유 공자, 괜찮나?"

"…네. 목이 약간 따끔거리긴 하지만 피는 안 나는군요. 사형은 괜찮겠죠?"

"글쎄, 그거야 깨어나 봐야 알겠지. 일어나자마자 달려들지도 모르니 그땐 좀 떨어져 있도록 하게나."

"…설마 또 그럴라구요."

“나는 또 그런다에 걸겠네.”

“나돌세.”

채상요도 송겸을 슬쩍 바라보고는 동조했다.

일 식경 후.

유번이 혈도를 풀어주자 곧바로 송겸은 그들의 기대를 저버리지 않았다.

눈을 뜨자마자 저만치 떨어져 있던 유만을 찾아내고는 이를 하얗게 드러내며 달려든 것이다.

“이 자식아, 조금만 나눠 주라니까~”

송겸이 세 발자국을 뗄 때 채상요가 송겸의 목에 수도를 날렸다.

송겸은 머리를 처박고 고꾸라져 두 번 꿈틀대다가 완전히 의식을 잃었다.

“허허⋯⋯.”

“어이가 없구만.”

열흘 정도가 지나 일행은 하남성 서부 남양현에 위치한 동백산에 이르렀다.

그동안 송겸은 ‘유만 피 빨아먹기’에 두 번 더 도전하여 실패했고, 세 번째는 유만이 안쓰러운 마음에 채상요와 유번 몰래 손을 깨물어 피를 내주려던 중 간신히 피 맛을 보려다 발각되어 제압당하는 일이 있었다.

채상요와 유번은 이후 아무리 피를 마셔봐야 효력이 생기는 것이 아니라고 겨우겨우 설득했고, 송겸은 눈물을 떨구며 피에 대한 미련을 접었다.

무령각은 동백산의 천인봉에 자리하고 있었다.

산밑에서 바라본 절경은 아스라한 구름이 유유히 흐르고, 그 사이로 전각들이 신선의 거처마냥 신비스러운 자태를 드러냈다.

비록 멀리서 보는 것이었지만 규모있게 자리한 전각들은 취망산이 초라하게 보일 정도의 광경이었다.

"무령노군께서는 꽤 깔끔한 분이신 게로군요."

"왜 부러운가?"

유번의 반문에 송겸이 낄낄거렸다.

"부럽냐구요? 크크, 날마다 청소하면서 지내는 건 질색이라구요. 저는 취망산이 좋아요."

"하하하, 아주 마음에 와 닿네그려. 강호에서는 무령노군에 대해 이렇게 말하곤 하지. 전혀 사괴에 어울리지 않는 인물이다, 라고."

채상요의 말에 송겸이 박수를 치며 맞장구쳤다.

"그 자리는 거지 왕초인 종횡마걸이 차지하는 것이 맞겠죠?"

"잘 아는군. 하하하하!"

가만히 듣고 있던 유만이 눈을 멀뚱거리면서 물었다.

"…어울리지 않는데 왜 무령노군께서 사괴 중 한 분이 되신 건가요?"

"그건 천천히 올라가면서 이야기하도록 하지."

느린 걸음으로 산을 오르며 유번은 이젠 전설이 되어버린 '사상 초유의 복수' 에 대해 입을 열었다.

"무령노군님의 선친께서는 대사농(大司農:재무 담당)이라는 높은 관직에 계신 분이었다네."

　무령노괴 곡진의 아버지, 곡운은 중앙 관직 구경(九卿) 중 하나인 대사농(大司農)을 지냈다. 그는 관원들 중 누구보다 강직하며 청렴결백해 존경과 두려움을 한 몸에 받은 인물이었다.

　재무를 총괄하는 자리였기에 여러 방면에서 청탁이 끊이지 않았으나 그에겐 어떤 뇌물도 통하지 않아, 불법의 경로로 길을 열어보고자 하는 이들에겐 두려움의 대상이었다.

　청탁을 하려는 이들 중에는 지위가 높은 자나 명망있는 자들도 다수였다. 그들 중 대부분은 감옥에 갇히게 되었고, 심지어 죄질이 무거운 자들은 처형을 당하기도 했다.

　불법자들은 자신의 잘못으로 죄를 받는다 생각지 않고 도리어 재수 없는 대사농 때문에 인생을 망치게 되었다며 앙심을 품었고, 결국 곡운은 오십사 세 때 모함을 받아 관직에서 물러나게 되었다.

　원한을 품은 자들은 그가 관직에서 물러나는 것으로 만족하지 못했다. 대사농으로 있을 때는 어찌해 볼 수 없었으나 이 기회를 놓치지 않고 살수 조직을 동원해 그와 그 가족을 몰살시키기에 이른 것이다.

　당시 강호의 살인 청부 조직 중 가장 큰 세력을 지닌 곳은 생사여탈문(生殺與奪門)이었다.

　그들에게 이 일은 식은 죽 먹기나 다름이 없어 곡운의 일가족은 야심한 밤에 살해당했고, 당시 아홉 살이었던 막내 곡진만이 구사일생으로 살아남아 복수를 다짐하였다.

　어린 곡진은 복수를 다짐하고, 일 년 동안 기회를 엿보다가 생사여탈문에 살수 수련생으로 들어가게 된다. 호랑이를 잡기 위해 직접 굴로 들어간 것이다.

곡진은 복수에 대한 굳은 의지는 물론이고, 총명함을 타고나 수련 과정에서 두각을 나타냈다. 혹독한 수련을 통해 빠른 속도로 승진을 거듭해 십사 세 때 이급 살수로 발돋움한 그였지만 일급 살수가 되는 데에는 장장 육 년여를 보내야 했다.

"왜죠? 발각된 것인가요?"

송겸이 불쑥 묻자 유번이 고개를 가로저었다.

"살수 임무를 제대로 실행에 옮기지 못했기 때문일세."

"아!"

그제야 송겸도 이해가 되었다. 자신의 가족이 살수들에 의해 몰살당해 그 복수를 위해 노력하고 있는 마당에 죄없는 이들의 목숨을 차마 거둘 수 없었던 것이리라.

유번의 말은 계속 이어졌다.

생사여탈문의 지도부가 빼어난 실력을 갖추었지만 실행력이 부족한 곡진을 못마땅히 여긴 건 당연했다.

곡진은 일급 살수가 되기까지 충분히 죽어 마땅한 사람만을 구별하여 목숨을 취했고, 육 년여의 세월이 지난 것이다.

그동안 곡진은 살수의 무공을 바탕으로 새롭게 자신만의 무공을 창안하기 시작했다. 그것은 아무도 모르게 진행되었으며 다른 사람들에겐 더 이상의 무공 증진이 없는 것처럼 가장했다.

이십삼 세가 되었을 때, 곡진은 이미 생사여탈문주를 뛰어넘는 무공에 이르렀지만 그 정도로는 만족할 수가 없었다.

조직의 생리상 문주를 죽인다 해도 생사여탈문을 철저히 붕괴시킬 수 없다는 판단에서였다. 적어도 문주와 여섯 명의 장로, 그리고 특급 살수 열 명을 죽일 수 있는 상태에까지 이르러야 했기 때문이다.

곡진의 나이 이십칠 세, 열다섯 번째 살수 임무를 띠고 강호로 나서게 된 곡진은 성숙노괴 홍자생과 운명적인 만남에 이르게 된다.

곡진이 살해해야 할 인물은 운현장의 장주였는데, 바로 그곳에 홍자생이 머무르고 있었던 것이다.

유번이 성숙노괴에 대해 거론하자 송겸의 눈이 반짝거렸다.

곡진은 운현장주의 덕망이 높은 것을 알고 그를 죽이려 하지 않고 핑곗거리를 찾고 있었는데, 강호에서 위명을 떨치는 홍자생의 존재는 더없이 좋은 기회였다.

당시 홍자생은 삼십삼 세로 이미 고강한 무공으로 적수를 찾기 힘들 정도였다.

야심한 밤에 곡진이 운현장을 침투하면서 고의적으로 행적을 노출시켰고, 추격에 나선 홍자생과 일생일대의 결투를 벌이게 되었다.

두 사람의 싸움은 치열하고 격렬하기 이를 데 없어 아침 해가 솟을 때까지 이어졌고, 결국 곡진은 내력이 고갈될 상황에 이르러 홍자생에게 패하고 말았다.

곡진은 일 대 일의 결투라면 세상 누구에게라도 지지 않을 자신이 있다고 자부해 오다가 홍자생을 대하고 하늘 위에 하늘이 있다는 것을 깨닫게 되었고, 홍자생 또한 자신보다 어려 보이는 곡진이 듣도 보도 못한 무공을 펼친 것에 탄복을 금치 못했다.

"그때까지 성숙노군께서는 살수를 살려둔 적이 없었다고 하네. 돈으로 목숨을 취하는 이들은 죽어 마땅하다고 입버릇처럼 말하곤 하셨다더군. 그런데 첫 번째 예외를 두신 것이었지."

유변의 설명에 송겸이 그 어느 때보다 진중하게 고개를 끄덕이며 속으로 유변의 말을 되뇌었다.

'돈으로 목숨을 취하는 이들은 죽어 마땅하다.'

홍자생이 곡진을 죽이지 않은 것은 그 정도의 무공이라면 족히 일파의 종사가 되고도 남을 터인데 일개 살수로 머무는 것은 이해할 수 없었기 때문이다.

그 점을 묻자 곡진은 자신의 사연을 설명했고, 홍자생은 그가 까닭 없이 살인을 저지르는 이가 아니며, 도리어 살수문을 제거하려 한다는 것에 크게 기뻐했다.

홍자생은 현재 어려워하는 부분이 무엇이며, 자신이 도울 수 있는 일이 있는지를 물었다.

곡진은 십여 명의 지도부와 십오 인의 특급 살수를 죽여야 하는데 자신의 힘만으로는 벅차다는 것과 자칫 생사여탈문의 전 살수들과 대적하는 상황에 이르게 될까 염려되어 망설이고 있다 했다.

홍자생은 한참 동안 생각에 잠겼다가 좋은 생각이 떠오른 듯 손으로 허벅지를 쳤다.

"내 절친한 친구가 큰 도움이 될 것 같소이다."

홍자생이 말한 친구란, 염도였다.

"설마 추혼독황의 제자를 말하는 것입니까?"

"알고 있구려."

곡진이 모를 리 없었다. 손속이 잔인하기로 악명 높은 추혼독황이었다. 추혼독황의 유일한 제자는 이미 사부와 버금가는 독공에 이르렀다고 알려져 있었다.

생사여탈문에서 결코 건드려서는 안 되는 인물 명단의 가장 상층부에 속한 인물이 바로 추혼독황이며, 그와 관련된 사람들이었다.

"아마 내 부탁이라면 거절하지 않을 것이외다."

"이 은혜를 어찌 갚아야 할지……."

"어차피 가장 어려운 일은 곡 형에게 달려 있지 않소이까. 우리가 하는 일은 작은 부분에 불과한 일이오."

두 사람은 계획을 세운 후 기약을 정했고, 한 달 뒤 염도를 포함하여 세 사람이 모였다.

그 자리에서 염도는 산공요독을 건넸다. 산공요독은 미세하게 찍어 먹기만 해도 공력을 흩트리고 복통을 일으키는 독인데, 특이한 건 하루가 지나서부터 증상이 나타난다는 점이었다.

거기에 더해 홍자생과 염도는 독이 효력을 나타낼 시점에 생사여탈문을 공격하겠노라고 했다.

곡진은 가만히 고개를 저으며 말했다.

"고마운 말씀이십니다. 하지만 이 일로 두 분께 위험을 감수하게 할 수는 없습니다. 비록 목숨을 잃는다 해도 혼자 감당해 보겠습니다."

곡진의 음성에는 결연한 의지가 담겨 있었기에, 홍자생과 염도는 고개를 끄덕였다.

"곡 형, 그럼 우리는 침투하는 대신 그들의 마음을 교란시킬 테니 그건 말리지 말아주시오."

염도의 말에 곡진도 더는 거부하지 않고 감사의 예를 표했다.

그렇게 세 사람은 거사 일을 정했고, 헤어지자마자 홍자생과 염도는 생사여탈문에 모월모시에 쓸어버리겠노라고 선전포고문을 보냈다.

염도는 추혼독황의 제자이자 독공의 고수요, 당시 홍자생은 자안신 괴로 불리며 위명을 떨치고 있었던 터라 생사여탈문에서는 전전긍긍하지 않을 수 없었다.

말이야 두 사람이 온다고 했지만, 그대로 믿을 순 없는 문제였다. 도대체 무슨 연유인지 답답해하며 생사여탈문의 지도부는 회의에 회의를 거듭했다.

나름대로 얻은 결론은 혹여 자신들도 모르는 사이에 추혼독황의 심기를 건드렸던 게 아니겠느냐는 것이었다.

그리하여 생사여탈문의 지도부는 세 명의 특급 살수와 두 명의 일급 살수를 밀사로 추혼독황에게 보냈다. 어떤 점이 마음을 거스른 것인지 묻고 귀한 예물을 지참시켜 마음을 달래고자 했던 것이다.

그러나 떠날 때는 다섯이었으나 돌아온 자는 일급 살수 한 명뿐이었다. 그것도 한쪽 팔이 잘린 채 비참한 몰골로 돌아왔다.

살아남은 자가 전한 말은 황당하기 짝이 없었다.

"그, 그가 기다리고 있었습니다."

"추혼독황이?"

"아닙니다. 추혼독황의 제자 염도를 산중턱에서 만났고 우리는 자초

지종을 설명했습니다. 그런데 그가 갑자기 공격을 했고, 녹색 연무와 함께 모두가 죽고 말았습니다. 그는 저를 해독시킨 뒤 팔을 잘라 버리고는 추혼독황에게 데리고 갔습니다."

"그래서 그에게 우리의 뜻을 전했느냐?"

"아무 말도 할 수가 없었습니다. 추혼독황은 '내 제자를 건드리는 날엔 개미 새끼 한 마리도 살아남지 못할 것이다' 라고 말했습니다."

"그게 도대체 무슨 소리냐? 누가 누구를 건드렸다는 거야! 독황의 제자가 우리에게 먼저 시비를 걸지 않았냔 말이다!"

생사여탈문은 고민에 휩싸였고, 어떤 해결책도 내지 못한 채 속절없이 예정된 날만을 기다릴 수밖에 없었다.

곡진은 거사일 하루 전 저녁 식사에 독을 풀었고, 그 독은 다음날 밤부터 효력을 발휘하기 시작했다. 살수들은 여기저기서 복통을 호소했고, 내력을 전혀 쓸 수 없게 되자 혼란과 공포에 빠져들었다.

그나마 불행 중 다행이라면 문주와 장로들, 그리고 특급 살수들의 식단이 일반 살수들과는 달라 중독 증세가 나타나지 않는다는 점이었다.

곡진은 혼란한 틈을 타 이곳저곳에 불을 질렀다. 이것은 모두에게 대규모의 적이 기습한 것으로 보이기에 충분했다.

어두운 밤에 타오르는 불길, 내공을 상실한 불안감, 적이 언제 어디에서 튀어나올지 모른다는 두려움은 모두를 미치게 만들었다. 급기야 그들은 피아를 구별하지 못하고 서로를 향해 칼을 겨누며 더욱 혼란에 빠져들었다.

이리저리 미쳐 날뛰는 수하들을 진정시키기 위해 지도부가 안간힘을 쓸 때, 곡진은 흩어진 지도부들을 하나씩 처단하기 시작했다.

일 대 일의 상황에서는 그들 중 누구도 곡진의 상대가 되지 못했다. 더욱이 특급 살수들이나 장로들은 곡진이 고작 일급 살수에 불과하다는 방심까지 곁들여져 믿을 수 없다는 듯 죽어갔다.

특급 살수들과 장로들을 모두 처리한 곡진은 모든 혼란을 일시에 잠재울 만큼 우렁찬 사자후를 연달아 터뜨려 모두를 진정시킨 후 생사여탈문주와 마주 섰다.

내공을 상실한 모든 문인들은 눈도 한 번 깜박이지 못하고 두 사람을 바라보았다.

"도, 도대체 왜 이러는 것이냐?"

"죽고 나면 자연히 그 이유를 알 수 있을 것이다."

곡진의 검은 어떻게 해야만 목숨을 취할 수 있는지 잘 알고 있었다. 그가 창안한 무공은 살수 무공을 바탕으로 철저히 살수 무공을 깨뜨리는 것이었다.

이백여 초가 지날 무렵 문주의 목은 더 이상 그의 몸에 붙어 있을 수 없었다.

"그 후 생사여탈문은 세상에서 사라쳤다네. 이 일이 알려지자 강호인들은 놀라 입을 다물지 못했지."

유번의 말이 끝나자 송겸과 유만도 뭇 강호인들과 마찬가지로 입을 쩍 벌린 상태가 되었다. 비록 도움을 받았다고는 하나 무령노괴 혼자서 거대 문파를 박살 냈다고 해도 과언이 아니었기 때문이다. 그가 칠성사괴 중 하나가 된 것은 지극히 당연한 일인 것처럼 여겨졌다.

복수의 일념으로 적에게 머리를 숙이고 들어가 끝내 적의 머리를 베어버린 것, 뭇 살수들의 시선을 받으며 문주의 목숨을 끊어놓는 무령노군의 모습이 선명히 떠오르는 듯하자 한줄기 짜릿한 전율이 등줄기를 타고 올라왔다.

채상요가 말을 보탰다.

"그 뒤 청부 살수 조직들은 더욱더 지하로 은밀히 스며들었다고 하더군. 불똥이 자신들에게 튈까 두려웠던 게지, 크크크."

"할 말이 없군요."

"…어서 뵙고 싶은걸요."

사상 초유의 복수에 대한 이야기를 마치게 되었을 때 일행은 어느덧 산중턱에 이른 상태였다.

"속력을 올려야 하지 않을까요?"

송겸이었다. 유만의 말처럼 무령노군에 대한 호감이 커졌기에 속히 그를 만나보고 싶었다. 이야기를 한 사람이나 들은 사람이나 같은 마음이었기에 모두 빠르게 신형을 날렸다.

그렇게 일행이 막 삼십여 장(약 백 미터)을 치고 올라갈 때였다.

'뭐지?'

일행 모두의 머리에 떠오른 생각이었다.

청의에 복면을 두른 십여 명의 무리가 위쪽에서 모습을 드러낸 것이다.

복면?

복면은 모두의 머리를 복잡하게 만들었다.

모름지기 복면이란 자신의 신분을 감추고, 불의한 일을 자행하고자 할 때 두르는 것이 아닌가. 문제는 이곳이 무령노군의 안마당이라는 점이었다.

무령노괴의 수하들이 자신들의 근거지에서 복면을 하고 나타난다? 그건 지나가던 개가 춤을 추고 노래를 부를 일이었다.

그렇다면 적?

그건 더 더욱 이해할 수 없었다. 방금 전까지 사상 초유의 복수에 관해 이야기를 나누던 일행이었기에, 지금 복면인의 등장은 잘못해서 이상한 나라로 들어온 것이 아닌가 싶을 정도로 현실성이 없어 보였다.

"웬 놈들이냐?"

유번의 질문은 가볍게 묵살당했다. 청의복면인들은 검이 곧 답이라는 듯 검을 곧추세우고 맹렬한 기세로 날아들었다.

대화가 통하지 않는다면 이것이 꿈이든 현실이든 좌우지간 베어 넘긴 후에 상황을 파악해도 늦지 않을 터였다. 꿈에서라도 칼에 맞는다면 기분은 더러워진다.

'내가 엉뚱한 산으로 온 것인가?'

유번의 의문이었고,

'한 놈만 살려두면 돼. 오랜만에 고문을 해야 할지도 모르겠군.'

채상요의 생각이었다.

두 사람에 비해 무공이 약한 송겸과 유만은 여유롭게 생각이나 하고 있을 겨를이 없었다. 벌써 눈앞에 적의 검이 어른거리고 있었기 때문이다.

대형(隊形)은 유번과 채상요의 의도에 따라 자연스럽게 두 조로 나누어졌다. 유번과 송겸이 쌍을 이루고 채상요와 유만이 함께했다.

쌍방간에 한차례 격돌이 일며 나타난 결과는 결코 얕볼 수 없는 상대라는 점이었다.

청의복면인은 여섯 명씩 한 조가 되어 송겸 일행을 공격했다. 그들은 모두 검을 사용하고 있었는데, 검진을 펼치는 것은 아니었으나 손발이 척척 들어맞아 서로에게 거슬림이 없어 톱니바퀴 돌아가듯 유연하고도 강렬하게 연수 합격을 이루었다.

송겸은 격전 중에도 유만이 염려스러워 살펴보니, 채상요와 유만은 자신으로부터 점점 멀어져 가고 있었다. 가까이에 있는 것이 좋은지 떨어지는 것이 좋은지 알 수 없었지만, 십여 합이 지난 뒤에는 아예 시야에서 사라져 버렸다.

그저 실전 경험이 전무한 유만이 안전하길 바라는 수밖에 없었다.

서로 공수를 교환하며 한 치의 물러섬도 없이 대치하고 있는 와중에 송겸의 귀로 유번의 전음이 들려왔다.

"송 공자, 내가 무령각으로 올라가 도움을 청해보겠네."

송겸은 과연 도울 만한 사람이 남아 있을지 의문이었지만 만약 지원받을 수만 있다면 적들을 신속하게 제압할 수 있겠다 싶었다.

유번은 힘을 다해 도를 펼쳐 가로막는 적들을 밀어내고, 그 빈틈을 타고 산 위로 신형을 뽑아 올렸다.

청의복면인들은 유번의 길을 가로막는 것이 우선이다 싶었는지 한 명만 남겨두고 다섯 명이 뒤를 쫓았다.

청의복면인은 잠시 소강 상태에서 검을 가슴에 세우고 송겸을 응시했다.

"이 개 같은 놈아! 내 오늘 기필코 너의 목을 따……!"

화가 머리끝까지 치민 송겸은 목을 따버리겠다는 말을 마무리 짓지 못했다. 어이없게도 청의복면인이 검을 거두고 포권을 취한 것이다.

잠시 멍해졌던 송겸은 다시 고래고래 고함을 질렀다.

"야, 자식아! 이제 와서 한번 봐달라고 할 참이냐? 썩을 놈의 새끼! 안됐지만 넌 오늘 죽어야겠다!"

송겸은 사념보를 바탕으로 파선권의 풍우태세로 청의복면인을 향해 권격을 가했다.

청의복면인은 기다렸다는 듯이 검 대신 장법으로 맞섰다. 청의인의 장법은 간결하면서도 무척 빠른 것이 특징이었다.

과장된 허식 따위는 일체 찾아볼 수가 없었고, 움직임 또한 경쾌했으나 정확히는 간결함과 효율성이 돋보였다. 또한 한 수 한 수가 일격필살의 기세를 머금고 있어 송겸은 몇 번이나 위험한 고비를 맞아야 했다.

'제길, 보통 놈이 아니로구나.'

송겸은 보법을 잔상보로 바꾸고 파선권에 이어 심은장을 펼쳤다.

쾌영번천으로 상대의 어깨를 노리는 척하다 순식간에 신형을 틀어 신목여전으로 돌아서며 빈틈이 생긴 청의인의 단전을 가격했다.

'걸렸다!'

회심의 일격!

그 순간이었다. 청의복면인의 발이 이상한 각도로 틀어졌다. 전혀 인체 구조상 불가능한 지점으로 몸이 움직인 것이다. 그로 인해 청의복면인은 송겸의 사정권에서 벗어났고, 손을 허공에 뿌리고 만 송겸은 곧바로 위기를 맞았다.

강맹한 내력을 머금은 장력이 옆구리를 파고들었다.

송겸은 급히 심은장의 아홉 번째 초식인 낙화유수로 떨어지는 꽃잎처럼 손을 늘어뜨리며 적의 장력을 분쇄해 갔다.

두 사람의 손이 충돌했고, 송겸은 손에 얼얼한 통증을 느꼈다. 인정하고 싶지 않지만 상대는 초식의 숙련도는 물론이고 내력에서까지 앞서고 있었다.

한번 선수를 빼앗기자 송겸은 연거푸 곤란한 지경으로 빠져들었다. 일행의 안위도 염려스러웠지만 이대로 가다가는 그들보다 자신이 먼저 이승을 떠나게 될 것만 같았다.

'도대체 아저씨는 어떻게 된 거야! 제길!'

무령각에 도움을 청하러 간다던 유번이 염려되기도 하고 원망스럽기도 했다.

그럼 유번은 현재 어디에 있는 것일까?

아마 유번이 무엇을 하고 있는지 송겸이 알았다면 미치고 환장하고 말았을 것이다.

그는 멀찍이 떨어진 곳에서 고개만 삐죽 내민 채 유만과 채상요와 함께 송겸과 청의복면인의 대결을 흥미진진하게 구경하고 있었다.

문제는 그들뿐만이 아니라는 것이었다. 어이없게도 옆과 뒤쪽으로 기습을 감행했던 청의인들이 각기 자리를 잡고 흥미진진하게 관전하고 있었던 것이다.

"좀 힘들겠는걸."

유번이 채상요에게 소곤거리며 말했다.

"그러게. 이대로는 백 초 이상 견디긴 힘들 것 같군."

뒤쪽에 있던 청의인이 두 사람의 말에 끼어들었다.

"여기서 끝내는 게 어때?"

청의인은 사십 대 후반 정도 되어 보였고 얼굴 가득 강인함이 배어 있었다. 말투를 보아 그는 유번과 채상요를 잘 알고 있는 것이 분명했다.

대체 이 상황은 무엇일까?

송겸만 모르고 있는 이 급작스러운 기습의 내막은 이러했다.

이 열두 명의 청의복면인은 괴한들이 아니라 무령노괴의 수하들이었다. 그 어느 누가 간이 부어 감히 무령노괴의 안전에서 행패를 부릴 수가 있겠는가.

이들이 정체 불명의 세력으로 둔갑한 것은 무령노괴로부터 독왕노괴의 수제자 송겸의 실력을 가늠해 보라는 명을 받았기 때문이다.

무령노괴는 때가 되면 독왕노괴가 송겸을 자신에게 보낼 것임을 알고 있었다. 그는 동백산 곳곳에 자리잡은 숨겨진 눈들로부터 보고를 받았고, 즉시 수하들에게 지시를 내렸던 것이다.

유번 등도 처음에는 이러한 사실을 까마득히 모르고 있었다.

몇 번 손이 오간 뒤 전음을 들을 수 있었고, 그제야 내막을 이해하고 송겸이 혼자 남겨지도록 수를 쓴 것이다.

채상요와 유만이 송겸으로부터 점점 멀어진 것도 같은 이유 때문이었다.

홀로 남겨진 이는 무령노괴의 수제자 원상이었다.

원상은 송겸과는 구면이었다. 그는 과거 사부의 명을 따라 취망산에 오르는 중에 송겸과 얼굴을 마주한 적이 있었다.

이 대결은 사실상 송겸이 지도록 되어 있는 것이나 다름없었다.

원상이 무령노괴를 사부로 모시게 된 것은 고작 두 살 때였으며, 현재 이십칠 세인 그는 거의 이십 년이 넘도록 무령노괴의 가르침을 받았기 때문이다.

그에 반해 송겸의 수련 기간은 채 사 년이 되지 않았으니 격차가 없다면 그것이 도리어 이상한 일이라 할 수 있었다.

유번은 묵비영의 철회하자는 말에 입을 쩝쩝대다 문득 한 가지 묘안을 떠올렸다.

"잠시 기다리게."

유번은 뒤에 있는 묵비영에게 말한 후 곧바로 유만을 불렀다.

"유 공자, 비명 좀 부탁하네. 아주 다급한 비명 소리로 말일세."

유만은 눈을 동그랗게 뜨고 바라보다가 무슨 뜻인지 이해하고는 생명이 경각에 달린 사람마냥 부르짖었다.

"아아악~ 사형~"

유만의 외침은 곤혹스러운 상태에 놓인 송겸의 귀에 송곳처럼 꽂혔다.

송겸에게 있어 유만은 사제 그 이상이었다. 무엇보다 사부를 생각하면 유만에게 문제가 생긴다는 것은 결코 용납할 수 없었다.

사부는 유만을 세상을 뜬 사형의 환생쯤으로 생각하고 있지 않은가. 슬퍼하는 사부의 모습을 지켜볼 자신이 없었다.

한순간, 송겸의 분노가 폭발했다.

송겸의 눈에 자줏빛 광채가 떠올랐다.

"이 새끼, 죽여 버리고 말겠다!"

곧 쓰러질 듯 위태롭던 송겸의 모습은 온데간데없어졌다. 광기가 서린 자줏빛 광채와 함께 송겸은 심은장을 몰아쳤다.

이렇게 되자 당황한 것은 원상이었다.

원상은 사부로부터 자안신광에 관한 이야기를 들은 적이 있었다. 자안신광일 때의 성숙노괴를 막을 자가 없다고 했으며, 유일한 혈육인 송겸도 자안신광을 지녔다고 했었다.

송겸이 생명을 도외시하고 짙은 살기를 머금고 장력을 내뿜자, 원상은 뒤로 주춤주춤 물러서며 방어하기에 여념이 없었다.

어떤 경로로 이런 변화가 일어나는지 신비롭기도 하고, 한편으로는 자광(紫光)으로 빛나는 눈을 보며 두려운 마음이 일기도 했다.

원상은 자신이 왜 좀 더 일찍 손을 거두지 않았는지 그저 후회가 막심할 따름이었다. 물론 수련의 기간이 달랐기에 전력을 기울인다면 충분히 꺾을 자신이 있었지만, 그렇게 되면 필시 크게 부상을 입힐 수밖에 없는지라 그는 물러서면서 빠져나갈 기회만을 엿보았다.

당황한 것은 원상만이 아니었다. 관전하고 있던 이들은 사태가 생각했던 것보다 위태롭게 흐르자 그저 보고만 있을 수는 없다고 판단했다.

"여기에서 멈추는 게 좋겠네."

유번의 말에 묵비영이 빠르게 고개를 끄덕였고, 유번과 채상요, 그리고 유만이 송겸을 향해 신형을 날렸다.

"송 공자, 괜찮나?"

"우리가 가네."

"사형!"

격렬히 장력을 휘두르던 송겸은 일행의 목소리가 들리자 크게 한 번 장력을 떨쳐 내고 일행을 돌아봤다. 다행히 아무도 해를 입은 것 같지 않았다.

그 틈을 타고 원상은 번개같이 신형을 날려 몸을 빼냈다.

송겸이 막 뒤쫓으려 하자 유번이 잽싸게 가로막았다.

“그냥 두게. 함정이 있을지도 모르는 일이야.”

송겸은 그 말도 일리가 있다 생각하고 분한 마음을 삭였다. 그와 함께 송겸의 자안신광은 차츰 소멸되어 갔고, 잠시 후에는 불꽃처럼 어른대다가 흔적도 없이 사라졌다.

유번이나 채상요는 물론이고 유만도 자안신광에 대해서는 말만 들었을 뿐 직접 눈으로 확인한 것은 이번이 처음인지라 입을 쩍 벌리고 다물 줄을 몰랐다.

“어떻게 된 겁니까? 유만, 넌 괜찮은 거냐?”

송겸의 물음에 일행은 그제야 정신을 차렸다.

“유 공자가 곤경에 처했을 때 다행히 내가 도울 수 있었네.”

채상요의 말에 송겸이 안도의 한숨을 내쉬었다.

“대체 그 시퍼런 놈들은 뭐 하는 놈들인 겁니까?”

그 말에는 유번이 답했다.

“나도 무령각으로 향하던 중 다시 그들과 맞서게 되었는데, 유 공자의 외침 소리가 난 후 무슨 까닭인지 몸을 빼더군.”

송겸은 인상을 사정없이 찡그렸다.

“이러고 있을 것이 아니라 속히 올라가도록 하죠. 무령각에 문제가 생겼을 수도 있으니까 말입니다.”

“그렇게 하세.”

전속력으로 달려 무령각의 입구에 이르렀을 때, 송겸은 잠시 멍해지고 말았다. 입구를 지키는 네 명의 검사는 물론이고 저만치 보이는 이들의 모습이 구름이 떠다니듯 태평해 보였기 때문이다.

송겸은 아리송한 마음에 신속히 달려가 물었다.

"저는 취망산에서 온 송겸이라고 합니다. 여긴 괜찮습니까?"

"취망산이라면… 독왕노군님의 제자이십니까?"

검사들은 옛 친구를 만난 듯 반가워했다.

"그렇습니다. 아니, 아니, 지금 그게 중요한 게 아닙니다. 저희는 산중턱에서 정체 불명의 고수들에게 공격을 당했습니다. 우리를 기습한 놈들은 열두 명이었는데 하나같이 뛰어난 무공을 지닌 자들이었습니다. 하지만 더 많은 적들이 있을지도 모르는 일입니다. 이곳엔 아무 일도 없는 겁니까?"

송겸은 그 어느 때보다 심각했지만 검사들은 영문을 모르겠다는 표정이었다.

"그런 일이 있었습니까? 간덩이가 부어도 미련스럽게 부은 녀석들인 모양이군요. 염려 마십시오. 그놈들이 우리 눈에 띈다면 그 즉시 염라대왕은 지옥의 초대장을 놈들에게 보내게 될 테니 말입니다. 하하하하하! 제가 인도하겠습니다. 저를 따라오십시오."

한 검사가 화통하게 한 번 웃고는 앞서 걸어가자 송겸의 얼굴은 급격히 찌그러졌다.

천하 사괴 중 한 명의 수하라면 최소한 분노를 폭발하지는 못해도 심각한 척, 시늉이라도 해야 정상이었다. 도대체 부처와 같은 이 자비로움은 무엇이란 말인가.

송겸은 이렇게 기본이 안 된 말단 무사에게 말하느니 무령노군에게 직접 상황을 알리는 것이 낫겠다 생각하고 뒤를 따랐다.

잠시 불청객들을 잊고 여유를 갖자, 비로소 무령각의 전경이 눈에 들어왔다.

잘 가꾸어진 화원이 주변을 감싸고 있었고, 바닥은 대리석을 깔아놓아 정갈하기 이를 데 없었는데, 중앙 쪽으로는 길을 안내하기라도 하듯 흑석이 놓여 있어 깔끔함을 더해주었다.

맨땅에 아무렇게나 자리한 취망산의 가옥과는 그야말로 하늘과 땅 차이라 할 수 있었다.

전각은 제일 아래쪽으로 소천전이란 이름이 붙어 있고, 그 위로 중천전, 제일 위쪽에는 대천전이 자리했다.

일행은 대천전까지 안내를 받았고, 뒤따르는 동안 송겸은 촌에서 막 상경한 촌놈처럼 사방을 두리번거렸다.

검사는 마주 걸어오는 흑의를 걸친 젊은이에게 공손히 읍했다.

젊은이는 이십 대 중반 정도 되어 보였고, 얼굴에는 부드러운 미소를 머금고 있음에도 날카로운 검미와 오뚝한 코, 가느다란 입술로 인해 결코 쉽게 대할 사람처럼 보이지 않았다.

젊은이는 성큼성큼 일행에게 다가왔다.

"어서 오십시오. 무령각에 오신 것을 환영합니다. 냉혈쾌도님과 유성검귀님께서는 그동안 잘 지내셨는지요?"

"반갑네, 원 공자. 못 본 사이에 신색이 예전보다 더 좋아 보이는군."

흑의 젊은이는 무령노괴의 수제자인 원상이었다. 청의 복면으로 송겸과 격돌한 후 다시 본래 모습으로 돌아와 천연덕스럽게 손님 맞을 준비를 하고 있었던 것이다.

유번이 반갑게 답례했고 채상요도 고개를 끄덕였다.

원상은 이어 송겸과 유번을 향해 포권을 취했다.

"저는 원상이라고 합니다."

"송겸입니다."

"…유만입니다."

간단히 소개한 후 원상이 송겸을 바라보며 말했다.

"송 형은 저를 기억하시겠습니까?"

송겸은 고개를 갸웃거렸다.

"글쎄요, 어디서 뵌 듯도 한데 기억이 나질 않는군요."

“하하, 그러시는 것이 무리는 아닐 겁니다. 당시 제가 급히 독왕노군님을 뵈러 올라가느라 차분히 인사를 드리지 못했으니까요.”

그제야 송겸은 일 년 반 전의 당시 상황이 생각나 입을 벌렸다.

“아, 그리고 보니 그때 말없이 휙 올라가 버렸던…….”

“하하, 그렇습니다. 그때는 실례가 많았습니다.”

“뭐, 실례랄 것까지야 있겠습니까. 형씨가 쏜살같이 올라가는 모습을 보고 저러다 돼지는 것이 아닌가, 걱정을 많이 했었죠.”

원상은 송겸의 거침없는 말에 놀라 눈을 몇 번 깜박이다가 허허, 거리며 웃고는 말했다.

“자, 그럼 안으로 드시죠. 제가 사부님께로 모시겠습니다.”

원상의 뒤를 따라 대천전의 내부로 들자 고풍스러운 서화들이 규모 있게 벽면에 장식되어 있고, 짜임새있게 배치된 가구들은 절로 고풍스러움을 풍기고 있었다.

원상이 열 명은 족히 앉을 만한 둥그런 탁자를 정중히 가리켰다.

“이곳에서 잠시만 기다려 주십시오. 사부님께 말씀을 전하도록 하겠습니다.”

원상이 자리를 뜬 지 일각여가 지났을 무렵, 선풍도골의 노인이 일행 쪽으로 걸어나왔다. 귀밑머리가 희끗희끗했지만 주름이 많지 않았고, 유난히 검게 빛나는 눈동자로 인해 언뜻 보아서는 고작 오십 대 초반 정도로 보이는 인상이었다.

익히 안면이 있는 유번과 채상요는 물론이고 송겸과 유만도 그가 무령노괴임을 알아차리고 자리에서 일어나 예를 갖추었다.

“유번, 무령노군님을 뵙습니다.”

“채상요, 인사드립니다.”

유번과 채상요의 말속에서 송겸은 극도의 존경을 엿볼 수 있었다. 과거 빙안미성을 만났을 때도 예를 표하긴 했지만 이 정도까지는 아니었다. 아무래도 칠성사괴라는 입장에서 사괴를 대함과 칠성을 대함에 약간의 차이가 있다는 생각이 들었다.

“취망산의 대제자, 송겸이 노선배님을 뵙습니다.”

송겸은 빙안미성을 만난 이후로 무조건 그 수준의 인물들에게는 노선배라 부르기로 작정한 터였다. 그리고 혹시나 유만의 내공이 월등한 것을 눈치 채고 유만을 대제자로 여길까 염려스러워 대제자라는 말을 강조하는 것도 잊지 않았다.

“…저는 이(二)제자 유만입니다.”

“다들 오느라 고생이 많았구나.”

말을 하면서 무령노괴의 눈은 잠시 유만을 응시했다.

그는 염도에게 유만에 관해 들은 적이 있었다. 그는 염도가 첫 번째 제자인 천유를 잃고 괴로워했던 것과 그 뒤 유만을 발견하고 무척이나 흥분한 것도 잘 알고 있었다.

당시 그는 닮으면 얼마나 닮았겠냐 싶었지만 실제로 보니 정녕 천유가 살아 돌아온 것만 같아 속으로 놀라움을 금치 못했다.

‘염 형의 심장이 뛸 만도 했겠군.’

자리에 앉자 무령노괴가 말을 이었다.

“여기까지 오느라 고생이 많았다. 독괴는 물론 잘 지내고 있겠지?”

“노군께서 안부를 전하라 하셨습니다.”

“허허, 설마 그럴 리가.”

무령노괴의 말에 일행의 얼굴에 미소가 번졌다.

"너는 언제 취망산에 이른 게냐?"

유만에게 묻는 말이었다.

"…반년이 조금 지났습니다."

"음. 그래."

'거참, 말이 느린 것도 닮았군.'

무령노괴로서도 그저 신기할 따름이었다.

이어 무령노괴의 시선은 송겸에게 옮겨졌다.

"나는 네가 좀 더 일찍 올 것이라 생각했는데 조금 늦었구나."

송겸은 그 말을 취망산에서 무령각까지 오는 시간이 오래 걸렸다라는 것으로 착각했다.

사실 무령노괴의 말뜻은 송겸이 잃어버린 기억과 선친의 무공을 찾으러 일 년 전쯤에나 올 것이라 생각하고 있었다는 의미였으나, 산중턱에서 기습을 받아 온통 정신이 거기에 쏠려 있던 송겸인지라 곡해한 것이다.

"좀 더 일찍 올 수 있었습니다만 오는 길에 복면 쓴 놈들에게 습격을 당했습니다. 노선배께서는 알고 계신지요?"

"기습? 이거 호랑이를 만났나 보군. 요새 산중턱에 간간이 호랑이가 출현하기도 하지."

뜬금없는 호랑이타령에 송겸이 고개를 저었다.

"호랑이라뇨? 설마 호랑이하고 사람을 구분하지 못할 리 있겠습니까? 저뿐 아니라 모두가 보았습니다. 그들은 분명 불순한 의도를 지닌 놈들이었습니다."

송겸은 그때 유번과 채상요, 그리고 유만이 딴청을 부리고 있는 것을 보지 못했다.

"하하하, 여긴 아무 일 없으니 너는 그냥 잊어버리도록 해라."

"네? 그, 그게 무슨 말씀이십니까?"

송겸의 안면이 옅게 일그러졌다. 뭔가 잘못되도 한참 잘못된 것 같았다. 심지어 송겸은 앞에 앉은 노인이 무령노괴가 아닐지도 모른다는 생각까지 들려 했다.

"노군께서 그리 말씀하시니 잊어버리도록 하겠습니다."

유번이 불쑥 뱉어낸 말에 송겸이 자리를 박차고 일어났다.

"아니, 아저씨! 뭐, 잘못 드셨습니까? 방금 전까지 그 나쁜 놈들과 칼부림한 것을 어떻게 잊는단 말입니까?"

하지만 그 말을 다 하고 난 후 송겸의 얼굴은 휴지 조각 구겨지듯 일그러지고 말았다.

설령 눈앞에 무령노괴가 가짜라고 해도 유번까지 가짜일 수는 없었다. 그가 알고 있는 유번은 자신들을 기습한 무리를 아무 일도 아니라는 듯 잊어버릴 족속이 아니었다.

지옥으로 도망갔다면 지옥 끝까지라도 쫓아가 목을 쳐내야 잠을 잘 사람이었다. 그런 그가 대수로울 게 있냐는 듯 잊어버리겠다고 말하자 그제야 송겸은 모든 정황을 알아차렸다.

"아니, 그럼 설마……."

비로소 가슴 한구석에 찜찜하게 여겨졌던 것들이 일목요연하게 깨달아졌다.

청의복면인들이 기습할 때 채상요와 유만이 점점 멀어졌던 것, 유번이 도움을 청하러 간다며 자신만 홀로 남도록 한 것, 이어 혼자 남은 청의복면인이 느닷없이 포권의 예를 취했던 것, 그리고 수문장의 태평스러움과 무령노군의 잊어버리라는 말!

"모두 작당을 해서 나를 속인 게로군요! 이거 정말 이러깁니까? 그리고 유만 너까지… 이걸 그냥 확!"

유만은 고개를 숙이고는 애써 송겸의 눈길을 외면했고, 무령노괴는 너털웃음을 터뜨렸다.

"하하하하! 정식으로 겨룬다면 본실력을 볼 수 없을 것 같아 내가 그리하라 시킨 것이다."

"나이 드신 분이 젊은 사람을 가지고 놀면 엉덩이에 털납니다! 다음부터는 그러지 마세요!"

송겸은 분이 풀리지 않아 버럭 소리를 지르고는 자리에 앉았다.

유번과 채상요는 눈을 동그랗게 뜨고 송겸과 무령노괴를 번갈아 보며 안절부절못하며 어쩔 줄을 몰라 했다.

방금 전 말은 도가 지나쳐도 한참 지나친 말이었다. 송겸이 원래 막말을 서슴지 않고 어디로 튈지 모른다는 것은 잘 알고 있었지만, 무령노군 앞에서 엉덩이 털 운운하는 것은 정녕 기가 막힐 따름이었다.

누구라도 칠성사괴 앞이라면 주눅이 들어 말 한마디 제대로 할까 말까 해야 정상이었다. 그나마 다행스러운 점은 무령노괴가 여전히 미소를 짓고 있다는 것이었다.

"그럼 아까 저와 겨룬 이는 누군가요?"

"원상이었다."

"하아……."

송겸이 기가 막히다는 듯 손바닥으로 이마를 치며 탄식했다. 방금 전 아무것도 모른다는 듯 천연덕스럽게 자신을 맞이하던 모습이 떠올랐기 때문이다.

"정말 해도 해도 너무들 하시는군요."

그때 가벼운 발자국 소리와 함께 한 사람이 들어섰다.

이십 세가 채 되지 않아 보이는 비취색 정장의 여인이었다.

"사부님, 차를 가져왔습니다."

방금까지 혼자 바보가 돼버린 것 같아 기분이 꿀꿀해 있던 송겸이 곧바로 자세를 바로 했다.

송겸이 찬찬히 들여다보니 어디 한 군데 빠진 데가 없었다.

넓은 이마 아래 가늘고 섬세하게 진 쌍꺼풀, 볼은 조각처럼 다듬어져 있고, 곱게 다문 입술은 당장에라도 달려들어 입을 맞추고 싶을 정도였다. 약간 수줍어하는 모습은 그녀의 아름다움을 더욱 돋보이게 했다.

"하하, 이거 고맙소이다."

송겸의 말투는 어느새 점잖은 신진 고수의 그것으로 변해 있었다.

언제 화가 났는지, 화가 나긴 났었는지, 무슨 일을 겪기는 한 것인지 아예 모든 것을 까마득히 잊어버린 사람 같았다.

그녀가 차를 다소곳이 내려놓고 막 돌아서려 하자 송겸이 수작을 걸었다.

"이건 무슨 차인 게요?"

"모리화차(茉莉花茶)라고 합니다."

송겸은 그녀의 목소리가 옥구슬이 되어 자신의 가슴속으로 떼구르르 굴러다니는 것만 같았다. 교청은과는 비교하려야 비교할 수가 없는, 현모양처가 될 만한 여인이었다.

"오, 모리화차라……. 내 줄곧 이 차를 한번 마셔보고 싶었다오. 고맙소이다."

"마음에 드신다니 다행입니다. 그럼 소녀는 이만."

적절히 솟은 엉덩이를 균형있게 좌우로 흔들며 멀어지는 여인을 송겸은 몽롱한 시선으로 바라봤다.

옆에 있던 채상요가 탁자 아래로 송겸의 허벅지를 쿡쿡 찌르지 않았다면 끝내 침을 흘리고 말았을 송겸이었다.

"저 아름다운 소저는 시녀인가요?"

"저 아이는 나의 다섯째 제자인 금영영이란다."

"와우!"

송겸이 탄성을 질렀다.

"대단한걸요. 저도 돌아가는 대로 당장 사매를 받자고 건의를 드려야겠어요."

"허허허허."

무령노괴는 어이가 없는지 그저 웃음만 날렸다.

반면 유번과 채상요는 불안이 극에 달했다.

이건 거의 희롱 수준이었다. 만약 송겸이 독왕의 제자가 아니었다면 그 어느 누구라도 살아나긴 힘들었을 것이다.

"여독이 풀리지 않았을 터이니 오늘은 무령각을 둘러보도록 하고, 심법은 내일 전수토록 하마."

그때 송겸이 불쑥 끼어들었다.

"감사합니다. 그런데 안내는 누가 하게 되나요? 금 소저가 안내를 한다면 한결 여독이 풀릴 것 같습니다만……."

급기야 송겸은 후흑신공을 발휘했다.

"그래? 괜찮을까 모르겠구나."

"괜찮다마다요."

"그 아이가 수줍음이 많아서 잘할 수 있을지……."

"그건 염려 놓으십시오. 제가 어색해지지 않도록 하겠습니다."

송겸은 수줍음을 타는 그녀의 모습이 떠올라 묘한 웃음을 지었다.

유번과 채상요는 무령각이 처음이 아니었기에 따로 안내가 필요치 않았다. 두 사람은 정해준 숙소에 들어 여장을 풀었고, 송겸과 유만만이 금영영의 안내를 받았다.

두세 군데 돌아보는 와중에 송겸은 유만에게 은밀히 전음을 보냈다.

"사제야, 너는 이쯤에서 아저씨들에게 돌아가라."

눈치가 느려 터진 유만인지라 무슨 뜻인지 몰라 눈을 깜박이며 쳐다보자 송겸이 다시 전음을 날렸다.

"사형은 영영과 단둘이 있고 싶단 말이다. 무슨 말인지 알겠지?"

그제야 유만은 알아듣고, 옅게 미소를 짓고는 피곤한 듯 목을 돌리고 손으로 이마를 짚었다.

"이거 어쩌죠. 피곤해서 저는 그만 돌아갔으면 하는데요. 그래도 괜찮겠죠?"

금영영이 무슨 말을 하기도 전에 송겸이 벼락같이 달려들어 유만의 어깨를 붙들고 유심히 살폈다.

"그래, 녀석. 많이 피곤해 보이는구나. 어서 가서 쉬도록 해라. 그동안 제대로 쉬지도 못했으니 어찌 힘이 들지 않겠느냐. 자자, 어서 가도록 해라, 어서!"

유만이 느린 걸음으로 돌아서자 송겸은 금영영을 향해 활짝 웃어 보였다.

"자, 그럼 이번에는 어디로 가볼까요?"

"다른 분들이 피곤하다면 송 공자께서도 피곤하실 텐데, 오늘은 이만 쉬도록 하시죠."

금영영은 입술을 안쪽으로 한번 다물다가 말했는데 그 모습이 여간 귀여운 것이 아니었다.

"하하, 저를 잘 모르시는군요. 저는 체력 하나는 타고난 사람입니다. 열흘 동안 잠을 자지 않고도 전혀 태가 나지 않을 정도죠. 하하하하!"

송겸은 박력있게 웃고는 불현듯 뭔가 떠오른 듯 입을 열었다.

"이런, 그러고 보니 금 소저께서 피곤하신 모양이군요. 그럼 안내는 그만두고 차분히 앉아서 담소나 나누는 것이 어떻습니까?"

"그래도 사부님께서 안내를 하라고……."

그녀는 살짝 볼을 붉히며 말을 흐렸다. 그 모습에 또 송겸의 피가 끓어올랐다.

"염려 마십시오. 노군께는 무령각의 구석구석 다녔노라고 말씀드리겠습니다."

"좋아요."

두 사람은 산 아래 풍광이 훤히 내려다보이는 곳에 이르러 넓적한 바위에 자리를 잡았다.

"이곳은 정말 멋진 곳이로군요."

"사형의 말로는 취망산의 풍광이 이곳에 뒤지지 않는다고 하던걸요."

"물론 취망산도 좋기야 하죠. 하지만 그곳에는 금 소저와 같이 아름다운 분이 없지 않습니까?"

"네……."

금영영은 고개를 숙이고 거의 들리지도 않을 만큼 작은 목소리로 답했다. 송겸은 그녀의 하얀 목덜미가 분홍빛으로 물든 것을 보자 가슴이 두근거렸다.

"처음 소저를 보았을 때 저는 하늘의 선녀가 내려온 줄로 알았답니다. 그러니까 선녀 옷을 잊어버려서 어쩔 수 없이 세상에 남겨진 것으로 말입니다. 선녀 옷은 아직도 못 찾은 거겠죠?"

"그, 그런 말은 처음 들어봐요."

그녀의 목소리가 가늘게 떨렸고, 그건 곧 송겸에겐 자신감으로 돌아왔다. 그녀가 호감을 품고 있다. 어쩌면 오늘이 역사적인 날로 기억될지도 모른다는 생각까지 들었다.

송겸은 살며시 그녀의 손을 잡았다.

"금 소저, 그대는 내가 꿈꿔오던 여인이오."

삼류 시인의 시처럼 흔하디흔한 말이었지만 금영영은 몸을 파르르 떨며 손을 빼내려 했다.

"이러시면 안 돼요."

"저는 완전히 당신의 포로가 된 것 같습니다. 마음을 걷잡을 수가 없군요."

“실은…….”

실은? 송겸이 자신도 모르게 침을 꿀꺽 삼켰다.

“부끄러운 이야기지만 저도 송 공자님을 뵙고 마음이…….”

그녀는 말을 맺지 못했지만 송겸은 더 들을 필요도 없었다. 거의 심장이 터져 버릴 것만 같았다. 이런 것이 바로 한눈에 반한다는 것이리란 생각이 들었다.

송겸은 머리를 숙여 그녀의 볼에 입을 맞추려 했다. 그러자 그녀는 슬쩍 봄을 기울여 피하고는 기어들어 가는 소리로 말했다.

“안 돼요.”

송겸의 얼굴에 실망이 번졌다.

하나,

“여기는… 사람들이 너무 많아서…….”

‘헉!’

송겸은 몸이 저절로 두둥실 떠오르는 환상에 사로잡혔다.

여기는 사람들이 많아서!!

그렇다면, 그렇다면?

여태껏 단 한 번도 여자 경험이 없는 송겸이었다. 오늘에서야 뜻을 이루게 되는가 싶어 마음은 걷잡을 수 없이 흥분으로 치달았다.

“그럼 우리만 있을 수 있는 곳으로 갑시다.”

금영영이 송겸을 흘낏 바라보다가 얼른 고개를 바로 하고 말했다.

“적당한 곳이 있어요.”

‘야호!’

금영영은 뒤쪽으로 돌아 창고로 보이는 곳으로 인도했다. 입구에 이르러 주위를 살펴 아무도 없는 것을 확인하고는 안으로 들어갔다.

역시 생각했던 대로 창고였다. 여러 가지 비품들이 벽을 따라 가지런히 놓여 있었고, 벽 측면 위쪽으로 창이 나 있어 내부를 그리 어둡지 않게 비춰주었다.

"자, 이리 오세요."

그녀는 아무도 보는 사람이 없다는 생각에 용기를 얻은 듯 두 팔을 활짝 벌리고 송겸을 반겼다.

송겸은 보물 중의 보물을 안으러 가듯 황홀한 표정으로 다가갔다.

으스러지게 끌어안으리라. 이제껏 가보지 못한 신비한 나라로 떠나는 것이다. 그리고 그녀는 내 여자가 된다!

송겸이 막 지척에 이르렀을 때였다. 금영영의 손이 빠르게 송겸의 가슴을 훑어 내렸다.

"헉!"

송겸은 마혈이 제압당해 한 발을 앞으로 내민 상태로 굳어버렸다.

"그, 금 소저, 왜 그러시오?"

금영영은 수줍어하던 모습은 온데간데없이 야릇한 미소를 지었다.

송겸은 번개같이 한 가지 생각이 떠올랐다.

'오호, 이제 보니 금 소저는 특이한 성적 취향을 가지고 있는 게로구나.'

양아치 시절 봉남이가 들려준 이야기가 생각났다.

"어떤 인간들은 정상적인 상태에서 만족을 느끼지 못한다는 거 아냐? 손을 묶은 채 잠자리를 가진다든지, 눈을 가린다든지, 거기에 더해 채찍으로 때리면서 기쁨을 느끼는 사람들도 있어. 하아, 나도 그런 사랑 한번 해봤으면 좋겠다."

당시 송겸은 설마 그런 미친놈들이 있겠냐 싶었지만 지금 상황을 보니 봉남이의 말이 어쩌면 사실일지도 모른다는 생각이 들었다.

'좋아! 그녀가 원한다면 내 기꺼이 응해주리라.'

"그대가 하고 싶은 대로 하구려."

금영영은 살짝 이맛살을 찌푸리고는 한 귀퉁이에 세워진 몽둥이를 들었다.

'수줍고 내성적인 것으로만 알았는데 보는 것과는 전혀 다르구나. 저런 변태적인 성향이 있을 줄이야.'

금영영은 몽둥이로 송겸의 허벅지를 가격했다.

퍽!

"으악~"

어찌나 세게 때렸는지 송겸은 다리가 들리며 그대로 고꾸라졌다.

"금 소저, 기쁜 게요? 그대가 기쁘다면 마음껏 후려치시오."

그러자 금영영이 입술을 앙다물었다.

"뭐야, 이놈. 이거 완전히 변태 자식이었군! 오냐, 그래, 맞는 게 즐겁다 이거지? 그럼 좋다. 아주 뼈가 바스러지도록 패주마!"

그제야 뭔가 잘못된 것임을 깨달은 송겸이 그게 아니라고 항변해 보았지만 이미 늦어도 한참 늦은 상태였다.

퍽퍽퍽퍽! 퍼억~

"그래, 흥분되냐? 이놈이 무령각을 무시해도 분수가 있지, 온 지 몇

시진이나 지났다고 사람을 희롱하고 난린 게냐! 네놈 눈에는 무령각이
그렇게 만만해 보이던? 이 자식아, 오늘 여기서 아주 죽여주마!"

송겸의 이마로 땀 세 방울이 또르르 흘러내렸다.

'속았다!'

임기응변술이 필요한 때라면 지금이 아니고 언제겠는가.

"소저, 잠시만 내 말을 들어보시오!"

워낙에 절박하게 외친 탓에 금영영이 잠시 몽둥이를 거두었다.

"소저, 소저는 차를 내온 후에 바로 돌아가 그 뒤에 무슨 말이 오갔
는지 잘 몰라서 이러는 것이오. 결론부터 말하자면 소저는 시험을 무
사히 통과했소이다."

"무슨 헛소리냐?"

"사실 무령노군께서는 제게 은밀히 임무 하나를 부여했었소. 노군은
금 소저가 강호에 나가게 되면 그 아름다운 미모로 인해 뭇 강호인들
의 관심을 받게 될 터인데, 그 가운데서 얼마나 빨리 벗어날 것인가를
보고 싶다고 하셨소이다. 저는 그런 일을 할 수가 없노라 말씀드렸지
만 한사코 부탁하시는 터라 거절할 수가 없어서 그리한 것뿐이라오."

"정말인가요?"

금영영의 눈이 휘둥그레졌다.

"생각해 보시오. 아무리 내 간이 부었다 해도 무령각에서 무례를 범
할 생각을 하겠소?"

"음, 이거… 그렇다면 제가 크게 실수를 저질렀군요."

그녀는 어쩔 줄 몰라 하는 표정을 지었다. 그러나,

"…라고 말할 줄 알았지? 이거 아주 질이 나쁜 놈이로군. 거짓말이

입에 붙었구나, 붙었어! 죽어라~"

다시금 혹독한 매질이 시작되었고, 송겸은 진정 이곳이 칠성 중 한 명의 거처가 아닌 사괴 중 한 명인 무령노괴의 소굴이라는 것을 절실히 깨달아야만 했다. 그렇다. 괜히 괴(怪) 자가 붙은 건 아니란 말이다.

송겸은 여기에서 빠져나갈 수 있는 방법은 오로지 외부의 도움을 받는 것뿐이라는 것을 알았지만, 할 수만 있다면 그녀를 설득해 아무 일도 없었던 것처럼 하고 싶었다. 이 일이 드러난다면 그야말로 망신도 이런 망신이 없는 것이다.

"소저, 내 말 좀 들어보시오~ 미우나 고우나 어쨌든 나는 독왕의 제자가 아니오. 나 모르겠소? 나란 말이오, 독왕노군의 대제자란 말이오. 특명을 받고 온 독왕의 제자란 말이외다~"

"네가 아직 날 파악하지 못한 게로구나. 사람들은 독왕노군을 무서워할지 모르지만 이 금영영은 사부님을 제외하곤 아무도 두렵지 않다!"

사실이었다. 아마도 송겸이 그녀가 무령각 내에서 독호접(毒蝴蝶:독나비)이라 불리운다는 것을 알았다면 이런 실수는 저지르지 않았을 터였다.

금영영은 피도 눈물도 없이 송겸을 후려갈기는 데 열중했다. 송겸은 더 이상 맞다기는 영영 세상과 작별을 고하게 될 것 같아 창피를 무릅쓰기로 했다.

"으아아악! 사람 살려요~ 사람 살려~"

"흐흐흐, 소리를 지르시겠다? 그런데 어쩌나. 네놈이 으슥한 곳으로 오자고 해서 그 정도의 목소리 가지고는 아무도 들을 수 없을 텐데 말이야.”

내력을 끌어올릴 수 없어 송겸은 크게 소리를 낼 수 없는 것이 안타까울 따름이었다.

바로 그때였다.

“여기서 무슨 소리가 난 것 같은데……”

“한번 들어가 보세.”

문밖에서 들리는 소리였다. 송겸에겐 그야말로 구세주의 음성이었다.

문이 열리고 두 중년 무사의 눈이 송겸과 금영영의 눈과 마주쳤다. 시간이 정지한 듯 모두 그대로 굳어버렸다.

송겸은 얼른 정신을 차리고 하소연을 토해냈다.

“살려주십시오~ 저는 독왕의 제자입니다. 금 소저가 날 개 패듯이 패고 있소이다~”

쭉 팔리긴 해도 계속 맞는 것보단 백배 나은 일이었다.

“음, 고양이였나 보군. 아무도 없는걸.”

“그렇군. 우리가 너무 민감했던 모양이야.”

두 검사는 송겸과 금영영이 전혀 보이지 않는다는 듯 눈으로 창고의 구석구석을 살핀 다음, 아주 힘차게 문을 닫아버렸다.

쾅!

문이 닫히는 소리가 송겸에겐 벼락이 내리 꽂히는 것보다 크게 들렸다. 송겸은 멍하니 닫힌 문만을 바라보며 다시금 땀 두 방울을 흘려보냈다.

'맞아, 모두 한 패였지…….'

"네가 그러고도 남자냐?"

금영영의 주먹이 허공을 가로질러 송겸의 눈으로 날아들었다.

픽!

제10장 심흔결, 그리고……

　악몽 같은 하루를 보낸 송겸은 무령노괴를 따라 연심동에 들었다.

　무령각의 뒤편에 자리한 동혈을 폐관 수련을 위해 개조한 곳이었다. 창이 전혀 없는 까닭에 천장에는 열 개의 야명주가 알맞은 간격으로 박혀 있었다. 그 너머로 작은 석실이 있어 외부로 나오지 않고도 생활할 수 있게끔 벽곡단과 식수, 여벌의 옷이 갖춰져 있고 간단한 시설물이 설치되어 있었다.

　가부좌를 틀고 무령노괴와 마주 앉은 송겸의 오른쪽 눈은 시퍼런 멍이 확연했지만 그 어디에도 어제와 같은 가벼움은 보이지 않았다.

　"혹시 들었는지는 모르겠다만, 나는 네 아버지에게 많은 신세를 졌다. 그가 떠난 뒤 나는 그에게 아무것도 보답하지 못했다는 것이 생각나 먼저 간 그가 야속했단다. 하지만 염 형이 너를 찾아내어 이제라도 작은 보답을 할 수 있게 되어 기쁘기 그지없구나."

잔잔히 이어지는 무령노괴의 음성에는 진심이 묻어났다.

"현재로서는 모든 것이 불확실하다. 네가 어떻게 태어나게 된 것인지, 어쩌다 어릴 적 기억을 잃은 것인지, 과연 홍형이 무상심법으로 네게 무공을 남겨두었는지 아무것도 확신할 수가 없다. 내가 바라는 건 그가 네게 무엇인가를 남겨놓았기를, 그리고 심혼결의 비밀을 열 수 있기를 바랄 뿐이다."

무령노괴는 잠시 말을 멈추고 심연이 깃든 눈동자로 송겸을 바라보았다.

"만일 무상심법이 남겨져 있지 않다면 네 사부는 네게 전하지 않은 모든 무공을 전하게 될 것이다. 그리고 나 또한 모든 절기를 네게 전수해 주마."

순간 송겸은 마음이 뭉클해져 아무 말도 할 수가 없었다.

어릴 적 떠돌이로 지낼 때는 놀림거리가 되고 아무에게도 관심을 받지 못했었다. 그러나 이제 무령노괴로부터 진심 어린 말을 듣다 보니 무공 전수를 떠나 벅찬 감동에 사로잡혔다.

"자, 이제 정신을 집중하여 귀를 기울이도록 해라."

무령노괴는 잔잔하지만 또렷한 음성으로 심혼결의 구결을 읊어 나갔다.

송겸은 잡념을 떨쳐 내고 오로지 마음을 다해 구결에 집중했다.

기이한 음공을 운용한 것인지, 송겸은 암기에 노력하려 했으나 구결이 귀가 아닌 머리에 박히듯 파고들자 굳이 기억하려 하지 않고, 잡념을 떨쳐 내 청명한 정신을 유지하려 힘썼다.

일 식경이 지나 구결 전수를 마치자, 무령노괴는 송겸에게 묻지 않고 다시 한 번 처음부터 끝까지 심혼결의 구결을 불러주었다.

머리에 각인된 것들 중 약간이나마 희미해진 부분들이 다시 한 번 꽂히듯 박히는 무령노괴의 음성에 의해 확연히 새겨졌다.

"암기할 수 있겠느냐?"

"네."

"들어보자꾸나."

송겸은 한 글자도 빠짐없이 심혼결의 구결을 완벽히 기억해 냈다.

"다시 한 번!"

송겸은 혼자 남게 되면 연심동을 나와 물으러 가는 우를 범치 않기 위한 것임을 알고 진지하게 심혼결을 읊었다.

"잘했다. 이제는 구결에 담긴 뜻을 설명해 주겠다. 주의할 점은 기억하려 애쓰지 말고 이해하려 노력해야 한다는 것이다."

이번에는 거의 한 시진(2시간)이 소요되었다.

심혼결의 원리와 과정마다의 기의 운행, 때마다의 마음가짐에 대한 설명이었다.

이후 무령노괴는 이해되지 않은 부분이 있는지 물었고, 송겸이 서너 군데를 지목하자 또 그 부분에 대해 상세한 설명을 들려주었다.

"심혼결은 운용하자마자 곧바로 정신의 방에 들어갈 수 있는 것은 아니다. 이 세상에서도 영약, 영초가 있는 곳에는 영물이나 독물들이 공생의 이치를 따라 곁에 머물게 되는 것처럼, 네가 감춰진 정신 세계로 들어가려 할 때 어떤 형태로든 방어 기제가 작동될 것이다. 그것은 운용자의 심리 상태나 지내온 환경에 따라 각기 다른 형태로 나타나게 된다. 어떤 이에게는 굉음이 들려오기도, 또 어떤 이에게는 모든 슬픔이 한꺼번에 몰려오기도 한다. 그 과정을 돌파하지 못한다면 아무것도 얻어낼 수 없을 것이다.”

송겸이 크게 숨을 들이쉬었다. 방어벽이 평범하다면 무령노괴가 결코 이런 말을 하지 않을 것이란 생각이 들었기 때문이다.

“또한 방어벽을 뚫었다 하더라도 얼마나 간절히 원하고, 얼마나 집중하였느냐에 따라 깊게 들어가느냐, 옅은 곳만 살피고 돌아오느냐의 차이를 보이기도 한다. 심혼결의 공능은 정신의 방에 인도하는 데까지이며, 그 이후는 너의 마음 깊은 곳에 얼마나 크고 많은 것들이 들어 있느냐에 따라 생각지도 못한 많은 변수를 맞이하게 될 것이다.”

심혼결에 대한 설명을 마친 무령노괴는 다른 석실의 용도를 설명해 주고 연심동을 나섰다.

연심동의 석문이 닫히고 혼자 남게 된 송겸은 잠시 생각에 잠겼다.

과연 무엇을 보게 될 것인가?

아무것도 얻지 못한다면?

기억을 찾더라도 그 기억이 아무 의미가 없는 것이라면?

송겸은 고개를 저어 상념을 떨쳐 냈다.

‘그 무엇이라도 더 나빠질 것은 없어. 송겸, 너는 괜한 걱정으로 시간만 소모하고 있을 거냐.’

즉시 송겸은 가부좌를 틀었다.

운기행공으로 마음을 평온히 한 후 구결을 따라 심혼결을 운용했다.

변화는 곧바로 찾아왔다.

몸은 그대로 일 터이나 온몸이 물방울처럼 분리되며 공중으로 떠오르는 느낌이 들었다.

한순간 무아지경에 이르렀다. 아무것도 떠오르지 않았으며 의식도, 감정도 모두 텅 비어버렸다.

그러다 문득 한소리가 들렸다.

"강호에 나가 언제든지 죽을 놈인데 차라리 내 손으로 죽여 버리겠다!"

하북칠살과 맞섰다는 이야기를 들은 사부가 고함치고 있었다.

거기에 대해 생각하려는 순간, 이번에는 전혀 다른 소리가 들렸다.

"제자야, 침 닦아라."

천향신녀에게 서명을 받기 직전 사부가 보낸 전음이었다.

"흐흐… 사부님도요."

그것도 잠시, 또 다른 기억이 떠올랐다.

"어허, 노인장! 따스한 햇살 가리지 말고 저만치 물러서든지 아니면 가던 길을 가던지 하쇼."

사부와 처음 만나던 날 새우처럼 몸을 웅크린 채로 송겸이 뱉어낸 말이었다.

"송 공자, 자네는 칠현금을 나무의 어떤 부분으로 만드는 줄 아는가?"

어느새 우각산의 악성 고이연이 말하고 있었다. 그러나 그것은 나타날 때처럼 번개같이 사라졌다.

"꺄아아악~"

"히히… 색시, 곱다. 내 색시 하자."

교청은을 상대로 임기응변술을 펼치던 광경!

송겸은 이런 현상이 무령노괴가 말한 방어벽이며 자신에겐 잡념이라는 형태로 나타난 것임을 깨달았다.

지내온 모든 기억들이 파편처럼 잘게 부서진 채 시간 순서나 상황의 자연스런 흐름 없이 무작위로 밀려오고 있는 것이다.

잡념은 괴이하게도 송겸이 정신을 집중하면 할수록 더 빠른 속도로 나타나고 또 전환되었다.

"칠보장장운을 시전할 때는 반드시 주의해야 할 것이 있다. 명심해라. 절대적으로 깊은 밤중에나, 혹은 아무도 없을 때 펼쳐야만 한다. 알겠지?"

"답은 후흑이다. 자고로 천하를 논할 영웅이라면 후와 흑을 겸비한 자로, 첫째는 얼굴이 두꺼워[厚顔] 부끄러움을 몰라야 하고[無恥], 뱃속이 검어서[黑心] 뻔뻔스럽게 행동할 줄 알아야 하는 것이다. 이것이야말로 진정 천하를 얻을 수 있는 비책인 셈이다."

"장주도 한번 던져 보시겠소?"

"괜히 날만 상할 것 같구려."

"하하, 괜찮소이다. 장주의 목숨을 노린 놈이니만큼 장주도 보복을 해야 할 것이 아니겠소."

"내게 탈복흉공의 비급이 있소. 모두 멈추지 않으면 이 자리에서 비급을 태워 버리겠소."

"우리의 흠모가 헛되지 않았음을 깊이 느끼게 하시는 말씀입니다."

"어르신과 동 시대에 살고 있다는 것은 일생일대의 축복입니다."

"내가 그랬잖아. 저분은 장차 나라의 부름을 입고 승상의 자리에 오를 거란 말일세."

"그렇게 기연이 얻고 싶은 거냐? 정 네 소원이라면 내가 들어주마. 망설일 게 뭐냔 말이다. 어때? 말해 봐라."

"야! 추 장로, 이 녀석아. 무슨 짓이냐. 너, 집어 던지면 알아서 해."

"형님, 고정하십시오. 그러시면 안 됩니다."

"…사형, 여기에는 왜 오자고 하셨습니까?"

"음, 일단 명칭부터 정리하도록 하자. 이제부터 나를 부를 때는 대사형이라고 불러라. 알겠지?"

"…아니, 그럼 또 다른 사형이 있는 것이로군요?"

"네가 감히 겁도 없이 작두파를 넘봐! 어린놈이 간덩이가 부어 어쩔 줄 모르는 모양이구나. 오늘 너의 큰 간을 적당히 잘라내 주마."

"뭔가 착오가 있으신 모양입니다. 그러니까 저는……."

"닥쳐라!"

"성숙노괴님이 진짜 송 공자의 아버님이신가요?"

"뭐, 피는 못 속이는 법이니까요. 게다가 빙안미성 정도의 초절정 고수라

면 사람을 잘못 보고 엉뚱한 소리나 하실 분은 아니잖습니까. 그러니까 결국
은… 하하하하!"

잡념은 점점 빨라지면서 급기야는 이제까지의 모든 기억이 한꺼번
에 밀려드는 지경에 이르렀다. 이대로 계속 이어진다면 머리가 터져
버릴 것만 같았다.

송겸은 가슴이 타 들어가는 통증을 느낌과 동시에, 울컥하고 피를
토해냈다. 검붉은 선혈이 분수처럼 뿜어지면서 각혈을 멈추지 못했
다.

"커억… 컥컥컥……."

송겸은 의식이 흐려지면서 쓰러졌다.

얼마나 시간이 흘렀을까.

송겸은 으깨질 듯한 머리를 짓누르며 방어벽을 뚫지 못하고 피를 토
했던 것을 떠올렸다. 다시 가부좌를 틀고 운기행공에 들어가니 다행히
기혈은 막힘없이 안정적이었다.

허기가 느껴지자 벽곡단을 복용한 후 심혼결과 방어벽에 대해 생각
했다.

구결 운용에 실수가 있었는지 곰곰이 되짚어보았지만 그건 아닌 것
같았다. 방어벽이 예상 치보다 훨씬 두텁고 난해하다는 것을 간과한
점이 주화입마로 흐르게 된 듯싶었다.

송겸은 다시금 심혼결의 운용에 들어갔다.

한번 겪은 터라 굳은 의지와 강인한 정신을 유지한다면 잡념의 숲을

돌파하지 못할 것도 없다는 생각이 들었다.

구결을 운용한 지 일각이 지났을까, 기다렸다는 듯이 그동안의 모든 기억이 철궁이 쏘아지듯 머리로 파고들었다. 송겸은 이를 악물고 아무 것도 떠올리지 않으려 했지만 불가항력(不可抗力)이었다.

별안간 떠오른 잡념을 떨치려 하는 순간 어느새 새로운 기억이 파고들었고, 그것을 의식하는 순간 다른 것으로 변하기를 거듭하니 굳은 의지라 한들 발을 디딜 틈조차 없었다.

송겸은 더 진행하지 못하고 급히 심혼결을 거둬들였다.

힘들 게 열쇠를 구해놓고 문을 열지 못하고 있다 생각하니 가슴이 답답하고 미칠 것만 같았다.

"으아아아악…… 으아아아악~"

송겸이 고함을 지르며 벽으로 달려가 머리를 들이박았다.

퍽, 퍽, 퍽, 퍽!

둔탁한 음향과 함께 뜨거운 피가 이마를 타고 온 얼굴에 흘러내렸다.

"왜 안 되는 거야! 나는 무공 따윈 관심도 없어. 그런 건 필요없다구! 난 그냥 내가 누군지 알고 싶을 뿐이야. 아버지를 찾고 싶단 말이다. 나를 내버려 둬~"

퍽, 퍽, 퍽, 퍽!

머리가 으깨지고 정신이 흐릿해지면서 송겸은 나무토막처럼 무너져 내렸다.

"필요한 건 그뿐이야……."

사흘이 지났으나 달라진 것은 없었다.

지난날 겪었던 삶들이 빠르고 쉴 새 없이, 폭풍처럼 몰아쳤다.

피를 토하듯 절규하며 온 정신을 다 기울여도 방어벽은 여전히 흔들림없이 견고했다.

나흘째 되는 날, 이제껏 스무 번의 도전이 모두 실패로 돌아가 기진맥진해 아무렇게나 나뒹군 송겸은 꿈을 꾸었다.

어디에서 추락한 것인지 하염없이 떨어져 내렸다. 내려다보이는 모든 곳에는 바다가 끝없이 펼쳐져 있었다. 하늘과 바다, 강렬한 태양, 그 외에는 아무것도 없었다.

푸앙!

송겸은 푸른 바다에 빠져들다가 서서히 수면 위로 떠올랐다.

그야말로 망망대해에서 송겸은 어디로 헤엄쳐야 할지 알 수가 없었다.

문득 손을 오므려 바닷물을 떠보니 그것은 물이 아니었다. 깨알같이 작은 글씨들이 올망졸망 엉켜 있었다. 그것들은 지나온 모든 삶이 새겨진 삶의 조각들이었다.

모든 바닷물이 그러했다. 즉, 잡념의 바다인 셈이었다.

눈을 들어 하늘을 바라보았다.

구름 한 점 없는 파란 하늘을 보아야겠다고 생각하자 하늘이 바로 눈앞으로 생생하게 다가왔다. 가까이 대하자 멀리서 볼 때와는 달리 그것들도 전부 글자로 이루어져 있었다. 잡념으로 이루어진 하늘인 것이다.

잡념의 하늘은 너무도 넓었고, 잡념의 바다는 깊고 끝을 알 수가 없었다. 이것들을 헤치고 원하는 것을 찾는다는 것은 불가능해 보였다.

'이렇게 포기하고 말 테냐?'

이제껏 단 한 번도 들어보지 못한 음성이었다.

"누구?"

깜짝 놀라 주변을 돌아보았지만 아무도 없었다. 하지만 용기는 얻었
다. 어떤 방향이 바른 길인지 알 수 없었지만 일단은 한 방향으로만 헤
엄쳐 보기로 했다.

얼마나 움직였을까. 숨이 턱까지 차 오르고 팔은 쇳덩이처럼 무거워
져 들어 올릴 수도 없을 지경에 이르렀다.

한순간 송겸은 이것은 그저 꿈일 뿐이라는 생각을 떠올렸다.

'그래, 이건 꿈이야. 더 이상 헤엄친다 한들 무슨 의미가 있겠어.'

송겸은 숨을 내쉬며 천천히 바다 속으로 가라앉았다.

꿈속에서 숨이 차 오르면 깰 수 있을 것이라 생각했다. 커컥, 거리면
서 몸을 일으키게 될 것이다.

몸이 하염없이 물속으로 가라앉았다. 몸이 잡념의 물속으로 파고들
며 글자들이 머리에 떠올랐지만 그냥 내버려 두었다. 이건 단지 꿈일
뿐이다, 라고 생각하자 잡념은 아무런 장애가 되지 않았다.

한참을 가라앉는데도 기이하게 숨이 막히지 않았다. 정확히는 숨을
쉬고 있는 것인지 아닌지도 모를 일이었다.

끝없는 나락으로 천천히 빠져들며 어서 꿈에서 벗어나기를 바랄 때
였다. 저만치 아래쪽에서 백색 광채가 뿌옇게 어른거리는 것이 보였
다.

송겸은 백색 광채를 보고 싶다 생각했고, 그 즉시 백색 광채는 눈앞

으로 다가왔다.

거기엔,

'아무것도 새겨져 있지 않다! 아무것도 없어……'

이 세계에서 유일하게 잡념의 글자가 새겨져 있지 않은 것을 본 것이다. 송겸의 눈에 희열이 번졌다.

"찾았어!"

그와 함께 송겸은 꿈에서 깨어났다.

아직도 백색 광채가 눈에서 어른거리는 것만 같았다.

"바로 그거다! 대항하지 않는 것! 의지로 제압하려 하지 않는 것이 방어벽을 넘어서는 거야!"

송겸은 곧바로 가부좌를 틀고 심혼결의 운용에 들어갔다.

다른 때와 마찬가지로 잡념이 몰려왔다. 하지만 이번만큼은 그 모든 것을 있는 그대로 받아들였다. 어떤 항거도 없이, 맞서려는 어떤 의지도 품지 않고 잡념의 바다 속으로 가라앉듯 그저 몸과 마음을 맡겼다.

잡념은 수만 마리의 개미 떼처럼 온 마음을 갉아대기 시작했다.

송겸은 다 먹어치워도 좋다고 생각했다. 머리카락 한 올도 남기지 않고 다 먹어치우길 바랐다.

바로 그 순간, 백색 광휘가 안개처럼 피어나더니 모든 잡념이 순식간에 사라졌다.

이어 광휘는 더 이상 밝을 수 없을 것 같은 빛을 뿜어내며 의식을 점령했다. 송겸은 강렬한 빛에 눈이 부셔 손으로 눈가를 가리면서 눈을 떴다.

‘눈을 떴다?’

눈을 떴다는 의식이 들자 송겸은 주변과 자신의 몸을 돌아보았다.

연심동이 아니었다. 티끌 한 올조차 없는 백색 광채의 공간에 놓인 자신이 보였다. 손이며 발, 의복까지 모두 그대로였다.

‘여기가 어디지?’

스스로에게 묻자마자 저절로 상황이 이해됐다.

‘들어왔다.’

심혼결을 통해 방어벽을 넘어 정신의 방에 들어온 것이다.

송겸은 길이 어딘지 알 수 없었지만 일단 앞으로 걸어갔다.

대략 일 다경 정도 걸었다는 생각이 들 때였다.

백색의 공간이 서서히 자줏빛으로 물들었다. 그리고 눈앞에 거대한 철문이 나타났다.

철문에는 손잡이나 열고 들어갈 수 있는 그 어떤 것도 찾을 수가 없었다. 그저 중앙에 새겨진 호랑이 형상이 살아 있어 당장이라도 튀어나올 듯 노려보고 있을 따름이었다.

송겸은 정말 살아 있는 호랑이처럼 느껴져 손으로 얼굴을 만져 보았다.

크아앙~

거대한 울음소리에 깜짝 놀라 뒷걸음질치는데 호랑이 형상이 서서히 꿈틀대며 변하더니 잠시 후 그 자리에 글귀가 나타났다.

무상심법지문(無上心法之門).

무상심법!

송겸은 멍하니 바라보다가 울컥하고 눈물을 쏟아냈다. 울어야겠다고 생각한 것이 아니었다. 그저 눈물이 끊임없이 흘러내리는 것을 막을 수 없을 뿐이었다.

심혼결을 통해 들어온 이곳은 송겸의 정신 세계다. 이곳에서 무상심법을 찾았다는 것은 송겸이 성숙노군의 아들이라는 것을 소리쳐 외치고 있는 것이 아니고 무엇이겠는가.

지금까지의 불확실이 사실로 드러나자 송겸은 감회에 젖어 어깨를 떨며 울음을 터뜨리고 말았다.

그저 아무렇게나 버려진 것이 아니었다는 것, 무정한 아버지가 아닌 무언가 사연이 있었을 것이라는 것, 이젠 떳떳이 아버지라고 부를 수 있다는 것, 그동안의 모든 설움이 눈물로 쏟아져 내렸다.

"아버지~"

송겸은 눈물로 얼룩진 시선으로 힘껏 외쳤다.

그 순간 철문이 아지랑이처럼 흐물흐물해지더니 눈앞에서 사라졌다.

송겸은 눈물을 훔쳐 내고 안으로 걸음을 옮겼다.

그야말로 거대한 석실이었다.

높이 솟은 천장은 윗부분이 막혀 있었고, 삼면으로 큰 문(門)들이 보였다. 가만히 세어보니 정확히 열 개였다.

가장 가까운 문부터 열어보려 다가갔을 때 정면의 문(門) 중 하나가 자줏빛 광채를 뿜어냈다. 빛은 마치 어서 오라 부르고 있는 것 같았다.

송겸이 그 앞으로 다가갔다.

송겸이 문 앞에 서자 입(入) 자가 새겨지면서 한 사람은 충분히 드나들 수 있는 공간이 열렸다. 망설임없이 안으로 들어가며 뒤를 돌아보니 어느새 문은 사라져, 원래부터 아무것도 없었던 것처럼 되어버렸다.

송겸은 문득 자신이 허공에 떠 있다는 것을 깨달았다. 아래를 보나 위를 보나 온통 파란 하늘과 조각구름이 펼쳐져 있었고 나갈 문은 보이지 않았다.

'잘못 들어온 건가?'

의문이 떠오르자마자 변화가 찾아왔다.

조각구름이 꿈틀거리는가 싶더니 글자로 변했다.

환유각(幻幽脚)!

'환유각? 무공인가?'

구름은 다시 꿈틀거렸다.

이번에는 많은 글자가 나타났다.

송겸은 그것이 환유각의 무공 구결이라는 것을 알 수 있었다.

구결들은 한 줄씩 새겨졌다가 송겸의 가슴으로 파고들었다. 따로 기억하고 말고가 필요없었다. 구결들이 저절로 기억될 뿐만 아니라 오래 전부터 알고 있었던 것처럼 이해되었다. 송겸은 그것이 아버지가 새겨 놓은 기억의 금제가 풀리는 것이라 생각했다.

일각 정도가 지나 환유각의 모든 구결을 흡수하자, 이번에는 구름이 뭉게뭉게 모여들더니 눈, 귀, 코 등이 전혀 없는 사람의 형상으로 변했다.

구름 인형이 움직이기 시작했다. 송겸의 눈이 휘둥그레졌다. 구름 인형은 지금 환유각을 펼치고 있는 것이다. 그냥 펼치는 것이 아니라 움직일 때마다 혈의 위치와 기의 움직임이 표면으로 드러나 초식과 내력의 운용을 한눈에 볼 수 있게끔 하고 있었다.

삼십이 초식의 운용을 마친 구름 인형은 안개처럼 쏘아져 송겸에게 흡수되었고, 송겸은 정체를 알 수 없는 전율에 몸을 부르르 떨었다.

'이제 끝난 건가? 다른 문들도 마찬가지겠지.'

돌아갈 문이 나타나기만을 기다리고 있으려니 공간이 회오리치면서 주변 환경이 급변했다.

어느새 발은 땅을 딛고 있었고, 주변은 푸른 초원이 끝없이 펼쳐져 있었다.

한줄기 바람이 스쳐 지나가며 머리와 옷깃을 흩날리자 송겸은 깜짝 놀랐다. 정신의 방에 들어온 것이 아니라 실제 초원에 서 있는 것처럼 실감났기 때문이다. 고개를 숙여 풀잎을 만져 보니 감촉이 그대로 느껴졌다. 그저 신기할 따름이었다.

'이번엔 또 뭐지?

슈웅~

이십여 장 너머로 뭔가가 하늘에서 떨어져 내리고 있었다.

쾅!

엄청난 속도 때문인지 굉음과 함께 땅이 움푹 파였다. 호기심에 몇 발자국 떼기도 전에 검은 형체가 구덩이에서 모습을 드러냈다.

그 존재는 구름 인형과 마찬가지로 윤곽만 있을 뿐 눈, 코, 입 등이 보이지 않았다. 그러나 구름 인형과는 달리 기이한 적의가 느껴졌다.

이때쯤 송겸은 정신의 방에 어느 정도 적응을 하고 있던 터라 말을 걸어봤다.

“이보시오, 흑 형(黑兄). 이번에는 어떻게 하면 되는 거요?”

검은 형체는 뚜벅뚜벅 걸어와 송겸과 일 장 정도의 거리를 두고 손을 깍지 끼고 앞으로 쭉 밀었다가 위로 올렸다가, 다시 손을 풀고 허리와 다리를 풀었다. 그건 마치 이제 한판 붙어볼 심산이다, 라고 말하는 것만 같았다.

아니나 다를까, 검은 형체는 득달같이 달려들어 송겸의 얼굴을 가격했다.

퍽!

무방비 상태로 있던 송겸은 그대로 뒤로 나가떨어졌다.

“이봐, 뭐 하는 거야! 왜 사람을 때리고 난리냐? 여긴 내 머리 속이란 말이다! 너 같은 놈은 내가 지워 버리면 그만이란 거 몰라!”

검은 형체가 고개를 갸웃했다.

송겸은 녀석이 웃고 있다고 생각했다. 아니, 분명히 웃었다. 왜인지는 몰라도 그냥 알 수 있었다.

“그래, 한번 붙어보자는 거냐? 좋다, 덤벼라!”

송겸은 심은장의 기수식을 취했다. 검은 형체는 만족한다는 듯 고개를 끄덕이더니 신형을 날렸다.

내력을 끌어 모아 장력을 쳐내려던 송겸은 순간 멈칫했다. 내력이 전혀 따라오지 않았다.

‘어떻게 된 거지?

그사이 검은 형체는 송겸의 가슴을 향해 일장을 뻗어냈다. 송겸은 심은장 단심냉천의 수법으로 손을 들어 막았다.

펑!

송겸은 이번에도 그대로 나뒹굴었다.

"뭐야? 이건 사기다! 도대체 어떻게 싸우라는 거냐?"

튕겨지듯 일어나며 송겸은 고래고래 고함을 질렀다. 그럴 만도 한 것이 손으로 분명히 막았음에도 검은 형체의 손에 닿자마자 안개를 휘젓듯 그냥 관통해 버렸기 때문이다.

다시금 검은 형체가 고개를 갸웃했다.

"이게 비웃어!"

송겸은 쇄풍각을 이용해 풍차처럼 돌며 검은 형체의 상체와 하체를 연달아 쓸어갔다. 하지만 좀 전과 마찬가지로 검은 형체의 몸을 그대로 관통하며 지날 뿐 아무 소득도 거두지 못했다.

도리어 다리를 쓸어가면서 노출된 등짝에 일장을 얻어맞고 개구리처럼 납작하게 뻗어버렸다.

엎드린 채 눈을 깜박이던 송겸은 그제야 한 가지 생각을 떠올렸다.

'제길, 그런 것이었군.'

송겸이 깨달은 건 이곳이 바로 환유각의 방이라는 점이었다. 이곳에서는 환유각만이 적용될 수 있다는 것. 그렇기에 그 외의 것들로는 결코 검은 형체에 타격을 줄 수 없었다. 내력을 끌어올리지 못했던 것도 같은 맥락임에 틀림없었다.

'실전 운용이라 이거지!'

송겸은 벌떡 일어나 씨익, 미소 지었다. 검은 형체가 고개를 끄덕였다. 바로 그거야, 라고 말하는 것만 같았다.

송겸은 몸을 솟구쳐 발을 번갈아가며 검은 형체를 가격했다.

철혈신각(鐵血神脚)이었다. 검은 형체가 손을 들어 막았고, 짐작했던 대로 이번에는 관통되는 일은 없었다. 강력한 경력에 밀려 검은 형체가 뒤로 주르르 밀려났다.

송겸은 쉴 틈을 주지 않고 화화태소(火花太笑)로 옆구리를 노렸다. 검은 형체는 피하는 대신 앞으로 쭉 밀고 들어오면서 가슴을 향해 장력을 발출했다.

송겸은 발길이 빗나가는 것을 느끼고 그대로 몸을 옆으로 굴리고는 동시에 뒤축으로 검은 형체의 다리를 쓸어갔다. 격타당한 검은 형체의 몸이 허공에 붕 떴다가 바닥으로 곤두박질쳤다.

"하하하! 이놈아, 맛이 어떠냐? 계속 까불 테냐?"

검은 형체는 머리를 갸웃하고는 전광석화와 같이 달려들었다.

"이놈이 사람 보는 눈이 없군."

송겸은 깔아뭉개 주겠노라 장담했지만 상대는 그리 만만치 않았다. 거의 백중지세로 한 번은 송겸이 쓰러지고, 오기를 품고 덤비는 송겸에 의해 검은 형체가 넘어지길 반복했다.

얼마나 싸웠을까. 정신의 공간임에도 시간은 흘러 어둠이 임했고, 송겸이 거의 탈진하다시피 되었을 때가 되어서야 검은 형체는 포권을 취한 후 안개처럼 사라졌다.

'녀석, 그래도 할 건 다 하네.'

가상의 존재이지만 포권까지 취하는 것을 보자 괜히 친밀감이 들었다. 비록 적의를 품고 치고 받고 했다 해도 정신의 일부분임을 생각할 때, 자신의 또 다른 어떤 의식일 것이라는 생각에 정감이 든 것이다.

녀석이 사라지자 송겸은 긴장이 풀리면서 피곤이 물밀듯이 몰려와 그 자리에서 대자로 누워 잠을 청했다. 이제껏 경험해 보지 못한 편안함이 온몸을 감쌌고, 송겸은 자신도 모르는 사이에 잠들었다.

송겸이 깨어난 건 누군가 다리를 톡톡 건드린다는 느낌을 받고서였다.

눈을 비비며 일어나 보니 검은 형체가 세 개나 보였다. 아직 정신을 차리지 못해 하나가 세 개로 보이는 것이려니 싶어 눈을 비비고 다시 보았지만, 역시 세 개의 검은 형체가 분명했다.

"뭐야? 어제 다 끝난 것 아니었어? 게다가 왜 또 세 놈이나 나타난 거냐? 이봐, 나는 환유각을 익숙하게 펼칠 수 있다구. 그러니 날 그냥 보내줘."

그러나 송겸의 뜻은 가볍게 묵살당했다.

그날 송겸은 아침부터 저녁까지 거의 몰매를 맞다시피 얻어터졌고, 밤이 깊어질 때쯤에야 어느 정도 평수를 이룰 수 있었다.

검은 형체들은 고개를 가로저으며 사라졌고, 다음날도 어김없이 나타났다.

송겸이 검은 형체 셋을 제압하는 데 걸리는 시간은 열흘이 소요되었다.

그동안 식사는 크게 문제될 것이 없었다. 삼 일째 되는 날 아침부터 검은 형체들은 이제껏 본 적이 없는 과일을 하나씩 주었는데, 그것을 먹고 나면 포만감은 물론이고 몸에 새로운 활력이 솟아났다.

환유각의 공간에서 송겸은 두 달을 보냈다. 열하루째는 검은 형체

일곱과 겨루었고, 한 달이 되었을 때는 검은 형체 열 명과 맞섰다.

그리고 두 달이 가까워지면서 자그마치 스무 명의 검은 형체와 겨루었고 비로소 그들을 제압하게 되었을 때 환유각의 출구가 열렸다.

마지막 날, 송겸이 문을 나서려 할 때 스무 명의 검은 형체는 공손히 머리를 숙여 환송했다. 송겸은 이들이 사람은 아니나 어느새 정이 들어버렸음을 인정하지 않을 수 없었다.

한마디 대화도 나누지 않았지만 앞으로는 이들을 다시 볼 수 없다는 생각에 진한 아쉬움이 남아, 송겸은 한동안 그들을 물끄러미 바라본 후 문을 나섰다.

송겸의 몸이 빠져나오자 환유각의 입구는 그저 평평한 석벽으로 변했다. 다음 차례인 것으로 보이는 문이 자줏빛 광채로 빛나는 것이 보였다.

잠시 쉬고 싶다는 마음도 들었지만 환유각의 방에서 두 달이나 보낸 것을 떠올리고 마음을 고쳐 먹었다. 이런 식으로 가다간 십 년 넘게 걸릴지도 모른다는 생각에 덜컥 겁이 나기도 했다.

새로운 공간으로 발을 딛자마자 환유각 때와 마찬가지로 글자가 떠올랐다.

유성풍(流星風).

경공술이었다.

모든 구결과 동작을 받아들이자 공간이 물컹거리면서 변하더니 산림이 우거진 숲 속에 놓였다. 나무들이 빼곡이 들어선 숲은 하늘이 보이지 않을 만큼 울창했다.

이번에는 또 어떤 녀석이 나타날 것인가 예의 주시하고 있을 때, 저만치 나무 위쪽이 일렁이더니 검은 형체가 나타났다. 그러나 그건 뜻밖에도 사람의 형상이 아닌 고양이와 비슷했다. 아니, 안면의 윤곽과 귀 모양과 꼬리를 쳐든 것이 영락없는 고양이였다.

"하하하, 이건 또 뭐야! 고양이하고 싸우라는 건가?"

흑묘는 고개를 갸웃했다. 이 세계에서 검은 형체들이 고개를 갸웃할 때는 비웃는 것이었다.

"이 자식이, 날 깔봐!"

송겸은 습관적으로 천광조소를 펼쳐 달려가려 했다. 그러나 곧바로 내력이 발휘되지 않는 것을 느끼고 그제야 이번 수련이 유성풍으로 고양이를 잡는 것임을 깨달았다.

"좋아, 또 여기에서 오랜 시간 머무를 수는 없지."

속전속결의 각오로 신형을 뽑아 올렸다. 흑묘는 기다리고 있었다는 듯 몸을 빼내 달아났다.

그때부터 흑묘와 송겸의 쫓고 쫓기는 경주가 시작됐다.

흑묘는 잡힐 듯 잡힐 듯하면서도 번번이 송겸의 손아귀를 벗어났다. 유연한 몸놀림으로 수풀을 헤쳐 나갔고, 느닷없이 나무를 타고 올라가 나무와 나무 사이로 이동해, 송겸으로선 여간 곤욕스러운 게 아니었다.

게다가 순간 동작이 재빠르기 그지없어 방향을 전환하는 것을 예측하기 힘들었고, 기껏 나무 위까지 쫓아갔다가도 훌쩍 뛰어내려 수풀 속으로 도망치는 까닭에 맥이 빠지기 일쑤였다.

쉽게 생각했던 것과는 달리 송겸은 끝내 흑묘를 붙들지 못하고 하루를 보냈다.

다음날, 날이 새자마자 또다시 추격전이 벌어졌다. 어떻게든 유성풍 관문을 조속히 끝내려는 송겸과 만만히 잡힐 수는 없다는 흑묘의 경주가 온 산을 벌집 쑤시듯 쑤셔대며 이루어졌다.

송겸이 흑묘를 붙든 것은 이레(칠 일)를 맞은 밤이 되었을 때였다.

"잡았다, 이놈아!"

목덜미를 붙들린 흑묘는 눈도 없는 얼굴로 송겸을 바라보더니 입가에 초승달을 뉘어놓은 듯한 미소를 보였다. 여자들이 바르는 분으로 그려놓은 듯 검은 얼굴에 그려진 미소에 송겸은 자신도 모르게 웃음을 터뜨렸다.

"하하하하! 녀석, 귀엽네."

그러다 한순간 흑묘의 몸은 아지랑이처럼 일렁이더니 송겸의 손아귀에서 사라졌다.

흑묘가 사라졌지만 문은 나타나지 않았다.

송겸도 충분히 예상하고 있던 바였다. 적어도 열댓 마리 정도의 흑묘를 붙들어야 이 관문을 나설 수 있으리라.

다음날 송겸은 아침 일찍 일어나 흑묘가 몇 마리의 패거리를 데리고 올지 팔짱을 끼고 기다렸다.

그러나 송겸의 예상은 보기 좋게 빗나갔다.

흑묘가 나타나긴 했는데 아무리 기다려도 다른 흑묘가 보이지 않았다.

"뭐야, 오늘도 혼자냐? 어제 붙잡았으니까 숫자를 늘리든지, 이 방에서 나가게 해주든지 해야 할 것 아냐?"

흑묘는 약 올리듯 고개를 갸웃했다.

송겸의 안면이 일그러졌다.

"좋아, 반나절 안에 너를 못 잡으면 형님이라고 불러주마!"

공간을 가르며 유성풍을 전개했다. 반나절조차 너무 길게 잡은 것이 아닌가 싶었다. 삼 장여에 이를 때까지 흑묘는 꼼짝도 하지 않았다. 그러다 한순간 흑묘의 몸이 움직였다.

"헉!"

송겸은 그제야 흑묘의 몸놀림이 어제와 완연히 다르다는 것을 깨달았다. 거의 두 배 정도는 빨라진 것이다. 어느새 오십여 장으로 늘어난 거리에 눈앞이 캄캄했다. 반나절은커녕 죽기 살기로 노력해도 한 달은 족히 걸릴 것 같았기 때문이다.

근심은 대강 맞아떨어졌다. 송겸이 두 배로 빨라진 흑묘를 붙드는 데는 한 달 하고도 열흘이 걸린 것이다.

그 후 처음에 비해 세 배나 빨라진 흑묘를 잡는 데 두 달을 더 보낸 뒤에야 송겸은 유성풍의 공간에서 나올 수 있었다.

그 다음은 단룡검법의 공간이었다.

모든 구결을 흡수한 뒤 송겸은 폭포수가 쏟아지는 강가에 섰다.

이제껏 단 한 번도 검을 들어본 적이 없었지만 단룡검법은 다른 무공들과 마찬가지로 이미 알고 있었던 것처럼 온몸과 마음에 들어찬 상태였다.

이번엔 또 어떤 놈이 나타날까 하고 주변을 두리번거릴 때였다.

강물이 요동치는가 싶더니 검은 광채가 솟구쳐 올랐다.

"헉! 뭐냐? 용인 거냐?!"

흑룡이었다. 용을 벤다는 뜻의 단룡검법이었지만, 실제 용의 형상이 나타날 것이라고는 생각지 못했는데 무시무시한 기운을 내뿜으며 흑룡이 출현하자 기겁을 하고 말았다.

하지만 곧바로 이곳은 자신의 머리 속이라는 것을 떠올렸다. 그러자 어느 정도 마음이 진정되었다. 용이 아니라 더 대단한 것이라도 그들에 의해 죽을 염려는 없는 것이다.

"명색이 검법인데 나뭇가지를 잘라다가 상대하라는 것은 아니겠지?"

그 말이 떨어지기 무섭게 송겸은 자줏빛으로 빛나는 검이 오른손에 들려 있는 것을 확인했다.

"크크, 이거 굉장히 편하군."

소원을 들어주는 존재가 있어서 원하는 것은 다 들어주는 것만 같았다.

그러나 계속 낄낄대고 있을 틈은 없었다. 흑룡이 해일처럼 덮쳐 온 것이다.

송겸은 몸을 솟구쳐 검을 수평으로 그었다.

혼천섬멸(混天殲滅).

자줏빛 검기가 흑룡의 목으로 뻗어갔다. 흑룡은 전혀 피하려 하지 않고 그대로 달려들며 불을 뿜어냈다. 일격에 흑룡의 목을 잘라내리라고는 생각지 않았지만, 작은 피해조차 입히지 못하고 도리어 화염이 밀려들자 유성풍으로 간신히 벗어났다.

"야, 이건 좀 심한 것 아니냐? 불을 뿜어내는 건 반칙이야! 세상천지에 불을 뿜는 무림인이 어디에 있단 말이냐!"

고래고래 소리를 질러봤지만 그건 허공에 대고 말하는 것과 다름이
없었다.

흑룡과의 첫째 날은 거의 도망만 치다 하루를 마감했다. 처음 날린
혼천섬멸이 유일한 공격이었고, 계속 도망치다 세 번이나 화염에 휩싸
였다.

그나마 이미 정신의 방을 통해 익힌 무공들을 펼칠 수 있는 것이 다
행이라면 다행이어서 유성풍으로 벗어나 완전 통구이가 되는 것은 면
할 수 있었다.

거의 보름 동안 달라진 건 없었다. 송겸은 도망치기 바빴고, 그저 한
두 번 검기를 뿌려 흑룡의 가려운 곳을 긁어주는 것이 전부였다.

어느 정도 기세를 올린 것은 한 달이 지날 무렵부터였다.

밤이 되어 흑룡이 사라지고 난 뒤면 송겸은 피곤한 몸을 이끌고 혼
자 수련에 임했고, 주변에 열린 과실을 먹어 배를 채웠는데, 전혀 맛을
느낄 수 없는 과실이었지만 먹고 나면 온몸에 피로가 가시고 활력이
넘치며 내력이 강하게 꿈틀거리는 것을 느낄 수 있었다.

두 달째가 되어가면서 송겸은 단룡검법을 극성까지 끌어올렸고, 그
때부터는 흑룡과 멋진 승부를 겨룰 수 있게 되었다.

그렇게 시간이 지나면서 점점 우위를 차지해 가던 송겸은 넉 달째가
되어 자줏빛 검강을 뿜어내며 흑룡의 목을 쳐냈고, 흑룡은 한줄기 검은
연기로 변하며 눈앞에서 스러졌다.

이후 송겸은 환영장법을 익히는 데 이 개월을, 또 다른 경공술인 비
천무영에 삼 개월을 보냈다.

특이하게도 비천무영을 익힐 때는 어떤 대상을 쫓는 것이 목표가 아

니라 끝없이 펼쳐진 암벽을 올라야 했다. 그중 발이 미끄러져 천 장 낭떠러지로 일곱 번이나 떨어지며 추락의 공포를 한껏 맛보았다.

목표는 매일매일 상향 조정되었다.

아침에 눈을 뜨고 보면 어느새 암벽으로 이루어진 산의 높이가 전날과는 비교할 수 없을 만큼 높아진 것을 알 수 있었다. 이런 식이면 하늘을 뚫고 나갈 것이라는 괜한 걱정이 들기도 했지만, 그러기 전에 비천무영 공간의 문은 열렸다.

비천무영까지 정확히 다섯 개의 문을 지나 무공을 이루었을 때, 어느새 세월은 유수와 같이 흘러 일 년을 훌쩍 넘기고 있었다.

유만과 아저씨들은 오래전에 취망산으로 돌아갔을 것이고, 신비회의 동지들과 낙양에서 만나자고 했던 약속도 이미 지나 버린 지 오래였다.

그래도 중도에 나가고 싶진 않았다.

이십여 년 동안 한 번도 선물을 받아본 적이 없는 송겸으로선 그동안 받지 못했던 것들을 한꺼번에 받아 든 기분이었기 때문이다. 워낙 선물 꾸러미가 많아 그것을 풀고 확인하는 데만도 족히 이 년여가 걸릴 만큼의 엄청난 선물인 셈이었다.

"이건 또 뭐야?"

여섯 번째 문은 천기신공이었고, 구결을 흡수한 뒤 송겸은 어느 동굴에 놓여졌다. 이번엔 또 뭔가 싶어 주변을 두리번거리고 있자니 그르르릉 소리와 함께 거대한 바위가 동굴의 입구를 막아버렸다.

입구와 바위는 정확히 딱 들어맞지는 않아서 작은 틈 사이로 빛이

새어 들었다. 송겸은 그동안의 경험에 비추어 완전히 갇혔다는 것을
깨달았다. 다른 출구가 있을 리 만무했다. 만일 있다 해도 이미 틀어
막혔을 것은 불을 보듯 뻔했다.

"그러니까 천기신공을 통해 바위를 밀어내란 말씀이렷다?"

대충 어느 정도인지 보고자 바위에 다가가 양팔에 내공을 운용하고
힘껏 밀었다. 그야말로 털끝만큼의 움직임도 없었다.

"제길, 여기 또 얼마나 오래 있어야 되는 거야?"

화가 치밀어 환유장법을 극한까지 끌어올려 바위에 일격을 가했다.

턱!

팡, 하는 소리도 아니고 펑도 아닌 턱! 이었다. 그건 마치 계란으로
바위를 쳤을 때 계란이 터지는 소리 같았다.

"으윽……."

송겸은 오른손을 덜덜거리며 떨어뜨렸다. 장심에서 어깨까지의 모
든 뼈마디가 잘게 부서진 듯한 통증이 밀려들었다. 어깨가 탈골되지
않은 것이 신기할 지경이었다.

동굴에서의 생활은 그야말로 최악이었다. 틈새의 빛이 고작인데다
먹을 것은 동굴에서 서식하고 있는 지네를 닮은 괴상한 벌레들을 잡아
먹을 수밖에 없었고, 폐쇄된 공간에 꼼짝없이 갇혔다는 생각에 미칠 것
만 같았다.

처음 사흘간 송겸은 적응하지 못하고 스스로의 정신 능력으로 빠져
나가려 애썼다. 하지만 동굴은 그대로였고, 배는 고팠고, 벌레는 스멀
거리며 살려거든 자신들을 먹어치우라고 주변을 어슬렁거렸다.

더 이상의 번뇌는 그저 시간만 잡아먹을 뿐임을 깨달은 송겸은 천기

신공의 수련에 들었다. 막상 천기신공에 정신을 쏟자, 마음이 그렇게 편안할 수가 없었다.

어쩔 수 없이 먹게 된 벌레도 처음에는 징그러워 차라리 굶고 만다 생각했지만 너무도 배가 고파 두 눈 꼭 감고 먹어본 뒤에는 겉모양과는 달리 쫀득쫀득하고 달콤한 맛에 빠져 거의 폭식하는 지경까지 이르렀다.

송겸이 천기신공으로 바위를 밀어낸 데는 육 개월이 걸렸다.

그 다음으로 익히게 된 사보급출(四步急出)은 방위와 각도에 관한 공부였다. 사보, 즉 네 걸음만 옮기면 급출, 위기에서 벗어날 수 있는 보법이었다.

사람의 눈은 정해진 각도 내에서 사물을 인지하고, 지형지물이나 주변 환경과 날씨에 따라 전혀 파악하기 힘든 각도가 있기 마련인데 이것을 사각(死角)이라 한다.

사보급출은 바로 그러한 사각으로 몸을 빼내는 것을 의미했다. 진법에 비추어보자면 유일한 생문에 이르는 것이라 할 수 있었다.

이 수련도 결코 간단치 않아 송겸은 장장 사 개월의 실전 운용 기간을 보내야 했다.

여덟 번째는 만령수(萬靈手)였다.

만령수는 지법을 근간으로 혈도와 근골의 제압에 관한 것이었다.

그중 특이한 점은 그저 혈을 통해 몸을 마비시키거나 기절시키는 등의 공능 외에, 혈도의 여러 조합으로 정신에 영향을 미칠 수 있다는 것이었다.

예를 들자면, 무한정 울게 할 수 있고, 마음을 안정시키거나 불안한 심리 상태로 몰아갈 수 있다는 것이다.

　호기심과 장난기가 철철 넘쳐흐르는 송겸인지라 이제껏 익힌 모든 무공 중 가장 마음에 들었고 그 어느 때보다 기분 좋은 시간이었다.

이 년의 세월이 지났다.

남은 문은 두 개.

아홉 번째 문으로 들어서며 송겸은 자월연(紫月延)과 만났다.

가장 찾고 싶어했던 두 가지 중 하나였다.

아버지가 남긴 유일한 물건, 자월도!

자월을 온전히 내 것으로 만들 수 있다는 사실은 마음을 들뜨게 하기에 충분했다.

거기에 한 가지 수확이 더해졌다.

자월연의 공간에서 자월도의 운용뿐 아니라 자안신광에 대해서까지 이해하게 된 것이다.

송겸은 사부를 통해 자신이 자안신광을 지녔다는 것과 분노가 극에 달하거나 크게 뭔가에 몰입하게 될 때면 자안이 떠오르게 된다는 이야기를 들었다.

그중 안력이 뛰어난 초절정의 고수들은 굳이 드러내지 않아도 자안을 확인할 수 있다고 했다. 송겸은 당시 그 이야기를 듣고서야 사부가 자신을 어떻게 알아보게 되었는지 이해할 수 있었다.

자안신광에 대한 내용은 크게 세 가지였다.

첫째, 잠력(潛力)을 끌어올릴 수 있다는 것!

송겸이 하북칠살과 원상에게 드러냈을 때 내력이 증강하고 몸이 빨라졌던 것은 이 때문이었다.

평소의 두 배 힘을 발휘할 수 있게 되고 지속 시간은 일 식경 정도인데, 억지로 계속 유지할 시에는 진기의 급격한 방출로 주화입마에 빠지게 되지만 일 식경 내에는 전혀 몸에 해가 되지 않았다.

둘째는 안광이 극대화된다는 점이었다.

어두운 곳이나 급작스럽게 밝은 곳, 짙은 안개가 낀 곳 등을 아무렇지 않게 살필 수 있게 되는 것이다.

마지막으로, 자월도가 자안신광에 의해 유도된다는 점이었다.

성숙노괴가 자월도를 제련할 시 자안신광의 기운을 담아 넣었고, 자월연을 통해 자월과 자안신광을 연결시켜 놓았기 때문이다.

자월연의 실전 운용에서 송겸의 상대는 흑조(黑鳥)였다.

흑조는 기민하고 유연한 날갯짓으로 번번이 자월의 날카로움을 벗어났고, 송겸은 흑조의 뒤꽁무니만 쫓다가 고스란히 한 달을 보냈다.

그렇다고 마냥 헛수고만 한 건 아니었다. 비록 흑조의 깃털조차 맞히지 못했지만, 자안신광을 원하는 즉시 떠올릴 수 있게 된 것은 나름대로의 수확이었다.

그로부터 다시 삼 개월여를 보내며 송겸은 열 마리의 흑조를 제압할 수 있게 되면서 자월연의 공간에서 벗어났다.

송겸은 심장이 두근거리기 시작했다.

이 년을 훌쩍 넘기며 무공을 연마했지만 가장 고대했던 건 역시 아버지, 어머니였다. 새로운 문으로 들어설 때마다 혹시 이번 방에서는 아버지, 어머니를 뵐 수 있을까, 어린 시절의 기억과 만날 수 있을까 마음을 졸였었다.

이제 마지막 문이 남았으니 염려할 필요는 없었다.

심장이 제멋대로 쿵쾅거렸다.

무공을 습득하는 과정에서 그에 상응하는 존재가 나타났던 것처럼 기억의 방에 든다면 기억 속에 갈무리된 아버지, 어머니와 만나 이야기를 나누고, 그 품에 안길 수도 있을 것이다.

송겸은 오른손을 들어 뛰는 가슴을 억눌렀다.

아버지, 어머니를 뵈면 어떻게 인사를 드려야 할까?

또 두 분은 어떤 말을 꺼내실까? 아니, 어쩌면 아무 말 없이 꼬옥 안아주실지도 모른다.

마지막 문을 향해 손을 뻗었다.

여느 때와 마찬가지로 아지랑이가 피어나며 글자가 나타났다. 그러나 입(入) 자가 아니었다.

상조(尙早).

“상조?”

송겸의 안색이 급격히 붉어졌다.

“때가 아니라고? 이건 말도 안 돼!”

송겸은 받아들일 수 없었다. 때가 아니라니! 십수 년을 부모도 모른 채 살았다. 더 이상 무슨 시간이 더 필요하고, 무슨 경험이 필요하고, 무슨 이유로 참아야만 하는가.

화가 머리끝까지 치밀어 문을 향해 돌진했다.

꽝!

문은 단단한 석벽과 같았다. 송겸의 몸은 뒤로 튕겨져 그대로 나뒹굴었다.

“이럴 순 없어! 여기는 내 정신 세계야. 때는 내가 정해! 어서 열지 못해!”

송겸은 장력을 연달아 발출했다.

펑! 퍼펑! 펑! 펑!

엄청난 장력에도 불구하고 문은 미동도 없었다.

생각을 바꾼 송겸이 천기신공을 운용했다. 집채만한 바위를 밀어냈던 송겸이었다. 이까짓 문이야 통째로 밀어뜨려 들어갈 참이었다.

“으아아아악~”

급격한 진기의 소모로 인해 송겸의 머리 위로 하얀 김이 모락거릴 정도가 되었지만 ‘상조’라는 글자는 여전했고, 문은 굳건히 버틸 뿐이었다.

“제길.”

천기신공도 아무 힘을 발휘하지 못하자 이번에는 자월도를 꺼내 들었다.

"다 작살을 내주마!"

송겸의 눈이 자줏빛으로 물들고, 자월이 손을 벗어나 문을 향해 날아갔다.

"박살 내버려!"

그러나 자월은 문에 닿으려는 순간 마법에라도 걸린 듯 스치듯이 돌아왔다.

"뭐야?"

송겸은 자신이 실수했나 싶어 자월을 연거푸 날렸지만, 자월은 문 바로 앞에서 돌아서고 또 돌아설 뿐이었다.

돌아온 자월을 땅바닥에 내동댕이치고 소리를 질렀다.

"제길, 나보고 어쩌란 말이냐! 그때가 언제야? 날 들여보내 줘! 지금껏 수련한 모든 무공을 다 거둬가도 좋아! 이딴 건 필요없어! 나는 아버지, 어머니만 보면 된단 말이야!"

하염없이 흐르는 눈물에 시야가 뿌옇게 흐려진 상태로 송겸은 미친 듯이 절규했다.

미쳐 가고 있었다. 장력을 날리며 협박하고, 무릎을 꿇고 하소연도 하고, 어깨로 부딪쳐 보기도 했다.

송겸이 기진맥진하여 바닥에 대자로 누운 건 그로부터 반나절 정도가 지났을 때였다.

'크크크크, 이 년 반 동안 도대체 난 뭘 한 거지? 겸아, 넌 뭘 한 거니?'

자조 섞인 웃음이 흘러나왔다.

힐끔 문을 바라보니 상조라는 글자만이 묵묵히 자리를 지키고 있었다.

'때가 되지 않았다라……. 이놈들아, 대체 무슨 장난을 치는 거냐. 얼마나 더 기다려야 한다는 거야. 여기는 내 머리통 속이 아니냔 말이다.'

속으로 연신 주절거리다 보니 어느 정도 격정이 가라앉았다.

때가 되지 않았다는 건, 언젠가는 문 안으로 들어갈 수 있다는 것이고, 어쨌든 아버지의 무공을 찾았으니 근본은 알게 된 것이다.

송겸은 일단 그것으로 만족하기로 했다.

아무 생각 없이 얼마나 누워 있었을까. 눈을 떴을 때 송겸은 유만과 아저씨들이 생각났다.

'지금쯤 다들 뭘 하고 있을까?'

꼬장거리는 사부와 불곰도 떠올랐다. 보고 싶었다.

송겸은 몸을 벌떡 일으켰다.

"그래, 이제 나도 그만 가봐야지."

송겸은 가부좌를 틀었다. 심혼결을 역으로 운용해 현실의 연심동으로 돌아가야 한다.

그렇게 송겸이 정신의 공간을 나서려 막 눈을 감으려 할 때였다. 눈앞에 뭔가 희뿌연 것이 나타났다.

"하하하하하……."

송겸은 유쾌하게 웃었다.

그들이었다.

환유각을 익힐 때 상대했던 검은 인형들과 유성풍의 상대 흑묘, 자월연의 흑조, 단룡검법의 흑룡, 심지어 동굴을 가로막았던 집채만한 바위와 비천무영을 연마할 시 나타났던 거대한 암벽을 이룬 산도 뒤 배경으로 나타났다.

송겸은 그들이 작별 인사를 하러 온 것이란 생각에 반가움과 아쉬움이 교차했다. 이제 이들을 다시 볼 수 없을 것이다.

송겸은 그들의 표정을 볼 순 없었지만 그들이 미소 짓고 있다고 생각했다. 송겸의 입가에도 저절로 미소가 떠올랐다.

"그래, 잘 있으렴. 언제 또 볼 수 있을지 모르겠구나. 너희를 잊지 못할 거야."

그 말에 정신의 영물들이 동시에 고개를 갸웃했다. 그들이 늘 웃을 때나 놀릴 때면 보이던 모습이었다.

"하하하하, 녀석들."

한동안 물끄러미 바라보다 눈을 한 번 감았다 뜨니 어느새 그들은 사라지고 없었다.

'안녕…….'

송겸은 스르르 눈을 감고 심혼결을 운용했다.

아득히 어디론가 빨려가는 느낌이었다. 물에 빠져 회오리를 만나 한없이 끌려간다면 필시 이런 기분이 들 것 같았다. 끝을 모르고 소용돌이치던 송겸은 한순간 밝은 빛의 공간에 이르렀고, 이윽고 눈을 떴다.

연심동이었다.

'돌아왔다.'

천장에 박힌 야명주와 주변 석벽을 대하자 감회가 새로웠다.

이 년이 넘는 시간이 바로 어제 일처럼 느껴졌다.

송겸은 자리에서 일어나 입구를 향해 걸음을 옮겼다.

채 일곱 걸음을 옮겼을까!

"으아아악~"

송겸은 머리를 감싸 쥐고 바닥을 뒹굴었다. 온 머리의 혈맥이 당장에라도 터져 버릴 듯한 통증이 밀려왔다. 얼굴에는 굵은 핏줄이 곤두섰고, 아무리 머리를 붙들어도 통증은 물론이고 정신을 차릴 길이 없었다.

변화는 머리에만 그치지 않았다. 연이어 온 뼈마디가 요동치기 시작했다.

뚜드득, 뚜드득.

뼈의 관절이 모조리 빠져나가며 뒤틀리는 것만 같았다.

"으아아아악~"

단전의 기운도 전혀 말을 듣지 않고 강렬한 기세로 온몸으로 퍼져나갔다. 지옥을 가보지 못했지만 정녕 지옥이라면 가능할 법한 고통이었다.

"크아아아아악~"

혈맥이 부풀어 올랐다가 가라앉기를 반복하고 뼈마디가 꺾이는 소리가 석실 안을 가득 메웠다.

송겸은 고통을 참는 것만으로 혼이 나갈 지경이었기에 이 현상을 전혀 이해하지 못했지만 사실 이 현상은 당연한 수순이었다.

송겸이 익힌 모든 무공과 깨달음은 정신 세계에서 이루어진 것이었기에 현실 세계로 전환되면서 그 모든 것이 머리와 몸으로 적용되는 과정을 겪고 있는 것이다. 단지 크나큰 고통이 따름은 그것들이 한꺼번에 몰아쳤기 때문이었다.

고통은 거의 반 시진 정도가 지나서야 멎었다.

그 뒤부터는 말로 형용키 어려운 안락함이 찾아왔다. 뼈마디 부딪치는 소리는 여전했고, 온몸은 땀으로 범벅이 되었지만 혈맥이 잦아들면서 기분 좋은 청량함이 몰려왔다.

송겸은 고통이 멎자, 가부좌를 틀어 천기신공을 운행했다.

격렬히 끓어오르던 진기들이 단전으로 모여들었다. 거기에서 다시 구결을 따라 일 주천을 하니, 그 어떤 막힘도 없이 기혈이 온몸으로 순환하는 것을 느낄 수 있었다.

정신의 공간에서 천기신공을 마쳤을 때 체험했던 그 느낌 그대로였다. 비로소 이 년여의 모든 정신 세계의 수련이 송겸의 몸으로 흡수된 것이다.

운기를 마치고 송겸이 자리에서 일어섰을 때, 외형적으로 달라진 것은 아무것도 없었다. 아니, 도리어 더욱 평범해지고, 더욱 소탈해졌다고나 할까.

"휴우~"

저절로 한숨이 나왔다. 꼼짝없이 죽는 줄 알았다가 청량한 기운이 스머들기 시작하자 그때서야 송겸은 이 현상을 깨달은 터였다.

"대충 이런 일이 있을 것이라고 설명이라도 좀 해놓으시지……."

문득 정신의 영물들이 고개를 갸웃하던 것이 떠올랐다. 어쩌면 그놈들은 알고 있었는지도 모른다는 생각이 들었다.

"크크, 고얀 놈들 같으니……."

송겸은 발길을 옮겨 연심동을 나가는 기관을 작동시켰다. 느릿하게

문이 열리면서 햇빛이 쏟아져 들어왔다. 어둠에 익숙해져 있어 눈이 부셔 인상을 찡그리고 손으로 눈 부위를 가렸다.

오랜 기간 빛을 보지 못하다 갑자기 강렬한 태양 빛에 노출되면 자 칫 실명의 위험으로 이어질 수 있다. 그렇기에 광산이 매몰되어 갇혔 다가 수일 만에 구출되는 광부들에게 제일 먼저 취하는 조치가 눈에 안대를 착용시키는 일이다.

하지만 송겸은 손으로 가리다 즉시 실소를 머금었다. 자안신광에 생 각이 미친 것이다. 자줏빛 광채를 발했다가 거두자 햇빛은 더 이상 문 제가 되지 않았다.

"아, 이 얼마 만이냐?"

두 팔을 휘두르며 마음껏 공기를 들이마셨다.

연심동을 호위하는 책임을 맡은 두 명의 검사가 놀란 눈으로 송겸을 바라보다가 서로의 얼굴을 마주 봤다.

"뜻을 이루지 못한 모양이군."

"그러게. 이럴 땐 뭐라고 위로해 주어야 하나?"

"표정 관리나 잘하자구."

"그게 낫겠군."

전음을 나누던 두 사람의 얼굴에 염려하는 표정이 떠올랐다.

"하하하하, 정말 오래간만입니다. 그동안 잘 지내셨습니까?"

송겸은 밝게 웃었지만 두 사람의 얼굴에 근심이 가득한 것을 보고 속으로 생각했다.

'무슨 안 좋은 일이 있는 건가? 뭐, 자세히 물어보는 것이 실례가 될 수도 있겠지.'

오른쪽의 검사가 입을 열었다.

"저희를 따라오십시오. 일행 분께 인도하겠습니다."

"네? 일행이라뇨?"

송겸은 깜짝 놀랐다. 이 년이 넘게 흘렀지 않은가.

"공자, 함께 오신 분들이 기억나지 않으십니까?"

"아니, 그럼 취망산으로 갔다가 다시 돌아온 겁니까?"

"그분들은 계속 머물러 있었습니다만……."

"크하하하! 이거 뭐야, 대체. 대단한 의리라고 해야 하나, 미련함이라고 해야 하나. 어이가 없네."

송겸이 연신 밝게 웃자 검사들은 다시금 전음을 주고받았다.

"듣던 대로 역시 낙천적이군."

"낙천적이라기보다 고의로 저러는 것 아닐까?"

"음, 자네 말도 일리가 있군. 더 서글퍼지고 싶지 않아서라……."

어느덧 검사들의 뒤를 따라가던 송겸은 내전 앞쪽에서 잡담을 나누고 있는 유번과 아저씨들을 발견했다.

"송겸이 돌아왔습니다~ 송겸이 돌아왔어요~"

송겸은 두 팔을 활짝 벌리고 촐랑대며 달려갔다.

그러나 달려오는 송겸을 바라보는 유번과 채상요, 유만의 얼굴은 당황한 기색이 역력했다.

손을 맞잡고 펄쩍거릴 것을 상상하던 송겸은 멀뚱히 바라보는 이들 앞에서 겸연쩍어져 옷매무새를 고치면서 물었다.

"어째 다들 전혀 반갑지 않은 것 같군요?"

느긋하기로 천하 만민 중 첫손에 꼽히는 유만이 전례를 깨고 다급하게 물었다.

"사형, 어떻게 된 겁니까? 결국 찾지 못한 건가요?"

"하하하, 찾았어! 찾았단 말이다."

송겸이 쾌활하게 웃으며 말했지만 유만의 표정은 어둡기만 했다.

무령노괴의 말에 의하면 최소한 석 달은 넉넉히 걸릴 것이라 하지 않았던가.

유만의 표정이 무겁게 가라앉은 것을 보고 송겸의 안색도 급변했다.

"내가 없는 사이에 사부님께 무슨 변고라도 생긴 것이냐? 이 년 동안 무슨 일이 벌어진 거야?"

"무슨 소리예요. 사형이 연심동에 든 후 고작 이레가 지났을 뿐이라구요."

"이레? 도대체 너는 무슨 소릴 하고 있는 거냐. 지금 꿈꾸냐? 아저씨들, 얘 왜 이러는 거죠?"

"너무 큰 충격을 받은 모양이군. 살다 보면 뜻대로 되지 않는 일도 많은 법이라네. 현실을 받아들이게."

유번의 착잡한 말투였고,

"송 공자, 유 공자의 말이 맞네. 이레가 지났을 뿐이야. 우린 한 삼일 정도 더 기다리다가 그때도 자네가 나오지 않으면 성공한 것으로 보고 취망산으로 돌아가 있을 참이었네."

채상요의 말이었다.

그제야 송겸은 불현듯 깨달아지는 것이 있어 자신을 돌아보았다.

무공에 심취하느라 이 년여의 세월과 자신의 모습을 대비시켜 보지 않은 것을 떠올린 것이다. 머리카락도 그대로였고, 수염도 나지 않았으며, 옷도 헤어지지 않았다.

이레 중 나흘은 방어벽을 뚫지 못해 고심하며 보냈었음을 감안하니 고작 정신의 방에 든 것은 사흘이 지났을 뿐인 것이다.

'아! 시간의 흐름이 다른 거였군.'

송겸은 심혼결을 회수하여 현실 세계로 돌아왔을 때 왜 고통이 찾아왔는지 비로소 명쾌하게 이해했다.

그때는 단순히 가상의 수련이 현실로의 전환이라고만 생각했는데 지금 생각해 보니 이 년여의 가상 수련이 단 삼 일의 현실로 적용되려니 그 거대한 압축이 해제되어 흡수되느라 극심한 고통이 따랐음을 깨달은 것이다.

즉, 집 한 채가 어떤 거대한 힘에 의해 좁쌀만큼 축소되었다가 현실로 나타나면서 다시 커다란 집이 되는 것과 같은 이치인 셈이었다.

"축하한다. 큰 성취를 이룬 게로구나."

모두 소리난 곳을 보니 어느새 무령노괴가 가까이 이르고 있었다.

무령노군의 말을 통해 유번과 채상요는 그제야 이 상황을 이해하고 단번에 얼굴이 밝아졌다.

"축하하네. 큰 진전이 있었던 게로군."

"그래, 척 보니 어쩐지 달라 보인다 했어."

송겸이 어깨를 으쓱했다.

"달라지긴요. 무령노군님과 모두의 염려 덕분입니다."

"자, 안으로 들어가자. 이야기를 듣고 싶구나."

"음, 거기까지는 내 미처 생각지 못했구나. 홍 형은 떠난 뒤에도 사람을 탄복케 하는군."

이야기를 다 들은 무령노괴는 연신 고개를 끄덕였다. 그는 스스로 심혼결에 대해 남다른 자부심을 가지고 있었는데 무상심법과 비교하자 초라하게 느껴질 정도였다.

"왜 마지막 문은 열리지 않았을까요?"

송겸의 진지하게 물었다.

"글쎄다."

무령노괴로서도 그 이유를 선뜻 이해하기 힘들었다.

"네가 온갖 방법을 써보아도 열지 못했다면 지금 다시 시도한다고 해도 별 소용은 없을 것 같구나. 여유를 가지고 기다려 보려무나."

잠시 침묵이 흐른 뒤 무령노괴가 입을 열었다.

"너의 무공을 보고 싶구나. 원상과 다시 비무를 해보거라."

어느 정도의 성취를 얻었는지도 궁금하고, 또한 성숙노괴의 무공을 다시 보고 싶은 그였다.

"지금은 어렵겠습니다."

송겸이 추호의 망설임도 없이 거부하자 유번과 채상요, 유만의 얼굴에 긴장이 흘렀다.

"굳이 미루어야 할 이유가 있느냐?"

무령노괴가 의문을 담고 묻자, 송겸이 머리를 긁적였다.

"그게 아니라… 사실은 지금 배가 너무 고프거든요. 뭘 좀 먹어야 힘이 날 것 같아서요."

무령노괴는 잠시 멍한 표정으로 송겸을 보다가 웃음을 터뜨렸다.

"허허허허. 그래, 그 생각을 못했구나."

마음을 졸이던 유번과 채상요는 무령노괴가 웃자 그제야 마음을 놓
았다.

'정말 사람 놀래키는 건 알아줘야겠군.'

진정 게걸스러움이란 것이 무엇인지를 적나라하게 드러내며 송겸은
배를 채웠고, 그로부터 한 시진이 흐른 뒤 연무장에서 원상과 마주 섰
다.

무령각의 고수들은 주변을 인의 장막으로 두른 채 눈을 빛냈고, 각
기 곁에 선 동료들과 작은 소리로 소곤거리기에 바빴다.

"산중턱에서 싸웠을 때 소각주가 압도적이었다고 하지 않았나?"

"그랬지. 묵 대주의 말로는 송 공자가 자안신광을 드러냈지만 그래
도 소각주에겐 역부족이었다더군."

"연심동에 든 지 이레밖에 지나지 않았는데 이건 보나마나군."

"구경하는 우리야 손해날 것 있나? 크크, 독왕노군이 자기 제자가
두 번이나 나가떨어진 것을 들으면 어떤 표정을 지을지 궁금한걸."

거의 대부분의 대화는 이런 식이었다. 그들 중 어느 누구도 원상의 승리를 의심하지 않았고, 어떤 이들은 손에 사정을 두지 않을 시 얼마나 빨리 비무가 마쳐지게 될 것인지 내기를 하기도 했다.

그런 심정은 유번이나 채상요, 유만이라고 다를 건 없었다. 송겸이 이 년을 넘게 수련했다는 말은 전혀 현실감이 느껴지지 않았고, 무령노군만 아니라면 비무를 당장이라도 철회하고 싶은 마음이었다.

"연거푸 두 번이나 쪽팔리게 생겼군."

유번의 말에 채상요가 씁쓸하게 웃었다.

"무령노군께서는 대체 무슨 생각을 하고 계신 건지⋯⋯."

유만이 두 사람의 대화에 끼어들었다.

"⋯제가 보기엔 사형이 조금 달라진 것 같은데요."

"어떤 점이 말인가?"

채상요가 시큰둥하게 물었다.

"⋯정확히 뭔지는 모르겠는데⋯ 어쩐지 자연스러워 보이지 않나요?"

"자연스럽다라⋯⋯."

유번이 어깨를 으쓱거리고는 송겸을 바라봤다. 비무를 눈앞에 두고도 사방을 두리번거리며 실실거리는 모습이 보였다.

"크크, 역시 자연스럽군. 문제는 언제는 자연스럽지 않았냐는 것이겠지."

지켜보는 이들 중에 어느 누구도 송겸의 승리를 예상하는 사람이 없었건만 송겸은 여유만만이었다. 빤히 쳐다보는 이들에겐 친절하게 손까지 흔들어주었다.

그러다 문득 무령노괴의 뒤쪽에 서 있는 금영영과 눈이 마주쳤다. 금영영은 처음에 그랬던 것처럼 살짝 얼굴을 붉히고 수줍은 미소를 짓고 있었다.

송겸의 안색이 대번에 굳어졌다.

'저 여자는 대체 왜 저러는 걸까? 어렸을 때 뭔가 큰 충격이라도 받았나? 거참.'

송겸은 입을 쩝쩝 다시며 이번에는 원상을 바라봤다.

원상은 어떤 흔들림도 없이 반듯이 선 채로 정면을 응시하고 있었다.

'저 친구도 좀 이상해. 너무 착실한 것 같단 말씀이야.'

송겸은 금영영의 경우를 대비시키면서, 내면에 감춰진 부분에는 괴상한 피가 흐르고 있을 것이라고 생각했다.

원상은 원상대로 석상처럼 서 있긴 했으나 사부의 말을 떠올리고 있는 중이었다.

"너의 모든 것을 다 쏟아 상대하여라. 가장 빠른 시간 안에 제압하도록 해라."

'설마 사부님께서는 이레 동안에 어떤 변화가 있다고 믿으시는 것일까?'

그는 의아함이 가득했지만 사부의 명을 따를 수밖에 없었다. 다른 사람의 눈은 속일 수 있어도 사부의 눈을 속일 순 없는 것이다. 괜히 생각해 주는 척 손에 사정을 두었다가는 경을 치게 될 것이 분명했다.

무령노괴의 손이 들렸다.

웅성거리던 소리가 삽시간에 사라지고 정적이 찾아왔다. 원상과 송겸이 서로 포권의 예를 취했다.

무령노괴의 손이 내려졌다.

먼저 움직인 것은 원상이었다.

망아수(忘我手)였다.

자신의 존재조차 잊고 상대를 제압한다는 뜻을 지닌 망아수는 극렬한 빠름과 변화가 핵심이었다.

송겸은 다가오는 원상을 보면서 문득 의아한 느낌에 사로잡혔다.

'뭐야? 왜 저렇게 느려?'

곧바로 다음 생각이 떠올랐다.

'음, 그러니까 봐주시겠다, 이거로군.'

송겸은 아직 자신의 무공 수준이 얼마나 높아졌는지 이해하지 못하고 있었다. 정신의 세계에서 수련할 때 상대했던 존재들은 그 빠름이 경이적인 것이었기에 거기에 실력이 맞춰진 송겸에겐 원상의 동작이 느리게 보이는 것은 당연했다.

문제는 송겸이 정신 세계와 현실 세계를 뚜렷하게 구분하지 못하고 있다는 점이었다. 즉, 정신 세계의 시간과 현실 세계의 시간이 현격한 차이를 보이는 것처럼 그 빠름조차 정신 세계니까 가능했으리라 생각하고 있는 것이다.

그러니 송겸으로선 그저 원상이 지난번 대결에서 몰아붙였던 것이 미안해서 손에 사정을 둔 것이라고만 생각했다.

'훗, 그럼 나도 박자를 맞춰주는 수밖에.'

송겸은 환유장법과 동시에 사보급출로 원상의 공격을 뿌리쳤다.

지켜보는 이들은 원상이 우위를 점하는 것을 보고 당연하다는 듯 고개를 끄덕였다.

원상 또한 그렇게 느꼈다. 비록 처음 겨룰 때보다는 나아진 것이 분명했지만, 조금만 더 몰아친다면 대략 오십여 초가 지나기 전에 제압할 수 있을 것 같았다.

그러나 오십여 초는 눈부시게 빠르게 지나갔고, 원상은 번번이 승리를 눈앞에 둔 상태에서 뜻을 이루지 못했다. 최대한 빠른 시간 안에 제압하라는 사부의 명에 부응하지 못하자 괜히 마음이 조급해졌다.

그에 반해 송겸은 조금씩 따분해지려는 상황이었다. 이건 뭐 장난하는 것도 아니고, 너무 태내면서 허점을 보이는 데다, 손이 허공을 가를 때나 변초를 구사할 때도 느리기 그지없어, 영락없이 이건 '자, 이렇게 칠 테니까 잘 막아야 해'라고 알려주는 것만 같았다.

게다가 고의로 약점을 드러내도 전혀 손을 쓰지 않는 것은 이해하기 힘든 부분이었다.

'이 친구, 언제까지 이럴 참이야.'

바로 그때였다.

"언제까지 여유를 부릴 참이냐!"

무령노괴의 호통이 터졌다. 모든 이들은 무령노괴가 원상에게 말하는 것이라 생각했다. 하지만 곧바로 이어진 말은 모두를 경악시키기에 충분했다.

"송겸, 네 이놈! 계속 그런 식이라면 내가 나서도록 하겠다!"

도대체 누가 누구에게 여유를 부리고 있단 말인가. 게다가 직접 나선다니 과연 그럴 만한 가치가 있단 말인가!

원상은 의아했고, 송겸은 의아함과 뜨끔함이 교차했다.

'아니, 왜 나만 가지고 난리야.'

송겸이 억울해하는 마음이라도 읽었는지 다시금 호통이 터졌다.

"이놈아, 원상은 지금 온 힘을 다하고 있는 게야!"

관전하는 이들 중에 오직 무령노괴만이 상황을 제대로 파악하고 있었다.

언뜻 보기에 송겸이 가까스로 피하고 있는 것처럼 보이나 실은 전혀 힘들이지 않고 벗어나고 있는 것을 간파한 것이다. 그건 마치 어른과 아이의 싸움과 같아서 아이가 휘두르는 주먹을 조금은 과장된 몸짓으로 어른이 피해내는 형국인 셈이었다.

송겸은 그제야 머리에 불이 들어왔다. 이 년이 넘는 가상의 공간에서의 수련이 현실에서도 똑같이 적용된다는 것을 깨달은 것이다.

송겸은 유성풍으로 주르륵 뒤로 미끄러지듯 물러섰다. 근접하여 손을 교차하던 중에 생긴 일이라 원상의 눈에 의아함이 번졌다.

'어떻게 한 거지?

앞으로 내달린 것도 아니고 몸을 돌려 뒤로 움직인 것도 아니었다. 시선을 앞으로 둔 상태에서 순식간에 사정권을 벗어난 것이다. 원상은 그제야 사부님의 말이 어쩌면 과장된 것만은 아닐지도 모른다는 생각이 들었다.

물러난 후, 송겸은 기분 좋은 웃음을 지었다.

방금 뒤로 물러서야겠다는 생각과 함께 유성풍을 전개했는데 정신의 공간에서와 다름없이 몸이 반응한 것이다.

이건 굉장한 것이었다.

'한번 해볼까!'

송겸이 유성풍을 시전하며 몸을 날렸다. 그 빠름이 가히 유성과 같아 여기저기서 탄성이 터져 나왔다. 송겸이 갑작스레 뒤로 물러난 까닭에 원상과는 약 오 장여의 간격이 벌어진 상태에서 순간적으로 거리가 좁혀졌다.

원상은 오른손을 반회전시키면서 달려드는 송겸을 향해 장력을 펼쳤다. 빠르게 치닫는 송겸의 몸과 원상의 장이 마주칠 순간이었다.

'헉!'

원상은 장력을 허공에 뿌림과 동시에 흐릿하지만 송겸의 그림자가 자신의 머리 위로 솟구치는 것을 보았다. 상대의 움직임에 따라 변초를 구사해야 하는 것이 정상이었지만, 어이없게도 그럴 만한 여유가 없었다.

원상은 급히 몸을 돌렸다. 뒤로 내려섰을 송겸의 공격을 대비해야 하는 것이다.

'헉!'

어찌 된 일인지 머리를 타고 넘었던 송겸의 모습이 보이지 않았다. 빠르게 좌우를 살피고 보이지 않자 다시 뒤돌아 서니 삼 장여 밖에서 송겸이 태연히 바라보고 있었다.

눈으로 보고도 믿을 수 없는 일이었다. 그제야 원상은 사부의 뜻을 온전히 이해했다. 이레라는 짧은 기간 동안 완벽히 성숙노괴의 진전을 이은 것이 분명했다.

그의 상념은 중단되었다. 송겸이 이번엔 여유로운 걸음으로 다가오고 있었기 때문이다.

원상은 즉각 무령신장을 끌어올렸다. 거리가 일 장여가 되었을 때 팔 방위를 점하며 장력을 날렸다. 장력은 거대한 그물과 같이 송겸을 덮쳤다.

송겸은 전혀 물러섬이 없이 사각급출로 원상이 펼쳐 낸 그물의 공격권을 벗겨내면서 다가들었다. 그건 마치 거대한 그물을 능숙한 어부가 걷어내는 것과 같은 형세였다.

원상은 연신 뒷걸음질치며 모든 기력을 쏟았지만, 안타깝게도 송겸의 옷깃조차 건드리지 못했다.

한순간 송겸의 손이 장력의 그물을 찢었다. 그리고 결코 빠르다고 볼 수 없는, 그러나 결코 막을 수 없는 손길이 원상의 가슴을 훑어 내렸다. 그 뒤 송겸은 몸을 뒤로 솟구쳐 저만치 물러났다.

원상은 자신의 가슴을 내려다봤다. 옷에 구멍이 나거나 혈이 찍힌 것은 아니었다. 하지만 하고자 했다면 혈은 물론이고 몸에 구멍을 내는 일은 그다지 어렵지 않았을 것은 당연했다.

단지 마지막 손길에서 지켜보는 많은 이들이 있는 것에 배려하는 마음으로 혈을 제압하지 않고 그저 손을 거두었던 것이다.

그런 상황을 제대로 살핀 이는 거의 없었다. 그저 원상이 장력의 그물로 감쌌다는 것과 송겸이 그럼에도 전혀 피해를 입지 않았다는 것 정도였다. 송겸의 손이 가히 번개처럼 움직인 탓에 그물을 찢어발기고 원상의 가슴을 훑어 내린 것을 거의 대부분이 보지 못했던 것이다.

그 광경을 눈 한 번 깜박이지 않고 지켜본 무령노괴는 고개를 끄덕이며 흐뭇한 미소를 지었다. 그의 머리로 아련히 성숙노괴의 생전 모습이 떠올랐다.

'홍 형, 보고 있는 게요? 나는 마치 그대의 모습을 보고 있는 것 같구려. 또 한 명의 성숙노괴라고 해도 될 것 같소이다.'

다음날, 떠날 채비를 갖추고 일행은 무령노괴와 함께 아침 식사 자리에 앉았다. 음식을 내온 건 여전히 금영영이었다.

그녀는 여전히 수줍은 얼굴이었고, 음식을 내려놓으면서 송겸과 눈이 마주칠 때는 양볼에 홍조를 띠며 얼른 눈을 피했다.

송겸은 뜨끔한 표정이 되어 얼른 눈을 내리깔았고, 그녀가 음식을 다 내려놓고 돌아설 때까지 고개를 들지 못했다.

"도대체 네가 무엇을 보았고, 어떤 수련을 한 것인지 궁금해지는구나."

무령노괴가 중얼거리듯 물었다. 그의 말은 진심이었다. 그가 본 송겸의 무공 수준은 거의 칠성사괴에 육박해 있었다. 그가 지닌 무학의 상식으로는 도저히 납득할 수 없는 일이었다.

그건 유번과 채상요의 생각도 마찬가지였다. 어떤 수법으로 원상을 제압했는지 눈으로 보고도 알아차리지 못했다는 것이 아직도 현실적으로 받아들여지지 않았다.

"노선배님의 은혜에 그저 감사드릴 뿐입니다."

"하하하, 네 아비가 꿀 바른 듯한 말도 가르쳐 주더냐?"

송겸이 워낙 정중히 말한 탓에 무령노괴가 과장된 표정을 지었다.

좌중에 웃음이 터졌다. 일행이 생각하기에도 무령각에 머문 기간 중 가장 송겸답지 않은 말투였기 때문이다.

"너는 이제 홍겸이라고 해야겠구나."

당연한 듯 무령노괴가 말했지만 일순 송겸의 표정이 어두워졌다. 무령노괴는 물론이고 모두의 얼굴에 의아함이 떠올랐다.

잠시 뒤 송겸이 어렵게 입을 열었다.

"아직까진 송겸으로 남고 싶습니다. 마지막 문을 열어 어머니를 뵙고 나면 그때 홍겸이 되겠습니다."

무령노괴는 보이지 않게 고개를 끄덕였다. 어느 정도 그의 심정이 이해가 가기도 했다.

세상 모든 자식들에게 어머니란 그 무엇과 비교할 수 없는 존재다. 아버지를 뛰어넘는 절대적인 고리가 어머니와 자녀 사이엔 존재하는 것이다.

'그래, 그러렴. 그 부분은 나조차도 궁금하구나.'

무령노괴는 빙안미성을 떠올렸다. 그는 단 한 번도 성숙노괴와 빙안미성의 관계를 의심해 본 적이 없었다. 또한 성숙노괴가 떠난 뒤 그녀의 슬픔이 얼마나 깊었는지도 잘 알고 있었다.

성숙노괴에게 아들이 있다면 그 어미는 빙안미성이어야 했다.

천하가 무너져 내린다 해도 그래야 했다.

'그러나… 그녀는 아니지.'

문득 마지막 문이 열리지 않았던 것이 어머니의 존재를 알기엔 정신적인 충격을 감당할 수 없기에 그리된 것은 아닌가 하는 생각이 들었다.

'어쩌면 나도 감당하지 못할지 모르겠구나.'

무령노괴는 상념을 떨쳐 내고 유번을 향해 물었다.

"너희는 곧바로 취망산으로 돌아갈 것이냐? 겸이를 보고 독괴가 어떤 반응을 보일지 자못 궁금하구나."

"네, 취망산으로 돌아갈 예정입니다."

"가거든 이 말을 꼭 전하여라. 겸이는 이제 사괴 중 하나가 되어도 손색이 없을 것 같다고 말이다."

무령노괴의 눈에 잔잔한 기쁨이 일렁였다.

제14장 월향객잔

"사부님께 돌아가기 전에 낙양에 들렀다 가시죠."

무령각을 내려와 산 아래에 이르자 송겸이 말했다.

"낙양?"

"흐흐흐, 제가 지난 일 년 동안 강호를 누비면서 거둔 수하들과 만나기로 했거든요."

"오호, 수하까지 거두었단 말인가?"

"이거 생각보다 수완이 좋은걸."

유번과 채상요는 물론이고 유만까지 감탄사를 발했다.

"…와아! 사형, 대단해요."

"하하! 뭐, 그 정도 가지고……. 수하들과 헤어지면서 일 년 뒤 낙양에서 보기로 했는데, 꼽아보니 시일이 멀지 않아서……."

송겸이 약간 어깨를 으쓱거리면서 이 정도 가지고 뭘 그리 놀라냐는
듯 말했다.

"그럼 함께 가도록 하지."

"그래, 생각했던 것보다 무령각에서 보낸 시간이 얼마 되지 않았으
니까 말이야."

"하하하, 그럼 가볼까요?"

낙양에서 남쪽으로 삼 일 길에 위치한 전호촌.

그곳에 자리한 월향객잔의 주인 모윤은 요 며칠 거의 십 년은 늙어
버린 것만 같았다.

그의 나이 오십칠 세. 그러나 거울을 들여다보면 하루가 다르게 주
름살이 늘어가고 흰머리가 돋아나는 것을 막을 길이 없었다.

원인인즉, 황가장의 호위를 위해 곤륜파에서 나온 다섯 명의 고수
때문이었다. 일명 곤륜오령(崑崙五鈴)!

아버지의 가업을 이어받아 월향객잔을 이끌어온 지 삼십 년이 넘은
그였다.

전호촌은 규모로만 따지자면 그다지 큰 고을은 아니었지만 낙양에
서 삼 일 길인지라 낙양으로 향하는 이들이 잠시 여독을 풀고 쉬어가
는 관문 같은 곳이었다.

그런 까닭에 숱한 무림인들을 상대해 왔고 그들의 행패와 싸움을 지
켜보기도 수백 번이었지만 황당하기로는 이번 경우를 따를 만한 것이
없었다.

"이건 완전히 미친놈이야."

객잔을 정리하고 집으로 돌아갈 때면 어김없이 내뱉는 첫 마디였다. 거의 열흘째 규칙처럼 외치고 있었다.

명성이 드높은 곤륜의 고수들이기에 드러내 놓고 화를 내지 못하니 숨어서라도 욕을 퍼부어야 그나마 정신 건강을 유지할 수 있기 때문이다.

곤륜파의 고수들이 전호촌에 이른 것은, 그가 알고 있는 것이 틀리지 않다면 황가장의 장주 황풍의 호위를 위한 것이었다.

황가장주는 젊은 시절 곤륜파의 속가제자로 무공을 전수받았고, 지금까지 곤륜에 많은 물적 지원을 해주고 있다 했다.

그런 그가 일흔 살이 넘어서면서 심신이 쇠약해져 자꾸 누군가가 자신을 죽이려 한다는 망상에 사로잡히자, 곤륜의 고수들이 그의 호위를 위해 온 것이다.

곤륜에서는 실제 적이 있어서가 아니라 황가장주의 환상이란 것을 알았지만, 그가 문파에 기여한 것이 적지 않은 터라 호의를 베풀어 다섯 명이나 되는 고수를 파견하게 된 것이다.

문제는 그들 다섯 중 하나인 허명광이 멀쩡하다가도 술만 마시면 완전히 개로 변한다는 점이었다.

그는 여러 객잔 중 오로지 월향객잔만을 고집했다.

그 이유가 가관이었다.

"월향이를 데려와라! 월향이를 데려오란 말이다, 이 자식들아!"

이 요청을 주인장 모윤은 들어줄 수가 없었다.

월향객잔은 그저 이름이 월향일 뿐 월향이라는 여인은 애초부터 존재한 적이 없었기 때문이다.

월향이뿐이겠는가. 아예 기녀 자체가 없었다. 기녀를 찾으려면 다른 곳을 알아보는 것이 현명한 처사였다.

월향객잔에 월향이 있다면 풍운객잔이라면 풍운이, 화월루라면 화월이가 있어야 했다. 이건 개 풀 뜯어 먹는 소리나 다름없었다.

그럼에도 허명광은 월향이를 데려오라고 난리였다.

주인장 모윤이 나름대로 노력을 기울이지 않은 것은 아니었다.

용돈이라도 하시라며 두둑이 은자를 건네도 보고, 온갖 비위를 맞추느라 공짜 술과 고급 안주를 대령하기도 했다. 그러나 다음날이 되면 말짱 도루묵이었다.

화가 치민 그가 다음으로 택한 방법은 전호촌에서 내로라하는 고수인 진룡관의 관장 팔비신창 진소운에게 해결사 노릇을 부탁한 것이었다. 그는 말썽이 일 때면 언제나 든든한 버팀목이 되어주었다.

그러나 결과는 참담했다.

팔비신창 진소운은 허명광과 함께 온 그의 사제 손무에게 죽도록 얻어터졌고, 사흘이 지난 지금까지 운신하기조차 어려운 상황에 처해 있는 것이 작금의 현실이었다.

그리고 지금 이날 저녁도 다른 날과 마찬가지로 흘러가고 있었다.

처음에는 의젓한 자세로 술을 마시던 허명광이 급기야 독주 다섯 잔째가 넘어가면서 다시금 병이 도진 것이다.

"야, 이놈들아~ 월향이를 어디에 숨겨놓은 거냐? 다 뒤집어 버리기 전에 빨리 내놔라! 내놓으란 말이다~"

먼저 왔던 손님들이 슬금슬금 빠져나갔고, 한참 손님이 몰릴 시간인데도 들어오려던 이들조차 소란스러운 소리에 다른 객잔으로 발길을 돌려 객잔 안은 한산하기 그지없었다.

솔직히 다른 손님들이 들어온다고 해도 마냥 좋아할 일만은 아니었다. 괜히 혈기왕성한 무림인이라도 들어와 충돌이 벌어지면 당장 내일부터 객잔을 수리하느라 정신이 없어질 가능성이 컸기 때문이다.

'귀신들은 뭐 하나 몰라. 염라대왕은 죽은 거냐?'

모윤의 답답한 마음에 애꿎은 염라대왕만 씹혔다.

"이놈들아, 월향이는 오고 있는 게냐? 그리고 술 떨어졌다! 술 더 내와라!"

점소이가 부지런히 서너 개의 술병을 탁자에 내려놓고 돌아섰다.

"야, 너 이리 와봐!"

허명광이 부르는 소리에 점소이는 얼굴이 하얗게 질린 채로 삐쭉거리면서 다가갔다.

"무, 무슨 불편한 일이라도 있으신지요."

"바른 대로 말해! 너, 속으로 내 욕했지?"

"제가 어찌 대인을 업신여길 수 있겠습니까? 저는 그저 대인께서 우리 객잔을 찾아주시는 것만으로도 영광입니다요."

점소이는 난국 타개책으로 비굴의 정수를 선보였고, 허명광은 거기에 만족했다.

"음, 그래? 좋아, 그런 자세야. 몰골은 영 아니어도 마음은 제대로구나. 그래, 이제 가봐라."

점소이가 고개를 숙이고 돌아서자 다시 허명광이 불러 세웠다.

"야!"

"네? 네, 대인!"

"월향이 오고 있지?"

"네네… 조금만 기다려 주십시오."

"그래, 너무 오래 기다리게 하지 마라, 알겠지?"

"그럼요, 최선을 다하고 있습니다."

점소이가 위기에서 겨우 벗어나는 것을 보고 주인장 모윤은 보이지 않게 인상을 찌푸렸다. 그는 속으로 '개새끼!' 라고 중얼거린 후 객잔 바깥으로 시선을 돌려 오지 않을 손님을 기다렸다.

그때 저만치 네 사람이 걸어오는 것이 보였다. 두 명의 중년인과 두 명의 젊은이였는데, 점점 가까워질수록 젊은이로 보았던 이 중 하나가 너무 어려 보여 이제 겨우 십대 중반을 넘어선 것을 확인했다.

그는 복잡한 마음 중에 그들이 객잔으로 오길 바랐지만 조금 더 가까워질 무렵 중년인들이 무기를 소지하고 있는 것을 확인하고는 마음이 싹 달라졌다.

'부탁하네, 그냥 가주시게들.'

그러나 그의 바람은 보기 좋게 빗나갔다.

'제길, 괜히 얻어맞지 말고 다른 객잔으로 가라니까 그러네.'

객잔 안에는 허명광뿐 아니라 곤륜의 또 다른 고수 손무가 옆 자리를 지키고 있었다. 그는 허명광처럼 행패를 부리진 않았지만 허명광을 제지할 위치에 있지 않은 것을 이미 수차례 확인한 터였다.

손무는 인정을 봐주지 않고 진룡관장 팔비신창 진소운을 패버리지 않았던가.

모윤은 진소운이 그렇게 일방적으로 얻어터진 것을 이제껏 한 번도 본 적이 없었기에 당시의 충격은 아직까지 생생하기만 했다.

"여기가 좋겠군. 사람이 별로 없어 번잡하지도 않겠고 말이야."

모윤이 들어오지 않기를 바랐던 인물 중 하나인 냉혈쾌도 유번이 월향객잔에 성큼 발을 들이밀며 꺼낸 말이었다.

"이거 사람이 너무 없는 것 아닙니까? 손님이 없다는 건 술 맛이 별로라는 뜻인데……."

송겸이 객잔을 쭈욱 훑어보고 투덜댔다.

'그래, 바로 그거야. 그대로 밀어붙여~'

주인장 모윤은 속으로 송겸을 응원했다.

"이 시간이면 사람들이 바글거릴 텐데 나도 복잡한 건 딱 질색이야."

채상요가 유번 편을 들고 나서자 송겸도 더 이상 어쩔 수 없다는 듯 안으로 들어섰다.

아래층에는 곤륜의 허명광과 손무만이 자리해 텅텅 비어 있었지만 일행은 이층으로 올라갔다.

세 사람이 이층 구석진 곳에서 거의 소곤거리듯 말을 주고받으며 술을 마시고 있는 것이 보였다. 어찌나 조용한지 거의 사람이 없다고 봐도 무방할 정도였다.

자리에 앉자 점소이가 다가왔다.

"술과 안주, 그리고 이곳에서 제일 잘하는 음식으로 내오게."

"조금만 기다려 주십시오."

점소이가 물러간 직후, 아래층에서 예의 허명광의 발작이 재개됐다.

"월향이를 불러오란 말이야! 천하절색, 월향이를 대체 어디로 빼돌린 것이냐! 어떤 놈에게 붙여놓은 게야!"

그 말에 귀가 번쩍한 것은 송겸이었다.

'오호, 천하절색 월향이라고?

의자를 밀치고는 후닥닥 난간 쪽으로 달려가 환한 미소를 지으면서 주인장에게 물었다.

"주인장, 월향이가 누구요? 그렇게 예쁜 게요? 어디 얼굴 한번 봅시다."

모윤은 송겸을 올려다보며 그만 멍해지고 말았다.

'에휴, 강호는 참으로 넓고도 넓구나. 이거 미친놈이 한둘이 아니니 원.'

송겸이 물은 건 주인장이었으나 반응은 곤륜의 허명광에서 나왔다.

"어떤 놈이 감히 월향이를 넘보느냐? 이 자식, 당장 모가지를 내밀어라!"

송겸이 어이가 없어 허허거렸다.

"거참, 월향이란 이름으로 보아 분명 기녀인가 본데 세상천지의 기녀가 다 네 것이란 말이냐? 이게 어디서 막말이야, 막말은."

"아니, 저 젖비린내도 가시지 않은 놈이 죽고 싶고 환장한 게로구나!"

"뭐? 젖, 어쩌고 저째!"

송겸이 몸을 솟구쳐 그대로 아래층으로 내려섰다. 발이 지면에 닿았음에도 마치 가느다란 풀잎이 떨어져 내린 듯 스치는 소리조차 없었다.

허명광의 곁에 앉은 손무의 안색이 급변했다. 그는 즉시 자신과 상대의 움직임을 비교했고, 자신이라면 과연 그런 착지가 가능할지 생각해 보았다.

'보통 내기가 아니다!'

그는 자리를 박차고 일어나면서 검을 빼 들었다. 그와 거의 동시에 유번이 송겸의 뒤쪽에 내려섰다.

"어쭈구리, 한판 붙어보겠다는 거냐?"

허명광은 아직까지 사태의 심각성을 깨닫지 못한 채 혀 꼬부라지는 소리로 비위를 건드렸다. 그는 지금 제 몸도 가누지 못할 처지였지만 곤륜의 검 앞에 누구도 함부로 설치지 못할 것이란 생각을 무의식적으로 품고 있어 두려울 것이 없었다.

성미 급하기로는 송겸을 따를 수 있는 자가 드물었지만 이 순간만큼은 유번이 빨랐다.

유번은 한발 나서는가 싶더니 눈 깜짝할 사이에 칼끝으로 허명광의 목젖을 눌렀다. 가공할 만한 빠름보다 더욱 경악스러운 건 정확성까지 갖추었다는 점이었다.

유번의 한 수는 빠른 발도에서 가장 심오한 것이 무엇인지를 여실히 보여주었다. 목을 베어오거나 찌르는 것이라면 별문제가 아니었다.

유번의 일도(一刀)는 정확히 허명광의 목젖에 이르러 피부를 뚫지도 않고, 그렇다고 틈새가 벌어진 것도 없이 지그시 누른 상태가 되었다는 점이었다.

진정 냉혈쾌도라는 별호가 부끄럽지 않은 전광석화를 방불케 하는 발도였다. 그 자리에서 유번의 동작 전후를 완벽히 이해한 건 오직 송겸뿐이었다.

손무의 눈에 긴장이 서렸다. 이러한 극쾌는 곤륜에서도 세 손가락에 거우 꼽을 만한 솜씨였다.

"죽고 싶나?"

조롱이나 분노가 전혀 담겨 있지 않은, 철저히 감정이 배제된 유번의 음성은 상대를 압도하기에 충분했다.

그러나 허명광은 상대의 실력을 가늠하기엔 너무 취한 상태였다.

"아니, 이 자식이 어디에다 칼을 들이미는 거야! 나는 곤륜의 허명광이다! 니들이 지금 무슨 짓을 하고 있는 줄이나 알고 이러는 거냐!"

"곤륜?"

유번이 혼잣말로 되뇌다가 말을 이었다.

"그럼 죽어도 되겠구나."

너무나 평범해 도리어 더욱 싸늘한 기운이 담긴 음성에 손무가 급히 나섰다.

"분을 거두시구려. 문제는 술이지 사람이 아니잖소이까. 여기서 서로 양보하도록 합시다."

주인장 모윤과 점소이의 얼굴에 황당함이 번졌다.

'뭐야, 이거! 바로 꼬리를 내리네. 숫자는 분명 많은데 저들이 그렇게 대단한가?'

'저놈들도 양보하자고 할 때가 있구나.'

"혹시 우리가 아닌 다른 사람에게도 손을 쓰지 않고 좋은 말로 끝내나?"

손무의 머리에 삼 일 전 진룡관장 진소운을 흠씬 패주었던 일이 스쳤다. 그러나 그는 망설이지 않고 답했다. 지금은 혈기를 부리기보단 물러서야 할 때였다.

"그렇소."

당연하다는 말에 유번이 옅은 미소를 머금었다. 이렇게 나오는 이상 피를 묻힐 필요는 없다고 생각했다.

"좋다. 하지만 소란스럽지 않게 했으면 좋겠군. 우린 올라가지."

송겸은 자신이 제일 먼저 나섰음에도 일이 어영부영 마무리되자 유번과 손무를 번갈아 보다가 벼락같이 외쳤다.

"뭐야, 이거!"

송겸의 목소리는 워낙에 갑작스러운 데다 내공을 가득 실어 외친 까닭에, 유번은 물론이고 주위 모든 이들의 정신을 뒤흔들기에 충분했다.

술에 취한 상태인 허명광이 깜짝 놀라 멍한 눈으로 딸꾹질을 시작했고, 위층에 있던 세 사람은 막 건배를 한 후 술잔을 입으로 가져가려다 놀란 나머지 얼굴에 술을 뿌렸고, 주인장과 점소이는 다리에 힘이 빠져 그대로 주저앉고 말았다.

손무는 소리가 다했음에도 여전히 고막이 윙윙거리자 진짜 무서운 상대는 따로 있었다는 생각에 오늘 상대를 잘못 만나도 크게 잘못 만났음을 깨달았다.

송겸의 외침에 유번이 어깨를 토닥이고는 팔을 붙들어 끌고 올라갔다.

"기백없는 놈들은 죽여도 날만 무디게 할 뿐이라네."

유번이 드러내 놓고 자존심을 긁었지만 역시 손무는 자존심을 목숨과 바꿀 수는 없다는 생각에 손을 부르르 떨 뿐 달리 대응하지 않았다.

모두 각기 제자리를 찾아 앉아 있은 지 채 일각도 되지 않았을 때였다.

송겸의 사자후에 놀라 정신이 멍해져 연신 딸꾹질만 해대던 허명광의 입이 다시 살아났다.

"니들 오늘 운이… 꺽, 좋은 줄 알어. 월향이가. 꺽, 있는 객잔이라서 내가 참는 거야……. 꺽."

"사형, 이제 그만 돌아가시죠."

손무는 사태가 커지길 원치 않았다. 괜히 더 머물다 싸움이 일면 손해 보는 쪽이 어디가 될지 불을 보듯 뻔한 일이었다. 지혜로운 자는 물러설 때를 아는 자라 했다.

"어? 꺽, 그래, 내가 취한 거냐? 꺽, 근데 아까 그 머리에 피도 안 마른. 꺽, 놈은 어디로 간 거냐?"

허명광은 이 말이 자신에게 어떤 재앙이 되어 돌아올지 전혀 상상치 못했다.

좁쌀만한 인내심을 겨우 유지하던 송겸의 머리가 확 돌아버렸다.

누가 말릴 틈도 없이 송겸이 그대로 신형을 날렸다. 난간을 뛰어넘는 것이 아닌, 통째로 부수고 허명광을 덮쳤다.

난간이 부서지는 소리와 함께 손무가 검을 뽑았다.

폭풍처럼 낙하하는 송겸의 눈앞에 손무의 검이 반짝 하고 빛을 발했다. 손무로서는 가장 빠른 검격을 펼쳤지만 송겸의 눈에 비친 손무의 검은 아주 느릿한 움직이었다.

송겸은 허공에 뜬 채로 뻗어오는 검끝을 향해 검지를 접었다가 살짝 튕겼다.

치잉!

순간, 송겸의 검지를 타고 흘러간 내력에 의해 손무의 검이 물결처럼 출렁였다. 내력은 급기야 검에서 손무의 손, 팔, 어깨까지 그대로 이어졌다.

어깨까지 빠르게 마비되는 증상에 손무는 검을 놓쳤고, 충격을 해소하기 위해 뒤로 서너 걸음 물러섰지만 여파를 감당하지 못하고 뒤쪽 탁자를 부수면서 그대로 나뒹굴었다.

송겸은 거기서 멈추지 않고 비칠거리는 손무의 멱살을 틀어쥐고 불쑥 들어 올렸다.

"네가 억울하다면 곤륜의 장문인을 데려와라! 내 그에게 문하들을 어떻게 교육시킨 것인지 물어야겠다."

그때였다.

팍.

허명광의 일격이었다. 의자를 들어 송겸의 등짝을 찍었고, 의자가 산산이 부서졌다.

"이 자식아! 꺽, 내 사제 내려놓지 못해! 꺽."

그는 여전히 정신을 차리지 못했다.

"사형, 어서 빠져나가십시오."

송겸은 지껄이는 손무를 저만치 던져 버리고는 허명광에게 다가갔다.

"내려놨다. 이제 된 거냐?"

"너… 꺽, 아주 버르장머리가 없구나……. 꺽."

송겸이 피식 웃었다. 눈앞에 선 자는 명문정파의 고수가 아니라 그저 술에 취한 주정꾼에 불과하다는 것을 절실히 느낀 것이다.

'이거 참, 아저씨 말이 맞군. 앞뒤 분간도 못하는 작자에게 손을 써서 뭘 얻겠는가.'

그러다 문득 한 생각이 떠올랐다.

'그래, 그걸 한번 해보는 거야. 만령수, 극변회감! 이 녀석에게 딱이 겠군.'

무상심법을 통해 얻은 모든 무공들은 실전 운용할 대상이 있었다. 그러나 단 하나 만령수 중 극변회감(極變回感)만큼은 구결만을 전수받 았다.

만령수의 수법 중 극변회감이란, 혈도의 조합을 통해 대뇌를 자극하 여 감정을 한쪽으로 폭주시키는 것이었다.

분노한 이의 마음을 평정시킬 수도, 반대로 마음을 혼란스럽게 할 수도 있다. 다른 조합을 사용하면 슬픔을 봇물처럼 끌어낼 수도 있었 다.

그런 까닭에, 극변회감은 실전 자체가 불가능했다. 송겸의 정신 세 계에서 수련이 이뤄지는 만큼 그 대상의 감정을 자극하게 되면 내부에 서 충돌이 일어나 송겸 스스로 혼란을 겪을 수 있는 여지가 있었기에 실전이 배제된 것이다.

극변회감이 적용되려면 일단 시전자와 그 대상의 내력이 큰 격차를 보여야 했다. 지금의 허명광 정도라면 그가 술에 취해 있지 않더라도 펼치는 데는 아무 문제가 되지 않았다.

송겸이 손을 번개같이 움직여 허명광의 가슴을 훑고 중얼거렸다.

"부디 행복하길."

송겸은 씨익 웃어주고 여유롭게 이층으로 걸음을 옮겼다.

송겸의 행동이 워낙 빠른 데다 또 가로막는 것은 무리다 싶은 일행 은 그저 난간 쪽에서 바라보고 있었는데 송겸이 그저 씩 웃고 돌아서

자 의혹의 눈길을 보냈다.

격렬히 달려간 걸 생각하면 적어도 한 대 정도는 후려칠 법도 한데 그냥 실실거리면서 올라오고 있는 것이 도무지 이해가 되지 않은 것이다.

그러나 유번 등이 송겸의 의중을 이해하는 데는 그리 오랜 시간이 걸리지 않았다.

"으흐흑. 흑흑… 흐흐흑……."

느닷없어도 이런 느닷없음은 세상에 없을 것이다. 방금까지 안하무인이던 허명광이 탁자에 엎드려 흐느끼는 것이 아닌가.

'이건 뭐지?'

일행은 황당함에 겨워 허명광을 바라보았다.

유번은 다시 옅은 미소를 머금은 송겸을 바라보고 놀라 입을 벌렸다.

'설마?'

유번이 허명광을 손으로 가리킨 후 다시 송겸을 가리켰다.

그건 '저거 자네가 한 건가' 라는 뜻이었다.

송겸은 보일 듯 말 듯 고개를 끄덕였다.

'말도 안 돼!'

유번과 송겸의 표정으로 상황을 이해한 채상요와 유만도 멍해지고 말았다. 그야말로 듣도 보도 못한 것일 뿐 아니라 꿈에서도 생각지 못한 일이 아닌가.

놀란 건 일행만은 아니었다.

"사형, 갑자기 왜 그러십니까?"

송겸의 공격에 어깨는 물론이고 거의 반신이 저려오는 통증을 안고 절룩거리면서 다가간 손무가 허명광에게 물었다. 아무리 술에 취했기로서니 암습을 받았거나 독에 중독되었더라도 눈물을 보일 사형이 아니었다.

무인은 적 앞에서 피를 흘릴지언정 눈물을 보이진 않는다.

손무는 사형이 왜 그렇게 월향이란 이름에 집착하는지 잘 알고 있었다. 마음이 답답했다.

오 년 전의 일이었다. 당시 허명광은 강호행에서 우연히 월향이라는 기녀를 만나 마음을 주고받았다. 어느새 두 사람은 깊은 관계에까지 이르러 떨어질 수 없는 사이가 되었고, 월향은 당연히 허명광과 혼인할 것으로 생각하기에 이르렀다.

하지만 허명광은 그녀가 혼사 문제를 거론했을 때 곧바로 대답하지 못했다.

막상 혼인을 생각하자, 문(門)에서 허락하지 않을 것이란 생각과 함께 두고두고 부인이 기녀였음이 꼬리표처럼 붙어 다닐 것이 두려워진 것이다.

결국 허명광은 그녀의 뜻을 거절했다. 월향은 이유가 무엇이냐고, 사랑하지 않는 거냐고, 자신이 기녀이기 때문이냐며 울면서 물었다. 그러나 허명광은 아무 말도 할 수가 없었다.

결국 월향은 그가 사람들의 이목 때문에 자신을 버리는 것임을 알고 절망한 나머지 목을 매 운명을 달리하기에 이르렀다.

그 일로 허명광은 자신의 나약함이 그녀를 죽였다는 생각에 몹시 괴로워하며 술만 마시면 당시 일을 떠올리며 자신을 학대하기에 이른 것이다.

물론 곤륜에 있을 때는 술을 입에 댈 수 없어 추태를 부리진 않았으나 강호에 나와 술을 마시게 되는 날엔 마음을 제어하지 못했다.

게다가 이번 강호행에서는 곤륜에서 멀리 떨어진 하남성에 이른 데다가 객잔의 이름마저 월향이라 더욱더 망가지게 된 것이었다.

손무가 허명광의 술주정을 그냥 지켜만 본 것은 그 마음의 슬픔을 누구보다 잘 알고 있었기 때문이다.

그러나 아무리 그렇더라도 지금처럼 눈물을 흘리는 건 처음 있는 일이었다.

"미안하다, 아우야. 미안해……."

허명광은 눈물을 홍수처럼 쏟으면서 손무의 손을 붙들었다.

"사형, 대체 뭐가 미안하다는 말입니까?"

"모든 것이 다 미안하구나. 흐흐흑… 어찌하여 내 인생은 이리도 슬프단 말이냐. 월향이도 죽게 하고… 그래, 내가 그녀를 죽인 거야. 흐흐흑."

"다 지나간 일입니다. 마음을 굳게 먹어야지요."

그러나 허명광은 전혀 손무의 말을 듣지 못한 것처럼 연신 눈물만 떨궜다.

이어 자리에서 일어나더니 주인장이 있는 곳으로 걸음을 옮겼다. 그는 그대로 무릎을 꿇고 넙죽 절을 올렸다. 주인장 모윤이 화들짝 놀란 것은 너무나 당연한 일이었다.

모윤은 혹시 다른 속셈이 있을지도 모르는지라 얼른 맞절을 올리며 아무 잘못이 없음에도 잘못을 빌었다.

"이러시면 안 됩니다. 다 제 잘못입니다. 월향이를 빨리 데려왔어야 했는데……."

허명광이 고개를 가로저었다.

"아닙니다, 그런 게 아닙니다. 용서하십시오. 그녀는 돌아올 수 없습니다. 제가 떠나서 월향이가 목을 맨 겁니다. 그녀가 기녀의 신분이라서 제가 그녀를 버렸습니다. 이 못난 놈은 사람들이 손가락질할까봐 두려웠던 겁니다. 명문정파의 제자라는 허울을 벗고 싶지 않았던 겁니다. 제가 죽였습니다. 제가 죽일 놈입니다. 흐흑흑."

이층에서 고소한 마음으로 바라보던 송겸과 일행은 허명광의 말에 놀란 눈이 되고 말았다. 몇 마디 말에 불과했지만 그가 월향이를 외친 까닭을 짐작하고도 남음이 있었던 것이다.

"흐흐흑… 그녀는 저를 세상 누구보다 사랑했습니다. 그러나 저는 그녀보다 이 보잘것없는 명예를 더 사랑했던 겁니다. 흐흑… 이런 게 다 무슨 소용이라고……."

주인장 모윤은 허명광의 슬픔이 마음에 와 닿아 눈시울을 적셨다.

비록 그 때문에 요 며칠 벌이가 시원치 않았지만 이런 사정을 알았다면 어쩌면 그리 답답하지만은 않았을지 모른다는 생각도 들었다.

허명광의 걸음이 이번에는 이층으로 향했다.

"흐흑… 제가 무례했습니다. 다 저의 못난 마음 때문이지요. 용서하십시오. 제가 그녀를 버리지만 않았어도 그녀는 죽지 않았겠지요. 흐흐흑. 그까짓 사람들의 이목이 뭐가 두렵다고 그녀를 버렸는지……. 기녀면 어떻고 팔이 하나 없으면 어떻다고… 그저 사랑하면 되는 것을 말이죠. 흐흐흑."

허명광은 송겸 앞에 무릎을 꿇고 바닥에 연신 머리를 찧어댔다.

그는 지금 마음 가장 깊숙한 곳에 꼭꼭 숨겨두었던 슬픔이 복받쳐 올라 오로지 모든 생각은 월향에 대한 죄책감에 몰입되어 있는 상태였다.

그건 극변회감이 허명광이 꼭꼭 여며두었던 슬픔을 무한정 끌어내 버렸기 때문이다. 지금 허명광의 상태는 곤륜도, 무림의 명성도, 그 어떤 사람들의 눈도 그의 슬픔에 끼어들 여지가 없는 상태였다.

이렇게 되고 보니 송겸은 여간 난처한 것이 아니었다.

괜히 극변회감을 시전했다는 생각이 들기도 하고, 또 한편으로는 그가 마음에 가두어두었던 생각을 다 터뜨려 버리고 이번 기회에 자유로워지길 바라는 마음도 들었다.

"자, 일어서십시오."

송겸은 그를 부축하는 척하면서 극변회감을 해제했다.

허명광은 송겸의 손에 이끌려 자리에서 일어나면서 서서히 제정신을 차리기 시작했다.

그의 시선이 송겸을 바라보고, 다시 아래층에 선 사제를 바라보고 주인장에게까지 이르렀다.

그는 슬픔의 감정에서 벗어났지만 방금 전까지 자신이 어떤 행동과 말을 했는지 또렷이 기억했다. 이미 슬픔의 회오리에 휩쓸린 뒤 취기는 온데간데없이 사라졌다.

그는 자신이 왜 그런 행동과 말을 한 것인지 이해할 수 없어 충격에 휩싸여 몸을 비틀거렸다.

그러다 문득 송겸을 다시금 바라봤다.

'혹시… 이 젊은이가…….'

그 외에는 달리 원인을 찾기 힘들었지만, 차마 물어볼 수는 없었다.

그러나 그의 시선을 받은 송겸이 보일 듯 말 듯 고개를 끄덕이는 것을 보고서 그는 길게 한숨을 내쉬었다.

"미안하네."

그는 힘없이 돌아서서 계단을 내려갔다. 발길이 천근만근인 듯 무겁게 느껴졌다. 그는 손무와 함께 힘없이 객잔을 나섰다.

그 모습을 가만히 지켜보던 송겸이 입을 열었다.

"굳이 마음을 숨기면서 살 필요가 있습니까?"

허명광의 발길이 멈췄다. 돌아보진 않았다.

송겸이 잠시 여운을 둔 후 말을 이었다.

"지금이라도 늦지 않았습니다."

잠시 석상이라도 된 듯 굳어졌던 허명광의 발길이 객잔을 벗어났다.

육 개월 뒤, 허명광은 곤륜을 떠났다.

월향이 묻힌 곳, 그 근처에 작은 모옥이 생겨났다.

제15장 다시 찾은 낙양에서의 꿈

일 년 만에 다시 찾은 낙양은 여전히 활기가 넘쳤다.

사람들은 형형색색의 옷차림으로 거리를 활보했고, 길가에는 다른 지방과는 비교할 수 없을 만큼 많은 잡상인들이 손님을 끌고자 상품 선전에 열을 올렸고, 주루는 북적거렸고, 각자의 목적을 따라 부지런히 움직이는 무림인들의 모습도 눈에 자주 띄었다.

"저곳인가?"

유번이 삼층 높이에 크게 걸린 풍운각의 간판을 바라보며 물었다.

"네, 저깁니다. 감회가 새롭네요."

재회의 장소를 풍운각으로 정한 건 신비회 일원이 제일 처음으로 한자리에서 모인 곳이었기 때문이다.

또한 풍운각을 시작으로 거의 채권자와 채무자의 관계와 같았던 교청은과 송겸의 입장이 서서히 바뀌어 나중에는 호의를 품게 되었다는 점에서 그 의미가 남달랐다.

"제가 잘못 들은 것이 아니라면 우리는 영원한 동지라고 하지 않았던가요?"

헤어지기 전날 밤, 객잔의 지붕 위에서 교청은이 했던 말이 머리를 스쳤다.

당시 그녀는 확실히 달라져 있었다.

교청은을 생각하자 문득 무령각의 금영영이 튀어나왔다. 매서운 눈길로 몽둥이를 휘갈기던 금영영, 다시는 상종하고 싶지 않은 족속이었다.

더욱이 사람들이 곁에 있을 때면 순박한 시골 처녀처럼 수줍어하던 모습은 그 누구도 따를 수 없는 엽기 그 자체가 아니던가.

엽기녀이자 괴녀인 금영영에 비하자면 교청은은 청순 가련, 순진 무구한 여인(물론 어디까지나 금영영의 반대급부에서의 관점이지만)이라 해도 과언이 아니었다.

'역시 조강지처가 최고지.'

조강지처라는 말을 속으로 중얼거리다 그런 생각을 한 자신이 너무 웃겨 속으로 키킥거렸다.

'크크, 조강지처?'

그러나 그건 어디까지나 송겸의 생각일 뿐이다. 짧다면 짧고 길다면 긴 일 년의 시간 속에서 그녀가 마지막에 보인 호의를 지금까지 간직하고 있을지는 미지수였다.

풍운각이 가까워질수록 송겸은 여러 상념에 사로잡혔다.

언제나 무지막지한 신뢰를 보내주던 추백과 어리버리한 표정이 일품인 조후, 두 사람은 일 년이 지난 지금 어떤 모습으로 변해 있을까.

이어 탈복흉공을 얻기 위해 수호맹을 염탐했던 일, 종횡마걸과의 만남, 탈복흉공에 대한 벅찬 기대와 좌절, 그리고 뜻하지 않게 온 사방을 다니며 의로운 일을 행하던 모습이 주마등처럼 머리를 스치고 지나갔다.

일행은 풍운각의 삼층으로 올라갔다.

혹시나 하고 주위를 두리번거리던 송겸의 눈에 동지들의 모습은 어디에도 보이지 않았다. 약속한 날은 이틀 뒤였지만 그래도 아쉬운 마음이 드는 건 어쩔 수 없었다.

일행은 늦은 점심을 해결하고 낙양을 둘러보기로 했다.

그 와중에 송겸은 검을 하나 구입했다. 특별히 명검이거나 고가품이 아닌, 이제 막 검법을 배우려는 이들이 차고 다닐 만한 철검이었다.

유번과 채상요는 좀 더 좋은 검을 고르라고 했지만 송겸은 손을 저으며 사양했다.

평소의 송겸이라면 명검이 아니면 안 된다고 박박 우길 터인데 흔한 검을 만족스럽게 택하는 것에 두 사람은 의아함을 금치 못했다.

그러나 그 이면에는 두 사람이 모르고 있는 것이 있었다.

송겸은 사부로부터 아버지, 성숙노괴가 나이 사십을 넘기면서 검을 사용하지 않았음과 그때까지 사용하던 검이 특별한 명검이 아닌 누구나 싼값에 구할 수 있는 흔한 검이란 말을 들었다.

그런 까닭에 송겸이 평범한 철검에 만족한 것은 아버지의 뒤를 잇는 다는 의미가 담겨 있었던 것이다.

단룡검법의 효과적인 구현은 등에 장검을 매단 채 펼치는 것이었기에 허리가 아닌 줄을 이용해 등에 대각선으로 검을 위치시켰다.

일행은 또 낙양의 여러 볼거리를 찾아 백마사(白馬寺)와 용문석굴(龍門石窟), 관우의 머리를 묻어놓은 관림(關林) 등을 다니며 시간을 보냈다.

밤이 가까워지자 일행은 풍운각으로 돌아와 두 개의 객실을 잡고 여장을 풀었다.

유만과 한 방에 든 송겸은 오랜만에 꿈을 꾸었다.

송겸은 산 정상에 서 있었다. 어찌나 높은지 산 아래쪽으로 구름이 유유히 흘러가는 것이 보였다. 위로는 푸른 하늘이, 아래로는 구름이 두둥실 떠다니니 신선의 산이 이렇지 않을까 싶었다.

누구 다른 사람이 있나 싶어 사방을 두리번거리니 뒤쪽 봉우리에 한 사람이 서 있는 것이 보였다.

비록 멀리 떨어져 있어 정확히 볼 순 없었지만 너풀거리는 옷과 머리 모양으로 보아 여인인 것만은 확실했다.

송겸이 여인을 향해 신형을 날렸다. 비록 꿈이었지만 신형의 빠름은 현실과 다를 바 없었다.

삽시간에 가까이 다가갔을 때 문득 송겸은 여인의 모습이 사라지고 없는 것을 확인했다. 여인이 서 있던 자리에 올라서서 다시 두리번거리니 기이하게도 여인은 다른 봉우리로 옮긴 상태였다.

다시 신형을 날렸다. 그러나 이번에도 똑같은 현상이 나타났다.

그녀의 뒷모습이 보인다 싶자 안개처럼 스러지며 어느샌가 다른 봉우리로 이동하는 것이다.

그렇게 송겸이 여섯 차례 그녀를 놓치고, 이번이 마지막이라는 심정으로 몸을 날렸을 때였다. 어차피 또 사라지고 말겠지라고 생각했는데 여인은 그저 평온히 서 있을 뿐이었다.

그제야 송겸은 여인의 뒷모습을 제대로 볼 수 있었고, 그녀가 교청은이라는 것을 알아차렸다.

그녀가 입고 다니던 옷과 머리 모양이 그의 눈에 익숙하게 다가왔다. 잘못 보았을 리는 없었다.

"교 낭자!"

송겸이 반가운 마음에 한달음으로 달려가 불러보았지만 그녀는 아무 소리도 듣지 못한 것처럼 미동조차 보이지 않았다.

"하하하, 내가 반갑지 않은 게요."

송겸은 그녀가 어떤 반응을 보일지 몰라 조심스럽게 다가갔다.

바람이 마주 불어오는 탓에 매혹적인 향취가 물씬 풍겼다.

"교 낭자, 그동안 잘 지낸 게요?"

여전히 그녀는 돌아보지 않았다.

"흠흠. 이거 오랜만인데 이렇게 모른 척하면 무안하잖소."

그 말에 마음이 움직였음인가. 그녀가 서서히 몸을 돌렸다.

송겸은 꿈에서 깨어나 침상에서 벌떡 몸을 일으켰다.

어두운 방 안, 맞은편 침상 위에서 유만은 세상모르게 잠들어 있었다.

'도대체 내가 무슨 꿈을 꾼 거지?'

다시 꿈의 마지막 장면이 떠올랐다.

여인이 돌아섰다. 그러나 그녀는 교청은이 아니었다.

'거참, 내 꿈에 노선배가 나타나다니…….'

아직도 생생했다. 분명 그녀는 빙안미성이었다.

'노선배에게 무슨 일이 생긴 걸까?'

빙안미성은 세상의 모든 슬픔을 짊어진 듯 눈물을 흘렸다.

바로 그때 꿈에서 깨어난 것이다. 그래서인지 송겸의 마음도 편치가 않았다. 빙안미성이 했던 말이 떠올랐다.

"무상심법을 찾거든 날 찾아오려무나."

이 말을 할 당시 그녀의 표정이 꿈속에서와 비슷했다는 생각이 들었다. 단지 그때는 눈물을 흘리지 않았을 뿐.

가만 생각해 보니 그건 어쩌면 자신이 사랑했던 사람의 아들이 있다는 것을 기뻐해야 할지 슬퍼해야 할지 몰라, 복잡함에 휩싸인 모습이 아닐까 싶었다.

'이번 일이 정리되는 대로 노선배에게 다녀와야겠군.'

제16장 추백과의 뜻밖의 조우

다시 잠을 청하려 침상에 몸을 뉘었다.

눈을 감으니 빙안미성의 눈물 고인 눈빛이 바로 앞에 펼쳐진 듯 떠올랐다. 그냥 꿈일 뿐이라고 생각했지만 계속 어른거려 잠을 청할 수가 없었다.

'잠자긴 틀렸군.'

자리에서 일어나 창가로 걸음을 옮겼다.

술에 취해 비틀거리는 세 명의 사내가 어깨동무한 채 노래를 부르면서 저만치 멀어져 가는 모습이 보였다.

'후후, 온 천하가 자기네들 것이로군.'

송겸은 추백과 조후를 만나면 밤새 취하고, 저들처럼 큰 소리로 노래를 불러야겠다고 생각했다. 누군가 조용히 하라고 소리치면 크게 한

번 웃어주면 그만이었다.

그때였다.

문득 정면을 응시하던 송겸의 눈에 이채가 발했다.

'추백!'

맞은편 객잔의 지붕 위였다.

한 사내가 힘없이 서 있었다. 그의 눈은 각도상 풍운각을 바라보는 것 같긴 한데 송겸을 보고 있는 것 같진 않았다.

송겸은 즉시 자안신광을 끌어올렸다. 눈빛이 자줏빛으로 물들다 사라지자 어두운 공간의 모든 사물들이 뚜렷해졌다.

"추백! 추백, 너냐?"

사실 물을 것도 없었다. 자안이 떠오르면서 명백히 추백을 확인한 터였다.

송겸의 외침에 깊은 잠에 취해 있던 유만이 벌떡 일어났다.

"사형, 왜 그래요?"

송겸은 그 말에 대답할 수가 없었다.

추백이 송겸 쪽을 바라보다 다시 뒤를 돌아보고는 그대로 허물어진 것이다. 추백의 몸은 지붕을 굴러 삼층 높이에서 아래로 떨어져 내렸다.

"추백~!"

송겸의 신형이 공간을 격하고 날았다. 객잔과 객잔 사이는 약 칠 장 간격을 두고 있었지만 송겸은 땅에 닿지도 않고 날아가 허공에서 추백의 몸을 붙잡아 그대로 벽을 발로 튕겨내며 바닥으로 내려섰다.

"정신 차려라! 정신 차려!"

토해내듯 외쳤지만 추백은 깨어나지 못했다. 또한 추백의 가슴에서 허벅지 부위까지는 피로 범벅이 되어 있었다.

"어떤 새끼냐? 어떤 새끼야~"

피는 사람을 흥분시킨다. 그 피가 아끼는 이의 피일 경우엔 더욱 그러하다. 송겸은 거의 제정신이 아니었다. 너무 흥분해서 응급조치를 한다거나 기혈을 살피는 일도 잊고 있었다.

스슥. 스슥.

송겸의 귓가로 경공에 능한 이가 접근하는 소리가 들렸다.

'위다!'

달빛에 낯선 그림자가 드리웠다.

송겸의 장력이 그림자를 향해 폭풍처럼 작렬했다.

"으아아악~"

밤하늘에 처절한 비명이 메아리쳤다. 그림자는 강력한 장력에 휩싸여 지붕 위 높이까지 솟구쳤다가 바닥으로 곤두박질쳤다.

"사형!"

"무슨 일인가?"

"누군가?"

유만과 아저씨들이 달려왔다.

"만아, 추백을 부탁한다."

송겸은 신형을 솟구쳐 지붕 위로 올라섰다. 저 건너편 지붕 위로 십여 명의 인영이 빠르게 다가오고 있는 것이 보였다. 제일 처음 덮친 놈은 척병의 역할을 한 것이 분명했다.

추백의 피가 묻은 손을 내려다보다 송겸이 자월도를 꺼내 들었다.

“죽인다.”

자안신광이 발휘되면서 눈동자가 자줏빛으로 물들더니 광채를 뿜어 냈다. 사방이 어두운 가운데 드러난 자안신광은 그 자체로 기괴하기 짝이 없었다.

송겸이 뿜어낸 자안이 목표를 조준하였고, 그와 동시에 자월이 공간을 휘저었다.

자안신광에 유도된 자월이 자줏빛 빛무리를 뒤로하며 적들을 향해 완만한 곡선을 그리며, 하지만 그 기세만큼은 거칠 것 없이 뻗어갔다.

맨 오른쪽에서 달려오던 사내가 자월의 광채를 눈치 챘지만 가공할 속도에 피할 엄두를 내지 못하고 그대로 가슴이 관통당하며 떨어져 내렸다.

자월은 멈추지 않았다. 붉은 피 맛에 더욱 힘이 솟는 듯 자월은 연이어 여섯의 몸을 뚫고 지나갔다. 어떤 이는 심장이, 어떤 이는 목이, 또 다른 이는 허리가 휑하니 뚫린 채 그대로 목숨을 잃고 추락했다.

총 일곱의 목숨을 끊은 후 송겸의 손으로 자월이 돌아왔다.

남은 자는 셋! 그들은 간발의 차이로 땅에 착지하여 목숨을 건질 수 있었다.

송겸의 신형이 거침없이 쏘아져 갔다.

“나와라!”

추백을 쫓던 이들 중 간신히 목숨을 건진 이들은 동료들의 순식간적인 비명횡사로 공포에 휩싸였다. 그들은 자월에 대해 아는 바가 없어, 그저 한줄기 자줏빛이 동료들의 몸을 관통한 것으로만 여겼다. 광채만으로 살상이 이루어진다는 것은 듣도 보도 못한 일이었다.

두려운 눈으로 소리난 곳을 바라보는 그들의 시야에 달빛을 등지고 덮쳐 오는 저승사자의 모습이 보였다.

두려움을 떨쳐 내고 일제히 검을 내뻗었다.

송겸의 몸이 독수리가 양을 채듯 하강하면서 다가오는 하나의 검면을 밟고 전혀 예상치 못한 방향으로 선회했다.

목표를 놓친 검들이 잠시 어리둥절한 사이 외마디 비명 소리가 터졌다.

"컥!"

셋 중 왼쪽에 서 있던 이의 몸이 송겸의 장력에 맞아 벽으로 날아가 부딪치면서 튕겨 나왔다. 그 여파가 얼마나 거센지 벽에 구멍이 나고 온 벽으로 금이 그어졌다.

장력에 격중당한 이의 검이 허공에 떠오르자 송겸은 그것을 낚아챘다.

남은 두 명은 동료의 죽음이 애석했지만 애도할 시간 따윈 없었다. 송겸의 검이 그들에게 기회를 주지 않고 짓쳐들었다.

가공할 속도에 이어 검에서 광채가 뿜어져 나왔다.

일격필살!

두 사람의 수준에 비하면 과분할 정도로 혼신의 힘을 깃들인 송겸의 일격이 펼쳐졌다.

검이, 이어 그들의 가슴이 뜨끔했고, 그 뒤편 가옥의 담벼락에서 먼지가 피어났다.

반응은 바로 나타났다. 검이 두 동강나고, 그들의 몸이 분리되었으며, 담벼락의 절반이 힘없이 허물어졌다.

송겸의 자안이 불을 뿜듯 빛을 발했다.

문득 송겸은 뒤쪽에서 접근해 오는 섬세한 움직임을 포착했다.

'또 다른 놈?'

몸을 돌려 공격하려던 순간 송겸은 얼른 손을 거두었다.

다가온 이는 채상요였다.

채상요는 처참한 주검 곁에서 자광을 빛내며 선 송겸의 모습에 사뭇 놀라움을 금치 못했다.

이제껏 그가 본 송겸은 늘 가벼운 언행을 일삼는 실없는 사람의 전형이었다. 그러나 지금은 마치 사괴 중 한 명이 서 있는 것처럼 태산 같은 기도를 보이고 있는 것이다.

"송 공자, 다친 곳은 없나?"

물음을 던졌으나 채상요는 말이 끝나는 즉시 괜히 물었다고 생각했다. 다쳤을 리가 없지 않은가.

"전 괜찮습니다."

어느새 송겸이 자안을 거두며 채상요를 맞았다.

"추 공자는 다행히 생명에는 지장이 없는 것 같네. 이들이 어디에서 온 것인지 살펴봐야겠군."

채상요가 시신을 향하자 송겸도 다른 시신을 살피기 시작했다.

잠시 후 채상요의 입에서 침음성이 흘러나왔다.

"음… 기이한 일이군."

"단서를 찾으셨습니까?"

채상요는 곧바로 답하지 않고 두 구의 시신을 더 살핀 후 몸을 일으켰다.

"이들은 수라곡에서 온 자들이네."

채상요는 이미 낙양에 이르기 전 송겸으로부터 추백의 근원에 대해 들은 터였다. 그리고 지금 그들의 겉옷 안쪽에 새겨진 '수라' 라는 글자를 찾아낸 것이다.

"수라곡? 그럴 리가요?"

"필시 수라곡에 어떤 문제가 생긴 것이로군."

그 외에는 다른 이유를 찾을 수 없었다. 수라곡주의 아들을 수라곡의 고수들이 죽이려 들었다.

수라곡 내부의 반란.

어쩌면 수라곡주는 이미 죽었거나 최소한 감금당하였을 것이다.

"물론 확실한 건 아니니 추 공자가 깨어나길 기다려 보는 게 좋겠네."

송겸과 채상요가 객방으로 돌아왔을 때 추백은 침상에 죽은 듯이 누워 있었다.

"피를 너무 많이 흘렸어. 깨어나려면 시간이 좀 걸리겠군."

독왕노괴의 그림자답게 유번은 약리에 능해 지혈과 함께 흐트러진 기혈을 안정시킨 후 처방전을 적어 유만에게 약재를 구입해 오라고 시킨 후였다.

유만이 돌아오자 일행은 혹시 추격하는 무리가 더 있을지도 모른다는 생각에, 번거로움을 피할 겸 일단 풍운각에서 백여 장 떨어진 봉황객잔으로 거처를 옮겼다.

그 후 추백은 하루가 지났으나 깨어날 기미가 없었다.

그러나 단지 깨어나지 못했을 뿐 몸은 점점 호전되어 갔다. 유번이

처방한 약이 효력을 보인 데다 송겸이 천기신공을 통해 기력을 도운 까닭이었다.

추백은 의식의 저편에서 망상 속을 헤맸다.

격렬한 외침,

절규에 가까운 비명,

도검이 부딪치는 소리.

믿을 수 없는 일이 벌어졌다. 사랑하는 이들이 죽어갔다.

"소주, 피해야 합니다! 저를 따라오십시오."

흑노(黑奴)였다.

그는 그저 흑노라 불렀다. 그러고 보니 단 한 번도 그의 이름을 물어본 적이 없었다. 마냥 흑노라고 부르며 지내다 보니 흑노가 원래부터 이름인 것처럼 생각하고 있었다.

흑노는 수라곡의 화원을 관리하는 인상 좋은 노인이었다. 그가 무공에도 조예가 깊을 줄은 몰랐다.

그가 아니었다면 추백은 수라곡에서 빠져나오지 못했을 터였다. 흑노는 어깨와 등에 틀어박힌 비수가 안중에도 없다는 듯 추백만을 보호하며 뭇 도검의 예리함을 뚫어냈다.

이십여 명의 추격자가 따라붙었다.

누군가 크게 외쳤다.

"굳이 생포할 필요는 없다! 보는 즉시 죽여라!"

추백은 누구의 목소리인지 돌아보고 싶었지만 그럴 여유가 없었다.

도대체 어떻게 이런 일이 일어날 수 있단 말인가.

수라곡의 무인들이 수라곡주의 아들을 죽이려 살기가 등등해 쫓아오는 일이 벌어지다니! 꿈이라면 당장에라도 깨고 나오련만 안타깝게도 이건 현실이었다.

"이대로는 안 되겠습니다."

흑노가 걸음을 멈추었다. 그의 등에는 여전히 두 개의 비수가 신체의 일부인 양 달려 있었다.

"뭐 하려고! 왜 멈추는 거야, 어서 달려."

"제가 막고 있을 동안 힘을 다해 달려가십시오."

"안 돼."

"시간이 없습니다, 어서!"

흑노의 단호함은 설득력이 있었다. 아니, 어쩌면 추백 스스로 설득당하려 했는지도 몰랐다.

"나는 낙양으로 갈 거야. 낙양의 풍운각."

"놈들을 물리친 후 저도 곧 뒤따라가겠습니다."

추백은 그 말을 믿지 않았다. 그는 최대한 시간을 끌겠지만 빠져나오긴 힘들 것이다.

거기에 자신이 옆 자리를 차지하고 있는들 달라질 것이 없음은 당연했다. 곧 신형을 날렸다.

'흑노, 꼭 살아줘.'

눈물 때문에 시야가 흐릿해졌다. 흑노의 죽음을 헛되지 않게 하는 건 살아남는 것이라고 스스로에게 되뇌며 달리고 또 달렸다.

그 뒤 낮 시간엔 은신하고, 밤에 야음을 틈타 낙양으로 빠르게 나아갔다. 낙양의 풍운각, 그곳에서 형님을 만나기만 하면 모든 것이 잘 풀릴 것 같았다. 어쩌면 형님이 '하하하! 이건 다 꿈이야' 라고 말하면, 바로 그때 악몽에서 벗어날지 모른다는 생각도 들었다.

'형님만 만난다면……'

한 달 하고 보름이 지날 무렵, 행적이 노출되었다.

곧바로 살인귀들이 따라붙었고, 그들은 비릿한 미소로 바라봤다.

아버지의 수하이자 자신의 수하였던 그들의 마지막 인사는 썩은 내가 진동했다.

"미안하구려."

전혀 미안한 표정 없이 미안하다고 말했다.

이제껏 사는 동안 미안하다는 말을 하기도 하고 듣기도 많이 들었지만, 이때처럼 구역질이 난 적은 없었다.

추백이 검을 뽑았다. 죽을 바에야 하나의 목숨이라도 거두어 동행으로 삼아야 한다고 생각했다.

몇 번의 움직임 뒤, 뜨거운 것이 불쑥 옆구리로 파고들었다.

검이었다.

시간이 멈춘 듯 검을 타고 흐르는 붉은 피는 달팽이가 기어가는 것처럼 느리게 보였다.

'이렇게 죽는구나.'

다른 검이 몸을 뚫을 것이다. 어쩌면 이 검이 뽑히고 다시 목을 꿰뚫을지도 모른다.

그때 무리에 혼란이 일었다. 힘겹게 고개를 들어 바라보았다.

'흑노!'

그가 살아 있었다. 그런데 뭔가가 달라져 있었다. 흑노인데 또 그전의 흑노는 아니었다. 그의 왼팔이 있어야 할 자리에는 팔 대신 허망하게 옷자락이 나부꼈다.

추백의 몸에 박혔던 검이 쑤욱 빠져나가더니 흑노에게 향했다.

"어서 몸을 빼십시오!"

전처럼 흑노가 절규했다.

죽음을 눈앞에 두었던 추백은 정신이 번쩍 들었다.

이번에는 망설임도 없었다. 외팔이가 된 흑노를 뒤로 두고, 눈물을 흘리는 것도 잊고 살길을 찾아 달렸다. 그저 피가 흐르는 옆구리를 억세게 누르고 무작정 살아야겠다는 생각으로 땅을 박차고 나아갈 뿐이었다.

얼마나 달렸을까.

어둠이 찾아왔고, 어둠을 의지하여 잠을 청했다.

그리고 깨어났을 때 비로소 까마득히 잊고 있었던 슬픔이 복받쳐 눈물을 하염없이 쏟아냈다.

흑노, 그를 다시는 볼 수 없을 것이다.

사흘이 지난 밤, 낙양에 도착했다. 정확히 사흘인지 나흘인지 알 수 없었다. 그러나 이곳이 낙양인 것만은 확실히 알 수 있었다.

기쁨도 잠시, 살인귀들이 들이닥쳤다.

지붕과 지붕을 날아 풍운각으로 향했다. 그 덕에 검상을 당한 옆구리에서 피가 새어 나왔지만 주술에라도 걸린 듯 신형을 날렸다.

그리고,

풍운각이 눈앞에 나타났다.

그토록 갈망하던 풍운각에 도착했지만, 풍운각은 다른 수많은 건축물 중의 하나일 뿐이라며 침묵으로 추백을 맞이했다.

괴괴한 어둠에 휩싸인 풍운각은 낯설기 그지없었다.

'내가 너무 늦은 건가?'

멍한 눈동자로 맞은편에 서서 바라볼 때 한 음성이 고막으로 파고들었다.

"추백! 추백, 너냐?"

'아, 형님!'

고개를 돌려 뒤를 바라보았다. 살인귀 중 하나가 누구보다 빨리 접근하고 있었다. 그러나 어쩐 일인지 마음에 평온이 찾아왔다. 왜 그런지는 모르겠지만 모든 것이 잘될 것 같다는 생각이 들었다.

몸에 피로가 몰려들었다.

'형님.'

쓰러지는 순간 아주 멀리서 외치는 듯한 소리가 들렸다.

"추백~!"

제17장 다시 모인 신비후흑회

이틀이 지나도 추백은 깨어나지 못했다.

송겸은 혹시나 하는 마음에 풍운각으로 향했다.

삼층으로 올라가 아직 교청은과 조후가 도착하지 않은 것을 확인한 후, 곧바로 돌아가려다 마음을 바꿔 풍운각의 바깥벽에 기대고 섰다.

낙양에 발을 들여놓을 때만 해도 한껏 마음이 부풀었는데 지금은 여러 가지로 복잡하기만 했다.

추백의 일만 아니라면 교청은과 조후를 만나면 마냥 반가운 마음에 손을 맞잡고 펄쩍거릴 터였지만 그렇게 기뻐하는 건 추백에게 미안한 일이었다. 그렇다고 무겁게 가라앉은 눈빛으로 맞을 생각도 없었다.

송겸의 마음을 어지럽히는 또 한 가지는 힘의 사용에 대한 부분이었다.

추백을 구하던 날, 분노가 극에 달해 추격자들의 목숨을 끊어놓았다. 그때는 당연한 것으로 여겼지만 여유를 갖게 되자, 비로소 자신이 지닌 힘이 얼마나 강한 것인지 새삼 놀라웠다.

죽이고자 마음만 먹는다면 그 누구라도 죽일 수 있다!

'적이 살심을 품고 달려드는데 내가 왜 살려두어야 하지?'

스스로를 정당화하는 순간 곧바로 마음 한구석인지 머리 한쪽 귀퉁이인지에서 다른 목소리가 울렸다.

'꼭 죽일 필요는 없었어. 네겐 그들을 꼭 죽이지 않고도 제압할 수 있는 월등한 힘이 있으니까.'

'그렇지 않아. 그들은 추백을 죽이려 했어! 내가 없었다면 그들이 아니라 추백이 싸늘한 시신이 되었을 거다. 나는 후회하지 않아!'

'물론 그들은 죽어 마땅하긴 했지. 하지만 앞으로도 덤벼드는 자들을 모두 죽이기만 할 것이냐?'

'……'

'너는 조금 신중해져야만 해. 꼭 죽여야 된다고 생각할 때만 살수를 펼쳐야 돼. 아마 아버지라면 그렇게 생각했을 거다.'

'분명히 말하지만 나는 그놈들을 죽인 걸 후회하지 않아!'

'그래, 좋아. 그러나 명심해. 분별해야 한다는 것. 알겠어?'

'생각해 보겠어. 이제 그만 하자.'

송겸은 두 가지 생각의 충돌로 지끈거리는 머리를 빠르게 휘저었다.

그러다 문득 좌우를 돌아보던 송겸의 눈에 낯익은 모습이 보였다.

안력을 높여 살피니 교청은과 조후가 나란히 걸어오고 있었다.

송겸은 고개를 정면으로 돌리고, 보지 못한 사람처럼 딴청을 피웠다. 정상적인 상황이었다면 손을 흔들며 '이봐, 여기야, 여기~' 라고 외쳤을 것이다.

송겸이 딴청을 피우는 사이, 좀 더 가까이 다가온 교청은과 조후가 동시에 송겸을 발견하고 한달음에 달려왔다.

"형님!"

"송 공자!"

송겸은 그제야 봤다는 듯 미소를 머금고 반겼다.

"어이구, 이게 누구신가들."

"형님, 그동안 잘 지내셨습니까?"

조후는 일 년 전이나 지금이나 전혀 변한 것이 없어 보였다.

"호호, 꽤나 일찍 오셨나 보군요. 우릴 기다리고 있던 중인가요, 아니면 지나가는 여인들을 구경하던 중인가요?"

다시 만난 인사치고는 꽤나 짓궂었다. 그녀의 얼굴은 전보다 밝아 보이면서도 좀 더 성숙한 여인의 향기가 묻어났다.

"조후는 그대로인데 교 낭자는 전보다 더욱 예뻐진 것 같구려."

그 말에 조후가 교청은을 보며 송겸의 말에 맞장구쳤다.

"하하하, 제 눈이 잘못된 게 아니잖습니까."

낙양의 초입에서 만나 함께 걸어오는 동안 조후는 교청은에게 송겸과 같은 말을 했던 것이다.

"이거 왜 이러시나요들, 그래도 술값은 내지 않을 거예요."

말은 그렇게 했지만 교청은의 얼굴은 싫지 않은 표정이었다.

교청은의 말에 일제히 웃음이 쏟아졌다. 웃음이 가라앉자, 조후가 그제야 생각난 듯 두리번거리며 물었다.

"추 형님은 아직 도착하지 않은 모양이죠?"

"이틀 전에 도착했다."

"와우! 이런, 막내인 제가 제일 늦은 거로군요."

"교 낭자는 술을 사지 않는다 하니 늦은 죄로 네가 술을 사도록 해라."

"하하, 그럴 수밖에 없겠는걸요."

세 사람은 곧바로 풍운각으로 들어가 삼층에 자리를 잡았다.

"추 공자도 도착했으면 불러야 하지 않나요?"

"술을 마시고 싶지 않다고 하더구려."

허전한 느낌에 교청은이 묻자 송겸이 간단히 답했다.

"으잉, 추 형님이 그런 말을 하셨단 말입니까?"

"나도 믿겨지지 않지만 지금은 자고 있어. 언제 일어날지도 모르겠다."

술이 놓이고, 몇 순배가 돌면서 교청은과 조후가 지내온 시간들에 대해 간단히 이야기를 늘어놓았다. 두 사람 다 특기할 만한 일은 없었다. 사실 두 사람은 솔직히 털어놓지 않았지만 지난 일 년간 낙양에서의 약속만을 손꼽으면서 지낸 터였다.

"형님은 어떻게 지내셨습니까?"

"음, 기쁜 일이 하나 있었고 나쁜 일이 하나 있었다."

교청은이 얼른 끼어들었다.

"기쁜 소식부터 말해 보세요."

"좀 쑥스럽긴 한데… 아버지를 찾았소이다. 그리고……."

송겸이 말을 잇기도 전에 교청은과 조후가 환호성과 함께 축하의 말을 쏟아냈다.

"호오!"

"와아아!"

"축하드려요."

"축하드립니다, 형님!"

"그리고 아버지의 무공도 찾았으니 내게 지난 일 년은 그리 나쁘진 않은 것인 셈이구려."

교청은과 조후는 평소의 송겸이라면 과장되게 자랑할 만도 한데 그저 씨익 웃는 것으로 그치자, 나쁜 일이 있다는 것에 생각이 미쳤다.

"형님, 나쁜 일이란 무엇입니까?"

"음… 추백이 다쳤다."

"네?"

"대체 누구 짓이죠?"

"수라곡."

교청은과 조후의 눈이 휘둥그레졌다.

"그들은 전혀 본 적이 없는 무공을 펼쳤습니다."

사흘 만에 깨어난 추백이 의문에 찬 시선으로 바라보는 이들을 향해 모든 사건의 전말을 밝힌 마지막 말이었다.

취망산 일행이나 교청은과 조후, 모두가 침묵을 지켰다.

추백이 말한 수라곡 상황의 요지는 이러했다.

약 두 달 전에 반란이 일었다.

반란의 주동자는 수석 장로 오추룡!

상당수가 오추룡 편에 섰고, 끝내 수라곡주를 비롯한 추백의 가족은 죽음을 면치 못했다. 혼란 중에 반란 세력에 맞서는 자들은 가차없이 죽어 나갔다. 그리고 추백은 흑노의 도움으로 가까스로 탈출하게 되었다.

반란이 성공할 수 있었던 요인으로 추백이 꼽은 것은 수석 장로 오추룡과 그의 신복들이 펼친 새로운 무공이었다.

그것은 마치 수라곡 무공을 깨기 위해 만들어진 것 같았다. 어디서 어떻게 그런 무공을 습득하게 된 것인지 추백도 알 수 없는 일이었다.

추백의 무겁게 가라앉은 얼굴 앞에서 모두는 여전히 아무 말도 할 수가 없었다.

송겸의 요청으로 취망산의 일행은 따로 자리를 마련하여 모였다.

"저는 얼마 동안 추백과 함께 있어야겠습니다."

유번과 채상요는 송겸의 의도를 단번에 알아차렸다. 송겸은 그저 머무는 것으로 그치지는 않을 것이다.

"이 문제는 그리 간단치가 않네. 일단 취망산으로 돌아가 노군께 말씀드리고 뜻을 따르는 것이 좋을 것 같군."

아무리 송겸이 성숙노괴의 진전을 이어받아 절정의 경지에 이르렀다 해도 수라곡이라는 거대 문파를 상대하는 것은 불가능한 일이었다.

채상요도 말을 보탰다.

"자네는 수라곡주의 무공이 칠성사괴와 비교해 큰 차이가 있을 것이라고 생각하나? 그렇지 않네. 아주 약간의 손색이 있을 뿐일세. 그런 수라곡주를 쓰러뜨렸다는 것이 무엇을 의미하겠나."

송겸은 두 사람의 말을 들으며 거짓말을 해야 할 때라고 생각했다.

"두 분 다 생각이 너무 앞서가시는군요. 제가 성격이 조금 급하긴 하지만 그 정도는 생각하고 있습니다. 추백에겐 지금 누군가가 곁에 있어주어야 합니다. 그리고 그 누군가는 바로 제가 아니면 안 됩니다. 추백은 오직 낙양에 있을 저를 생각하고 도망쳐 온 것이니까요."

잠시 여운을 둔 후 송겸이 말을 이었다.

"게다가 저는 하북칠살의 일로 사부님의 진노를 사 거의 죽을 뻔했는데 또다시 무모한 짓을 저지르겠습니까. 그런 일은 한 번이면 족합니다."

유번과 채상요는 송겸의 말의 진위를 파악하려는 듯 눈 한 번 깜박이지 않고 바라봤다. 워낙 차분한 어조라 어느 정도 공감이 되기도 해서 선뜻 뜻을 꺾기가 어려웠다.

"자네 생각은 어떤가?"

유번이 채상요에게 은밀히 전음으로 물었다.

"글쎄."

"왜, 걸리는 것이라도 있나?"

"추 공자를 추격하던 이들에게 보인 송 공자의 분노가 너무 커서 말이네."

"음, 그럼 역시 가만히 있지는 않을 것이라는 거군."

"그렇지."

전음으로 의견을 교환한 후 유번이 입을 열었다.

"송 공자, 자네가 추 공자의 곁에 있어준다는 말은 이해할 수 있을 것 같네. 그런데 문제는 이곳 낙양이 그리 안전하다고 할 수 없으니 다

같이 취망산으로 돌아가 마음의 안정을 찾는 것이 더 좋지 않겠나?"

가만히 듣고 있던 유만도 동조하고 나섰다.

"사형, 그렇게 하는 것이 좋겠어요."

송겸이 가만히 고개를 내저었다.

"수라곡에 쳐들어가지 않는 이상, 누가 오더라도 크게 문제될 것은 없습니다. 그냥 제가 말씀드린 대로 하는 것이 좋겠습니다."

"그렇게 할 수 없네."

유번이 단호하게 말했다.

송겸이 한숨을 내쉬었다. 숨긴다고 숨겨질 문제가 아님을 인정해야 했다.

"솔직히 말씀드려서 아직은 어떻게 할지 정하지 못했습니다. 그러나 수라곡으로 가보긴 할 생각입니다. 함께 가자는 말을 하고 싶지만 유만 때문에라도 그럴 수가 없습니다. 사부님께 유만이 얼마나 특별한지 잘 아시잖습니까."

유만이 빤히 송겸을 바라봤다.

"자네도 노군껜 누구보다 소중한 사람이란 걸 모르나?"

채상요의 말이었다.

"알고 있습니다. 제가 어찌 사부님의 마음을 모르겠습니까. 그러나 이제 저는 사부님의 제자이기도 하지만 동시에 성숙노괴로 불린 아버지의 아들입니다. 이번 일은 독왕노괴의 아들로서가 아닌 성숙노괴의 아들로서 처리하고 싶습니다. 사부님께는 그리 전해주십시오."

송겸의 말에 수긍하는 사람은 아무도 없었다.

송겸이 쐐기를 박았다.

“무령각에 가기 전이었다면 절 막을 수 있었겠지만 지금은 저를 막을 수 없습니다.”

유번과 채상요가 입술을 깨물었다. 맞는 말이었다. 지금의 송겸을 두 사람이 막을 방법은 없었다. 제압당한 후 객방 안에 꼴사납게 묶인 채 유유히 떠나는 모습을 지켜봐야 할지도 모르는 일이었다.

무슨 짓을 해서라도 떼어놓으려 할 것이다.

“휴우, 좋네. 하지만 한 가지만 약속해 주게.”

“말씀하십시오.”

“절대 무리하지 않겠다는 말을 해주게.”

“그러겠습니다.”

“…사형!”

유만의 눈시울이 붉게 달아올랐다.

제18장 공효에게 배우다

추백이 경공을 펼칠 수 있는 상태에 이르기까지 한 달가량을 일행은 낙양의 외곽 쪽에 머물렀다. 그동안 수라곡의 추격자들이 귀찮게 하는 일은 없었다.

수라곡으로 향하기 전, 송겸은 교청은과 조후를 동행으로 삼아야 할지에 대해 고심했다. 두 사람은 번번이 입을 열 때마다 함께 가는 것을 당연히 생각하고 말했다.

목숨을 걸어야 하는 일이니만큼 당연히 여기고 있다고 해서 그대로 받아들일 수는 없었다.

관점을 달리해서 이런 생각도 들었다.

어쩌면 물러설 기회가 마련되지 않아 차마 속마음을 드러내지 못하고 있는 것일지도 모른다는.

만약 그런 것이라면 마땅히 포기할 수 있는 기회를 주어야 했다. 그렇지 않다면 친분을 통한 보이지 않는 강요밖에는 되지 않는 것이다.

"이번 길은 결코 쉽지 않을 것이오. 두 사람은 돌아갔으면 하는 것이 내 마음인데, 솔직히 말해 조금 거치적거리는 부분도 있고 말이오."

송겸은 굳이 거치적거린다는 말을 통해 교청은과 조후가 최대한 빠져나갈 구실을 제공했다.

괜히 생각해 주는 척 말하게 되면 두 사람으로서는 더욱 거절하기 힘들어질 것이 분명했다. 그래서 거의 노골적으로, 너희는 따라와 봐야 귀찮을 뿐이다, 그러니 상황만 복잡하게 만들지 말고 그냥 돌아가라는 식의 말을 꺼낸 것이다.

철저히 무시하는 발언에 교청은과 조후가 잠시 멍해지고 말았다.

그러나 곧바로 교청은의 눈가가 붉어지는가 싶더니 당장이라도 눈물을 쏟을 기세로 변해 버렸다.

"어떻게 그런 말을 할 수 있는 거죠? 우리가 그렇게 쓸모없단 말인가요?"

이제껏 피도 눈물도 없을 것 같던 교청은이 입술을 떨며 하는 말에 송겸은 어떻게 대처해야 좋을지 모르게 되고 말았다. 그녀가 화를 내면서 자리를 박차고 나갈 것을 예상했건만, 설마 하니 눈물을 보일 줄은 꿈에도 생각지 못한 송겸이었다.

"아, 아니, 그게 아니라……."

"무슨 일이 있어도 함께 갑니다!"

조후도 눈을 부릅뜨고 말했다.

끝내 교청은의 눈에서 또르르 눈물이 볼을 타고 흐르는 것을 보자,

송겸이 한숨을 내쉬었다.

"휴우, 나는 그저… 혹시나……. 좋소이다. 함께 갑시다."

조후는 물론이고 교청은도 눈물 어린 눈으로 활짝 웃었다.

송겸이 지그시 입술을 깨물었다.

'울다가 웃으면 엉덩이에 털 난다고 하던데. 교 낭자, 걱정이구려.'

먼 길이 시작되었다.

일행의 표정은 과거 함께했던 시간들처럼 밝을 순 없었다.

추백 때문이었다.

한순간에 사랑하는 가족과 그 외 모든 것을 잃은 충격은 추백의 입을 막았고 얼굴을 굳게 만들었다.

일행은 그 심정을 온전히 이해하긴 힘들었지만 누구라도 그런 입장에 처하게 된다면 마찬가지일 것이라는 생각에, 그저 호북성 북쪽에 자리한 수라곡을 향해 나아갈 뿐이었다.

송겸은 열흘째가 되면서부터 간헐적으로 꿈을 꾸었다.

낙양에 도착해서 꾸었던 교청은과 노선배가 교차하는 꿈과 비슷한 내용이었다. 단지 배경과 환경이 여러 형태로 나타난 것이 차이라면 차이였다.

사막에서 교청은을 부르며 멀리까지 쫓다가 가까이에서 확인하면 빙안미성의 모습으로 바뀌는가 하면, 또 어떤 때는 절벽 끝자락에 서 있는 교청은이 곧 떨어질 것처럼 위태위태하다가 추락하여, 가까스로 팔을 붙들고 보니 교청은은 온데간데없고 빙안미성 노선배의 모습이 보였다.

거의 사나흘 간격으로 꿈을 꾸다 보니 이젠 잠이 드는 것이 두려울 정도였다. 빙안미성의 눈빛은 그만큼 아련한 슬픔에 젖어 있어 감당하기 힘든 것이었다.

그러다 보니 어떤 날은 꿈이 현실로까지 나타나기도 했다.

교청은이 고개를 돌려 바라볼 때 느닷없이 빙안미성으로 보이기도 하는 것이었다. 그럴 때면 송겸은 드러내고 놀라진 않았지만 가슴이 철렁 내려앉곤 했다.

'아버지는 노선배에게 너무 큰 잘못을 한 거야.'

하지만 또 한편으로는 어머니에 대한 궁금증이 파도처럼 밀려들기도 했다.

하남성과 호북성의 경계를 막 지날 무렵, 일행은 석건산(石建山)을 관통하려 바삐 걸음을 옮겼다. 해가 저문 뒤였기에 너무 늦은 밤이 되기 전에 산을 넘을 생각이었다.

얼마쯤 갔을까. 사방에 어둠이 깃들고 달도 모습을 보이지 않은 그때, 갑작스레 폭우가 쏟아졌다.

말 그대로 비가 내린다는 정도가 아니라, 하늘에 구멍이 뚫려 물이 새고 있는 것이 아닌가 싶을 정도로 굵은 빗줄기였다.

밤중에 그것도 산속에서의 비는 비 자체도 문제였지만, 시야 확보가 되지 않는 것이 더욱 큰 문제였다. 아무리 안력을 돋운다 해도 횃불을 밝힐 수 없는 상황에서는 더 이상 걸음을 옮길 수 없었다.

송겸은 비록 자안신광을 통해 길을 열 수는 있으나, 조금이라도 빨리 움직이면 다른 이들이 자신을 놓치게 될 것이 뻔한지라 굳이 장대비를 맞아가며 길을 진행하는 것은 무의미하다는 판단을 내렸다.

"잠시 비를 피하는 것이 좋겠는걸. 근처에 동굴이라도 있는지 찾아 봐야겠어."

일각 정도가 지나 다행히 동굴 하나를 찾을 수 있었다.

"여기야."

송겸의 목소리를 따라 일행이 동굴로 들어가 젖은 머리를 털고 옷을 입은 채로 물기를 짜냈다.

바로 그때였다.

"잠깐! 누가 있는 것 같아. 모두 벽으로 붙어."

송겸이 세찬 빗소리 사이로 경고를 발하자 모두 섬뜩한 기분에 휩싸여 입구 가까운 벽으로 몸을 붙였다. 칠흑 같은 어둠인지라 누구든 코앞에 이르러서야만 상대를 확인할 수 있었기에 긴장이 배가되었다.

다른 사람들은 전혀 들을 수 없었지만 송겸은 숨결을 느낄 수 있었다. 강한 빗소리 때문에 숨결만으로 고수인지 평범한 사람인지까지는 구분할 수 없었지만 짐승의 소리와는 확연히 달랐다.

송겸의 눈이 번뜩하고 자안을 발했다가 거두었다.

어둠이 걷혀지면서 동굴 안쪽의 모습이 보이기 시작했다.

불을 피운 흔적과 옷가지들, 이어 삼 장 너머로 한 사람이 새우처럼 웅크려 자고 있는 모습이 보였다.

걸음을 옮겨 가까이 다가가니 그제야 또렷이 확인할 수 있었다.

'응? 아이잖아.'

잠들어 있는 건 이제 고작 열 살 정도로 보이는 아이였다.

'깊은 산속 동굴에서 아이 혼자 잠을 자고 있다?'

혼자서 생활한다고 하기에는 어려도 너무 어렸다. 어린 시절이 결코 행복하지만은 않았던 송겸이기에 마음이 복잡해졌다.

새우처럼 웅크려 자는 거며, 거지나 다를 바 없는 옷차림에 괜히 마음 한쪽 구석이 아팠다. 어쩌면 못된 어른들에게 붙들려 종살이를 하고 있을지도 모른다는 생각도 들었다.

"어린애가 자고 있는걸."

입구 쪽에서 혹시나 하는 염려로 송겸의 반응만을 기다리던 일행이 그제야 안도하는 한편 송겸이 그랬던 것처럼 의문에 사로잡혔다.

"아이라뇨?"

"아니, 어떻게 이 깊은 산속에……."

"자고 있는 건가요?"

송겸은 말 대신 바닥에서 화섭자를 찾아내 불을 지폈다. 마른풀이 그 곁에 있었던 터라 불은 곧 타다 남은 재와 함께 피어나 동굴 안을 훤히 밝혔다.

"워낙 곤히 잠들어서 깨우기 미안하지만 그래도 깨워야겠지?"

송겸이 대여섯 번 정도 몸을 흔들자 그제야 아이가 눈을 찡그리면서 몸을 일으켰다.

"에구, 누가 잠을 깨우는 거야."

"깨워서 미안하구나."

송겸이 씨익 웃자 아이가 뚱한 표정으로 바라봤다. 그리고 송겸의 등 뒤에 선 일행에게도 시선을 던졌다. 그건 '댁들은 뉘슈?' 라고 묻는 것 같았다.

"갑자기 비가 쏟아져서 비를 피할 곳을 찾다 보니 이곳이 눈에 띄더구나."

아이는 그제야 고개를 끄덕이고는 몸을 일으켜 불가에 앉았다.

"저놈의 비는 정말이지 시도 때도 없어요."

사나운 빗줄기에 대고 일갈한 아이가 말을 이었다.

"이 지역은 분지인데다 산 아래 강이 흐르고 있어 갑자기 집중호우가 퍼붓곤 한답니다. 손씨 할아버지 말로는 구름이 산을 넘어가려다 뾰족한 봉우리에 찔려 아파서 우는 거래요."

어느새 불가에 동그랗게 자리를 잡은 일행은 웃음을 터뜨렸다. 아이가 낯선 사람을 보고도 겁을 내지 않고 자연스럽게 말하는 것을 보니 대견스럽기도 하고 또 그 말이 웃기기도 했다.

"하하하, 네 말이 참 재밌구나."

"우는 거였나? 나는 구름이 오줌을 누는 것이라고 생각했는데."

송겸과 조후가 연달아 하는 말에 아이가 입을 쩝쩝거렸다.

"구름이 오줌 싼다는 표현은 너무 진부하지 않아요? 게다가 이곳엔 숙녀 분도 계신데 말이에요."

숙녀로 지칭된 교청은은 어이가 없어 그만 다 늙은 노인처럼 허허거리고 말았고, 구름의 오줌을 읊었던 조후는 크큭거렸다.

"저는 공효라고 해요. 여긴 제 집이구요. 집주인으로서 하는 말인데, 모두 환영하는 바입니다. 하하하!"

이곳이 동굴이란 것을 잊고 공효의 말만 듣는다면 무슨 거창한 장원이라도 되는 성싶었다.

"공효라… 그래, 반갑구나. 나는 송겸이라고 한다."

송겸의 말에 이어 주르르 자신의 이름을 소개했다.

"나는 조후."

"교청은이야."

"추백이다, 반갑구나."

"다들 무림인인가 보죠? 싸움 잘해요?"

공효의 시선이 송겸의 등 뒤에 매인 검으로 향했다. 역시 어린아이다운 질문이었다.

"뭐, 그럭저럭. 누구한테 맞고 다닐 정도는 아니란다."

"아직 강자를 못 만난 모양이죠? 크크크."

공효는 자신이 던진 농담이 스스로 만족스러웠는지 혼자 크큭댔다. 이어 웃은 게 미안했던지 어색하게 헛기침을 한 후 말했다.

"그래도 손님인데, 뭐 대접해 드릴 것이 없네요. 사과가 하나 남았었는데 아까 잠자기 전에 먹어버렸거든요. 다음에 혹시 오게 되면 미리 말씀을 하고 오세요."

공효의 말속에는 어린 소년의 치기가 묻어나긴 했지만 그래도 부모 없이 혼자 지내는 아이라고는 믿을 수 없을 만큼 밝기 그지없었다.

"여기가 네 집이란 말이냐? 부모님은?"

추백이 물었다. 추백은 어린 공효가 혼자가 되었음에도 전혀 그늘을 보이지 않는 모습에 은근히 놀라고 있던 중이었다.

"부모님요? 두 분 다 돌아가셨어요. 가끔 쓸쓸하기도 하지만 그래도 이젠 적응이 돼서 살 만해요."

일행은 설마설마 하다가 너무 쉽게 공효가 부모 없이 혼자 되었다고 말하자 은근히 놀라는 눈치를 보였다.

"네 얘기를 들려줄 수 있겠니? 물론 내키지 않는다면 말하지 않아도 상관없다만."

송겸은 자신의 어린 시절이 생각나기도 했지만, 어쩌면 공효의 이야기가 추백에게 힘이 될 수 있다는 생각으로 말했다.

"뭐, 어려울 건 없죠. 이왕 잠도 깨버렸고 비도 당장 그칠 것 같진 않으니까요."

공효가 나뭇가지 하나를 장작불 위에 던져 놓고 말을 이었다.

"우리 집은 산 아래쪽에 있었는데, 아버지는 사냥을 하거나 약초를 캐는 일을 하셨고 어머니는 주로 집안일을 하셨지만 틈틈이 밭을 매기도 하셨죠. 근데 일 년 전이었어요."

일 년 전, 불행은 산사태가 원인이었다.

폭우가 쏟아지던 날 저녁, 무슨 폭포수마냥 쏟아진 흙더미가 집을 덮쳤다. 공효가 목숨을 건질 수 있었던 건 그 시간 친구 집에 가 있었기 때문이다.

소박한 행복을 간직하며 살던 부모의 죽음 앞에 공효는 얼마나 많은 눈물을 흘렸는지 모른다. 미치광이처럼 산을 향해 울부짖고 하늘을 원망했다.

"그땐 정말 살고 싶지 않더라구요."

공효는 웃고 있었지만 송겸을 비롯한 모두는 웃음 뒷면에 웅크린 슬픔이 보이는 것 같아 아무 말도 할 수 없었다.

"그 뒤에 많은 분들의 도움을 받았어요. 함께 살자고 하는 분들이 너무 많아 거절하기가 쉽지 않았다니까요."

"왜 거절했지?"

송겸의 물음에 공효가 어깨를 으쓱했다.

"그냥요. 괜히 저 때문에 피해를 주고 싶지 않았어요. 물론 그분들은 밥그릇 하나만 더 놓으면 되는 거라고 말씀하셨지만 말처럼 간단한 일은 아니잖아요."

그 뒤 공효는 동굴로 들어왔다. 아버지와의 사냥 길에서 발견한 동굴이었고, 가끔 혼자 올라와 낮잠을 자고 가기도 했던 곳이었다.

또한 여러모로 아는 것이 부족했지만 약초를 캐던 아버지의 어깨너머로 보고 배운 것을 토대로 약초를 캐며 생활했다. 좀 더 크면 아버지가 그랬던 것처럼 사냥도 할 생각이었다.

그리고 늘 글공부를 게을리 하지 말라던 어머니의 평소 가르침을 따라 돈의 일부는 책을 구입하는 데 사용했다.

공효는 이야기를 마치면서 동굴 오른쪽 귀퉁이에 자리한 상자를 가리켰다.

"저기 상자 보이죠? 저게 바로 저만의 서재예요."

"아주 훌륭하구나."

송겸은 진심이었다.

송겸은 자신도 나름대로 꿋꿋하게 살아왔다 생각하고 있었지만 공효에 비하니 조금 모자란 것이 아닌가 싶을 정도였다.

나이 삼십이 넘고 그 이상이 되어도 스스로의 마음을 다스리지 못하는 사람이 세상엔 얼마나 많던가.

세상을 직시할 용기를 갖지 못해, 작은 고민을 마치 큰 파도처럼 두려워하며 스스로 목숨을 끊고자 하는 사람이 한둘이 아니건만 공효는 어린 나이임에도 용기와 의지가 태산과 같다고 해도 과언이 아니었다.

공효의 이야기는 송겸뿐 아니라 나머지 일행에게도 각기 자신을 돌아보게 만들었다.

특히 추백의 마음이 더욱 그러했다.

비록 살해당한 것이란 차이가 있긴 해도 그동안 온 세상의 슬픔은 모두 다 내 차지라는 듯 어둡기만 했던 모습이 부끄러워졌다.

'어찌 저 아이가 슬프지 않겠는가. 또래의 아이들이 부모의 손을 잡고 걷거나 괜히 응석을 부리는 모습을 보면 마음 한구석이 저려오는 것은 어쩔 수 없을 것이다. 그렇지만 공효는 굳이 태를 내지 않으려 하는구나.'

극과 극은 통한다고 했다.

지나친 슬픔은 도리어 허탈한 웃음에 이르고, 끝 간 데 없이 웃는 모습 속에서 바다와 같은 슬픔을 본다.

추백은 이것이 바로 공효의 현재 모습이라고 생각했다.

그러자 부끄러운 마음이 솟아나며 얼굴이 달아올랐다. 장작불의 불빛이 어른거리며 얼굴 위에서 춤을 추지 않았다면 모두에게 들키고 말았을 것이다.

"다들 무슨 생각을 하고 계신 거예요?"

심각한 얼굴을 하고 있는 모습이 싫다는 듯 공효가 외치자, 그제야 일행은 각자의 상념에서 벗어났다.

"제발 부탁인데 어설픈 위로 같은 건 하지 말아주세요. 저는 하나도 힘들지 않으니까요. 세상사 별거 있나요. 힘들게 살아도 하루가 가고, 웃으며 살아도 하루가 가는데, 굳이 힘들다고 생각하면서 하루를 보낼 필요는 없잖아요."

이젠 거의 공효가 일행의 어깨를 두드리는 격이었다.

"아주 대견하구나."

송겸이 공효의 머리를 쓰다듬었다.

'내 나이가 마흔 살만 넘었어도 제자로 삼으면 좋으련만.'

제자를 거둔다는 생각에 이르자 괜히 웃음이 났다.

'제자라… 후후, 그것참 재밌겠는걸.'

순간 사부의 모습이 떠올랐다. 늘 괴롭히는 것이 생활이 된 사부였지만 그 마음에 얼마나 큰 애정이 담겨 있는지 모른다. 자신도 그런 사부가 되고 싶었다.

빗줄기는 처음과 달라진 것이 없었고, 밤도 깊어져 가는지라 공효와 일행은 잠자리를 준비했다.

공효는 예의 바르게 교청은을 위해 특별히 자리를 베풀어주어 교청은을 감동시켰다.

그날 밤은 추백은 물론이고, 모두에게 마음이 따뜻해지는 밤이었다. 폭포수처럼 쏟아지는 빗줄기도 정겨운 소리가 되어 잠을 불렀다.

어슴푸레 날이 밝아질 무렵, 어느새 비는 그친 상태였다.

송겸은 소리없이 일어나 동굴 밖으로 나갔다.

동쪽 하늘로부터 막 태양이 솟아오르려 꿈틀거렸고, 언제 비가 왔냐 싶게 하늘은 구름 한 점 없었다.

평평한 바위 위에 가부좌를 틀고 운기행공으로 아침의 맑은 기운을 담아냈다. 일 식경 정도가 지나 청량한 기운 속에서 행공을 마치려 할 때 뒤쪽으로부터 인기척이 들렸다.

운기를 끝내고 고개를 돌리니 공효가 걸어오고 있는 것이 보였다.

“일찍 일어났구나.”

“형도 일찍 일어났네요.”

“형?”

송겸이 웃으며 반문하자, 공효가 어깨를 으쓱했다.

“그럼 아저씨라고 부를까요?”

“하하. 그래, 형이 낫겠다.”

“원래 이렇게 일찍 일어나나요?”

공효가 옆 자리에 앉으면서 말했다.

“아니, 요즘 잠을 못 자는구나.”

꿈 때문이었다. 빙안미성의 슬픈 눈을 보아야 하는 꿈.

“흐흐, 내가 알아맞혀 볼까요?”

“뭘?”

“같이 온 누나 때문이죠? 좋아하는 거 맞죠?”

공효가 짓궂게 웃었다.

“하하! 녀석, 못하는 소리가 없네.”

“좋게 말할 때 사실대로 말해 보세요.”

“뭐, 좋아한다고 할 수 있겠지. 문제는 그 누나라는 사람이 날 별로 좋아하는 것 같지 않는 정도랄까.”

“좋아한다고 고백해 보세요.”

“글쎄다. 언제 적당한 때가 오겠지.”

그러다 송겸은 갑자기 생각난 듯 무릎을 쳤다.

“사냥을 하고 싶다고 했지?”

“네, 근데 왜요?”

“네게 몸을 튼튼히 하는 방법을 가르쳐 주마.”

송겸은 공효를 제자로 받을 입장은 아니었지만, 이 작지만 야무진 아이에게 뭔가를 해주고 싶었다. 사부에게 득을 받지 않아 취망산에서 익힌 무공을 전수할 순 없어도 아버지의 무공이라면 문제될 것이 없었다.

“정말인가요?”

공효가 눈을 반짝였다. 이런 촌구석에서 무공을 익힌 사람을 만나는 것도 드물지만 배운다는 것은 꿈같은 일이기 때문이다.

“나는 곧 떠나야 하니 네게 많은 것을 가르쳐 줄 순 없구나. 하지만 꾸준히 익힌다면 크게 쓸모가 있을 것이다.”

“감사합니다. 감사합니다.”

공효는 활짝 웃으면서 연방 머리를 숙였다.

송겸은 즉시 공효의 근골을 살폈다. 골격은 나무랄 데가 없었다. 단지 무공을 익힌 적이 없어 약간 틀어진 곳이 보였다.

“약간 굽어진 뼈마디를 조정해야 할 것 같구나. 조금 아플 텐데 참을 수 있겠느냐?”

“어느 정도인지는 몰라도 참을성은 꽤 있는 편이에요.”

공효는 씩씩하게 답했다. 송겸이 고개를 끄덕이고 천기신공을 운용해 근골을 매만졌다.

뚜드득. 뚜득. 뜨득.

연신 뼈마디가 부러져 나가는 듯한 통증이 일어 공효는 이를 악물었다. 하지만 비명을 지르진 않았다. 얼마 지나지 않아 고통보다는 온몸이 시원해지는 느낌이 들자 공효는 참아내길 잘했다고 생각했다.

송겸은 공효가 눈물을 찔끔하긴 했지만 끝까지 소리를 지르지 않는 것이 여간 대견스럽지 않았다.

"자, 이제부터는 내가 하는 말을 한마디도 놓치지 말고 기억하도록 해라."

송겸은 천기신공 중 가장 기본적인 구결을 설명했다. 두 번 연달아 읊조린 후 공효에게 물으니 공효는 한두 군데 빠뜨리긴 했지만 대체로 잘 기억해 냈다.

완벽히 암기할 수 있도록 한 번 더 구결을 불러주자 공효는 한 치의 오차도 없이 암기해 냈다.

"반드시 아침저녁으로 한차례씩 운기하고, 그 외에도 시간을 내서 수련한다면 네 성취에 따라 빠르면 일 년 정도 지나선 추위와 더위를 걱정하지 않아도 될 것이다."

공효는 대답 대신 빤히 송겸을 바라보았다. 송겸이 '이 녀석, 왜 이래? 내 얼굴에 뭐라도 묻었나?' 란 생각을 할 때, 공효가 갑자기 엎드려 절을 하기 시작했다.

"하루를 배워도 스승님은 스승님입니다. 저를 다시 찾지 않으셔도 상관없습니다. 오늘의 가르침을 소중히 간직하겠습니다."

송겸은 너무 갑작스럽고 또 기가 막혀 웃음을 터뜨리고 말았다.

맹랑함이 가히 자신을 능가하는 것 같다는 생각이 들었다.

"허허, 고 녀석. 꼭 다시 오라는 말보다 더 무섭구나. 스승이나 사부라는 말은 내겐 아직 이른 것 같다. 나도 아직 배우고 있고, 나이도 많지 않으니 지금은 좀 그렇지. 하지만……."

송겸이 잠시 뜸을 들이자 공효가 눈 한 번 깜박이지 않고 바라봤다.

"하지만 나중에 다시 오겠다고 약속하마. 만약 그때 상황이 허락된다면 네게 더 많은 것을 가르쳐 주마."

"감사합니다. 감사합니다. 형, 아니, 스승님."

"그냥 형이라고 해."

송겸이 공효를 일으켜 세웠다.

"스승님의……."

공효가 다시 스승 운운하자 송겸이 말을 자르며 머리를 쥐어박는 시늉을 했다.

"녀석아, 형이라고 부르래두."

"그래도……."

"어허!"

송겸이 입을 앙다물자 공효가 배시시 웃으며 말했다.

"네, 알았어요. 아, 그런데 한 가지 궁금한 게 있어요."

"말해 보렴."

"무림인들은 강호에서 따로 불리는 이름이 있다고 하던데, 별, 별 뭐라고 하던데요? 형도 그런 게 있나요?"

"별호?"

"네! 맞아요, 별호!"

"글쎄."

송겸은 별호에 대해서는 한 번도 생각해 본 적이 없었기에 딱히 뭐라고 말해 줄 수가 없었다.

"하하하하!"

이제까지는 크게 신경 쓰지 않았는데 별호가 없다는 것이 어쩐지 무안해져 송겸은 크게 웃는 것으로 겸연쩍음을 감추려 했다.

"하하하하! 나는 그런 거 없다. 별호 같은 건 과장하기 좋아하는 사
람들이 만들어내는 거란다."

"피이, 그런 게 어디 있어요."

공효는 말은 그렇게 했지만 실망한 표정은 아니었다.

"나중에, 아주 나중에라도 꼭 오셔야 해요?"

송겸이 손을 내밀었다.

공효가 손을 맞잡았다.

"그래, 꼭 오마."

제19장 천강검

아무것도 들을 수 없었다.

어떤 정보도 얻을 수 없었다.

그렇게 나흘이 흘렀다.

작은 소득의 열매가 맺혔다.

미약한 소리가 들리기 시작했다.

"내 차례가 올까?"

"언젠간 오겠지."

"그래, 언젠간 오겠지. 그러나 꽤 오래 기다려야 할 것 같아서 하는 말이네."

"그렇지. 곡주님이 새로 창안한 무공들은 신기막측하기 그지없어 모

두 하나같이 자기 차례가 되길 기다리니 우리에겐 그야말로 까마득할
뿐이지."

"신기막측이라… 수라곡의 무공이 아무 쓸모 없이 되었으니 그 말
외에는 달리 적당한 말이 없겠군."

"아직도 이 상황이 믿어지지 않네."

"목소리가 너무 커."

"제길, 들으라면 들으라지. 죽기밖에 더 하겠어. 어찌 그런 작자가
곡주의 자리에 앉을 수 있단 말인가."

"휴우, 누가 아니래나. 하지만 절대 그런 말을 입 밖으로 내서는 안
돼. 기분이 우울하면 내게만 말해야 하네. 알겠나?"

"물론 오추룡인지, 오추어인지 하는 놈에게 죽지 않으려면 입 닥치
고 있어야겠지. 가끔 이런 생각이 드네, 과연 오추룡을 싫어하는 이들
이 우리뿐일까 하고 말이야."

"또 누군가가 있겠지. 하지만 한 명 한 명 물어보고 다녔다간 흔적
도 없이 사라지는 것은 시간문제야."

"제기랄. 강호의 의리가 아무리 땅에 떨어졌기로서니 이런 하극상을
두 눈 뜨고 보게 될 줄이야."

"쉿, 조용히 하게. 누가 오고 있어."

"……."

"들었나?"

"뭘?"

“독안정수가 또 거절했다는 말.”

“아, 천강검(天剛劍)! 그 노인네 고집도 대단하군.”

“목숨을 여벌로 보관하고 있는 것일까?”

“크크, 그럴 리가 있나. 그건 중원제일의 장인이라 불리는 그의 기백
이랄 수 있겠지.”

“아무리 독안정수라 해도 그렇지, 어차피 수라곡의 것인데 의뢰자가
죽었다고 해서 양도할 수 없노라 버티는 건 죽으려고 용쓰는 것으로밖
에는 보이지 않거든.”

“그래, 그 대장장이 노인의 목숨도 얼마 남지 않았다고 봐야겠지.”

“세 번째가 마지막이 될 것이란 말인가?”

“세 번의 기회면 충분하다고 보는 것 같더군. 그 이상 참기는 어렵
지 않겠어?”

“독안정수가 어떻게 나올지 흥미진진하군.”

*　　　　*　　　　*

송겸은 수라곡 주위에 은신하며 캐낸 정보들을 일행에게 펼쳐 보였
다. 거의 한 달을 소비하며 얻은 소중한 보물들이었다.

“결코 쉬운 일은 아니겠으나 두 가지 가능성을 포착했다.”

송겸은 수라곡을 되찾는 두 가지 핵심적인 요소를 설명했다.

“첫 번째 희망은 수라곡이 오추룡의 손에 넘어갔지만 모든 수하가
그를 믿고 따르는 것은 아니라는 점이다.”

송겸이 추백을 향해 시선을 주며 말을 이었다.

“아직 많은 이들이 네 아버님을 그리워하고 안타깝게 여기고 있었다.”

수라곡이 가까워지면서 노출을 피하기 위해 여장으로 꾸민 추백이 감회에 젖는 듯 지그시 눈을 감았다.

“그들은 서로를 믿지 못해 드러내 놓고 자신의 마음을 털어놓지는 못하고 있지만, 어떤 촉매가 작용한다면 충분히 돌아설 것이 분명하다.”

“결정적인 계기로 추 공자가 살아 있다는 것을 눈으로 확인한다면 세력이 나뉠 수도 있겠군요.”

교청은의 말에 조후가 고개를 가로저었다.

“형님의 존재로는 부족해 보입니다. 더 확실한 뭔가가 필요할 것 같습니다만……..”

송겸이 고개를 끄덕였다.

“네 말이 맞다. 우린 그 확실한 뭔가를 찾아야 해.”

“둘째는 뭔가요?”

“두 번째는 오추룡을 외부로 끌어낼 수 있을 것 같다는 것이지.”

일행의 얼굴에 화색이 돌았다.

그들은 유번 등이 떠나기 전 들려주었던 말을 기억하고 있었다.

송겸이 성숙노괴의 진전을 이어받아 거의 칠성사괴에 육박하는 경지에 이르렀다는 것. 그렇기에 오추룡을 외부로 끌어낼 수만 있다면 해볼 만한 일이었다.

일행은 수라곡이 가까워지면서 여러 가지 방법에 대해 의견을 나눴었다.

제아무리 송겸의 무공이 높은 경지에 이르렀다곤 해도 혈혈단신으로 수라곡에 뛰어들어 그 모든 고수들을 상대할 순 없다는 것을 알기에, 가장 먼저 떠오른 방법은 독의 사용이었다.

물론 독공을 제시한 건 송겸이었다.

송겸은 무령노괴의 사상 초유의 복수에 대해 설명하고, 독공으로 많은 이들을 무력화시킨 후 오추룡과 잔당들을 상대하면 된다고 말했다.

그러나 일행은 송겸의 의견을 받아들이지 않았다.

당시 무령노괴가 독을 이용할 수 있었던 것은 생사여탈문에 속한 상태였고, 어느 누구도 그의 의도를 의심한 이가 없었던 상황에서 가능했던 일이란 점을 간파했기 때문이다.

송겸이 독을 타기 위해서는 내부로 잠입을 해야만 하는데, 그건 솔직히 위험 부담이 너무 컸다.

이어 교청은이 제시한 방법은 수라곡 내부로 흘러가는 시냇물을 이용하자는 것이었다. 시냇물에 독을 타서 흘려보내면 손쉽게 장악할 수 있다는 것이 그녀의 설명이었다.

그러나 즉각 조후가 반대하고 나섰다.

시냇물을 이용할 시 수라곡 사람들뿐 아니라 그 물이 흘러흘러 일반인들에게까지 피해를 줄 수 있다는 점을 지적한 것이다.

교청은도 수긍하지 않을 수 없었다.

이렇듯 여러 각론 속에서 내부로 침투하는 방법이 보이지 않자, 오추룡을 외부로 끌어내는 쪽으로 의견을 모았다.

그러나 그 방법을 생각해 내지 못하고 있었는데, 이제 송겸이 해결책이 있다고 하니 모두 기대하는 눈빛이 된 것은 당연한 것이었다.

"천강검에 대해서 알고 있는 것이 있으면 말해 보렴."

"아, 천강검!"

송겸의 물음에 추백이 옅은 탄성을 토한 후 말을 이었다.

"오 년 전쯤 아버지께서는 한 덩이의 현철을 발견하셨습니다. 그것으로 아버지는 검을 만들고 싶어하셨죠. 아버지는 곧바로 평소 친분이 있는 독안정수 고청님께 의뢰하였답니다. 천강검은 아버지가 미리 이름 붙인 검의 이름입니다."

"음, 그렇구나. 현재 오추룡은 천강검에 눈독을 들이고 있는 상태다. 그런데 독안정수가 두 번이나 그 뜻을 거절한 모양이야."

교청은과 조후가 박수를 치며 외쳤다.

"독안정수가 오추룡에게 오라고 하면 되는 거군요!"

"더욱이 독안정수가 호의를 품고 있었다니, 이보다 더 좋을 순 없겠습니다."

송겸이 미소를 띠고 물었다.

"독안정수의 거처를 아느냐?"

"대략적인 위치는 알고 있습니다."

"좋아, 가자."

독안정수의 거처는 그리 멀리 있지 않았다.

수라곡에서 남쪽으로 이틀 정도의 거리. 일행은 추백의 말에 따라 대략 부근에 이른 후 주위 사람들에게 물어 독안정수의 거처가 독안정이라 불린다는 것과 함께 상세한 위치를 알아냈다.

독안장은 고요한 호수와 같이 잠잠했고 대문은 굳게 닫혀 있었다.

이미 해가 저물고 어둠이 임하고 있었기에 분위기는 을씨년스럽기까지 했다.

"계십니까?"

연이어 불러보았지만 어떤 인기척도 없었다.

"계십니까, 독안정수님을 뵈러 왔습니다."

이번에는 목소리에 내력을 실었다.

멀리서부터 가벼운 발걸음이 다가오는 것이 느껴졌다.

이윽고 문이 열리고, 사십 대 중반으로 보이는 사내가 굳은 표정으로 나타났다.

"누구요?"

사내의 말투는 그의 표정만큼이나 싸늘했다. 입에서 얼음이라도 튀어나올 것만 같았다.

"독안정수님을 만나러 왔습니다. 중요한 일입니다."

송겸은 말을 하면서 그를 자세히 살폈다. 태양혈 쪽이 솟아 있는 것이 내공 방면에 조예가 있음을 알 수 있었다.

"어르신은 출타 중이시오. 먼 길이라 반년 후에나 뵐 수 있을 것이오."

"우리는 반년이나 기다릴 여유가 없습니다."

송겸은 그의 말이 거짓임을 알고 있었다.

"그거야 그쪽 사정이니 내가 알 바 아니오. 정 급하다면 운남으로 가보는 것도 좋겠구려."

사내는 눈 한 번 깜박이지 않고 굳건히 말한 후 문을 닫았다.

문이 거의 닫히려 할 때 송겸이 손을 뻗어 지그시 밀고 성큼 안으로 걸음을 내디뎠다.

"이 무슨 무례냐!"

사내는 금나수법을 펼치려는 듯 송겸의 몸을 향해 손을 뻗었다.

그러나 그것은 어디까지나 희망 사항이었다.

송겸의 손이 보이지도 않을 만큼 빠르게 움직여 그의 가슴을 훑어 내렸다.

"헉!"

마혈이 제압당한 사내의 눈이 놀람으로 가득 찼다.

'빠르다!'

그는 단연코 이런 솜씨를 견식조차 해보지 못한 터였다.

만일 악한 마음을 품은 자라면?

그렇다면 절망이었다. 독안장 내에 상대할 만한 사람은 아무도 없을 것이다.

"저는 어릴 적부터 예의를 배운 적이 없습니다."

그러나 사실 말과는 달리 송겸은 그 어느 때보다 예의를 갖춘 것이라 할 수 있었다.

"대체 원하는 것이 무엇이냐?"

"다른 뜻은 없습니다. 우리는 그저 독안정수님께 도움을 받으러 온 것뿐입니다. 믿지 못하겠다면 지금 소리쳐서 사람들을 부르는 것이 좋겠군요."

그러나 사내는 조용히 입을 다물 뿐 다른 이를 부르지 않았다.

송겸은 가만히 바라보다 손을 뻗어 그의 혈도를 풀어주었다.

"괜한 행동은 하지 않는 게 좋습니다."

사내는 물끄러미 송겸을 바라보다 길게 한숨을 내쉬었다.

"휴우, 어쩔 수 없구려. 나를 따라오시오. 하지만 어르신의 몸이 많이 불편하니 도움을 얻기는 힘들 것이오."

의외의 말에 송겸을 비롯한 일행의 얼굴이 어두워졌다.

내전에 든 일행에게 중년인은 탁자를 가리키며 말했다.

"이곳에서 기다리시오."

자리에 앉아 주위를 살피니, 벽마다 각종 병기들이 정갈하게 정리되어 있는 것이 보였다. 어느 것 하나 가볍게 대할 수 없는 기품이 풍겨났다.

조후가 자신도 모르게 탄성을 토하며 말했다.

"아! 중원제일의 장인이라는 말이 결코 헛된 소문만은 아니로군요!"

누구도 대꾸를 하진 않았지만 속으로는 모두 고개를 끄덕였다.

더 좋은 여건과 환경으로 이곳에 온 것이라면 감탄하느라 한바탕 소란을 피웠을지도 모를 일이었다.

얼마나 지났을까. 대충 일 식경 정도가 지나자 안내했던 사내와 그 뒤로 백발이 성성하고 허리가 약간 굽은 키 작은 노인이 힘겹게 걸어나왔다. 노인의 오른쪽 눈에 검은 안대가 보인 터라 독안정수임이 틀림없어 보였다.

독안정수는 걷는 것도 힘이 드는지 아주 느린 걸음으로 한 걸음씩 움직이고 있어, 과연 오늘 밤 안으로 탁자에 이를 수 있을지 염려스러울 지경이었고, 심지어 도움을 청하러 온 송겸 등이 미안한 마음이 일 정도였다.

송겸과 일행이 자리에서 일어나 독안정수를 맞았다.

독안정수는 일곱 걸음 정도를 남겨놓고 천천히 고개를 들어 낯선 방문객들을 훑어보았다.

"젊은 사람들이 늙은이를 피곤하게 하는군."

독안정수의 목소리는 작고 심하게 갈라져 나왔다.

중년인의 도움으로 의자에 앉은 독안정수의 한쪽밖에 없는 눈은 흐릿하니 초점이 없었다.

"도움을 구하고자 무례를 무릅썼습니다. 저는 수라곡주의 아들 추백이라고 합니다."

추백이 여장을 벗겨내고 말했다.

"네가 절대패검의 아들이라고? 흐흐흐, 다행히 아직 죽지 않은 모양이로구나."

추백의 말에 의하면, 절대패검과 독안정수는 친분이 있다고 했지만 독안정수의 대응을 볼 때 호의적인 말투는 결코 아니었다.

독안정수가 말을 이었다.

"나는… 수라곡이 어떻게 되든 내 알 바 아니다. 또 사실상 돕고자 해도 도울 힘도 없으니 어찌하겠느냐."

"오추룡에게 천강검을 주지 않았다고 알고 있습니다. 천강검을 빌미로 오추룡을 밖으로 끌어내 주시기만 하면 됩니다."

"아! 오추룡. 그래, 그가 수하들을 보내서… 그런 말을 하긴 했지. 그러나 내가 두 번이나 거절했던 건… 절대패검에게 연민이 있어서가 아니라… 단지 천강검은 이미 절대패검의 기운을 담아놓은 터라… 명색이 장인으로서 다른 이에게 넘길 수 없었기 때문이다."

독안정수는 말하는 것도 힘이 드는지 말을 끝낼 듯하면서 이어 나갔다.

추백이 자리를 박차고 일어나 독안정수에게 절하며 머리를 바닥에 찧었다.

"부디 도와주십시오. 오직 희망은 그것뿐입니다."

"허허허, 젊은 녀석이… 벌써 귀가 먹은 게냐. 또한 그를 끌어낸다고 해도… 네놈들이 무슨 방법으로 그를 제압하겠다는 거냐."

"제가 할 수 있습니다."

송겸이었다.

"네가?"

"네놈이? 흐흐흐… 그래, 그럴 수도 있겠지……. 힘이 남아 있거들랑 시간 낭비 말고 다른 방편을 찾아보도록 해라."

그때였다. 독안정수가 말을 마치고 막 몸을 일으키려 하는 그 순간, 송겸이 벼락같이 일어나 탁자를 뒤엎어 버렸다.

"씨발, 그럼 다 죽는 거다!"

탁자가 날아가 벽에 부딪쳐 산산조각났고, 송겸은 어느새 빼 든 검으로 독안정수의 목에 겨누었다.

"다 필요없어! 영감쟁이, 이건 그대가 자초한 거다!"

송겸의 분노가 폭발하며 눈동자가 자안으로 한순간 빛났다가 스러졌다.

"도대체 무슨 짓거리냐!"

독안정수의 옆에 시립해 있던 중년 사내의 손이 분노로 부들거렸다.

변화는 한순간에 일어났다.

이제껏 흐리멍덩하기만 하던 독안정수의 눈빛이 예기로 번뜩인 것이다.

독안정수는 송겸의 눈을 바라보다가 탁자를 밀칠 때 옷 밖으로 튀어나온 자월도에서 시선을 떼지 못했다.

"자월?"

독안정수는 혼잣말처럼 중얼거리다 급히 물었다.

"너는 누구냐? 왜 네놈이 자월을 가지고 있는 것이냐?"

"자월은 아버지의 것이오."

독안정수가 자월을 알아보자 송겸의 마음도 조금 누그러져 검을 거뒀다.

"아버지? 성숙노괴가 네 아버지란 말이냐? 어, 어떻게 그런 일이……."

독안정수의 변화는 비단 눈빛만이 아니었다. 몸도 지탱하지 못할 것처럼 허약해 보이던 그는 어느새 강단있는 노인이 되어 있었다.

"앉거라. 네 얘기를 듣고 싶구나."

"먼저 도움을 줄 것인지 아닌지부터 알고 싶군요."

"네가 홍자생의 아들이면 도와주마."

송겸을 비롯한 모든 일행의 얼굴이 밝아졌다.

송겸의 입이 열렸다. 마음을 가라앉히고, 사부 독왕노괴를 만난 때로부터 무공을 익힌 것이며, 빙안미성과의 만남, 그리고 얼마 전에 무령노괴의 도움으로 무상심법을 찾게 된 것까지 굵직굵직한 내용을 간략하게 설명했다.

독안정수는 외눈마저 감고 깊은 감회에 젖어들었다.

'홍제, 내 살아생전에 너의 아들을 보게 될 줄은 몰랐구나. 독괴가 아주 잘 키워놓은 게야. 꼭 너를 보는 듯하구나. 내가 도와주마. 너의 아들을 위해서라면…….'

독안정수는 악성 고이연을 통해 성숙노괴를 알게 되었는데, 서로는 서로에게 마음으로 감복해 의형제를 맺은 사이였다.

그가 건넨 선물이 바로 지금 송겸이 지닌 자월도였다.

독안정수는 단순히 검을 만드는 장인이 아니었다. 그는 병기와 그 주인이 한 덩이가 되는 일체감을 중요시했는데, 성숙노괴의 자안신광을 보고서 자안과 연동될 수 있는, 그의 최고의 작품이랄 수 있는 자월을 만들게 된 것이다.

"그렇게 된 것이었구나. 그렇게 된 것이었어……."

그는 혼잣말처럼 중얼거리다 잠시 여운을 준 후 말을 이었다.

"홍자생은 나의 의제(義弟)며, 내가 자월을 만들었다. 내 앞으로 홍제 같은 이를 만날 수 있겠으며, 내 어찌 자월 이상 가는 병기를 만들 수 있겠느냐."

뜻밖의 말에 모두의 얼굴에 놀람이 번졌다.

송겸은 말없이 자월을 벗어 독안정수에게 건넸다.

독안정수는 아기를 건네받듯이 조심스럽게 자월을 손에 넣었다.

흑혁에서 나온 자월은 투명한 빛을 발산했다. 독안정수는 그런 자월을 사랑스럽게 매만졌다. 그가 얼마나 자월을 소중히 여기는지 짐작이 가고도 남음이 있었다.

"너는 자안으로 자월을 완벽히 통제할 수 있다고 했느냐?"

"그렇습니다."

"보여줄 수 있느냐?"

송겸이 살짝 고개를 끄덕이고는 자월을 받아 앉은 채로 허공으로 날렸다. 송겸의 눈이 자줏빛으로 빛나면서 자월을 유도했고, 자월은 벽을 비스듬히 스치듯 지나면서 다시 송겸의 손 안으로 빨려들었다.

"하하하하! 훌륭하구나, 훌륭해! 좋다. 수라곡의 오추룡이라고 했느냐? 그놈을 잡아보자꾸나!"

*　　　*　　　*

"으하하하하하하!"

태사의에 앉은 오추룡이 화통하게 웃었다.

그는 지금 손에 들린 서신의 내용이 무척 마음에 들었다.

언제까지라도 포기하지 않으실 듯하여 곡주께 천강검을 드리고자 하외다. 자고로 만병의 으뜸은 검이며, 그중 뛰어난 것은 검이 주인을 알아보는 것입니다. 익히 알고 계시다시피 천강검은 이미 절대패검의 기운을 흡수한 상태인지라 부득이 두 번이나 거절할 수밖에 없었습니다. 그러나 곡주의 뜻이 완곡하고 검을 아끼는 마음이 남다른지라 예외를 두어 천강검의 주인을 바꾸어볼 요량입니다. 절대패검의 기운을 제하고, 곡주의 기운을 불어넣어야 하니 가까운 시일 안에 독안장으로 오시길 바랍니다.

한 가지 덧붙여 말씀드릴 것은 정결한 의식이 진행되어야 하므로 서너 명의 호위만을 대동하시어 사기가 침범치 않도록 주의를 기울여 주실 것을 당부드립니다.

독안정수 고청.

"하하하하! 천하의 독안정수도 어쩔 수 없구나! 내 당장 가리라."

제20장 오추룡의 배후

사두마차 한 대가 독안장으로 향했다.

거센 마부의 채찍질은 말들의 발길을 재촉했고, 마차 곁으로는 좌우로 날개를 달듯 각기 두 명의 검객이 마차를 호위하며 경공을 펼쳤다.

독안장까지 하룻길을 남겨둔 지점에 마차가 진행할 때쯤 송겸은 먼 발치에서 마차를 주시하며 마차가 앞서 가기를 기다렸다.

독안정수의 말이 머리를 스쳤다.

"오추룡은 의심이 많은 자다."

송겸은 은밀히 마차를 따르며 마차의 행적을 머리에 그려 넣었다.

$*$ $*$ $*$

"곡주께서 어려운 발걸음을 하셨구려."

곡안장의 대문까지 마중 나온 독안정수 고청이 힘없이 말했다.

"곡주님은 오시지 않았소."

마차를 호위하고 온 이들 중 하나가 옅은 미소를 머금고 말했다.

"그, 그게 무슨 말씀이신지……. 이 늙은이가 가는귀가 먹었나 보오. 다시 말씀해 주시구려."

"곡주님은 오시지 않았다고 했소이다."

독안정수 고청의 외눈에 의문이 가득 떠올랐다.

"만일의 사태에 대비하기 위함이었소. 서너 명의 호위만을 대동하라는 서신 내용으로 인해 혹시라도 함정이 있을지 몰라 그리한 것뿐이오."

독안정수의 얼굴이 일그러졌다.

"도대체 무슨 생각을 한 게요? 늙은이를 모독해도 유분수지."

그러나 호위는 당당하기만 했다.

"닷새 뒤에 곡주께서 왕림하실 터이니 만반의 준비를 해놓도록 하시오."

그들이 유유히 시야에서 사라지자 독안정수의 만면에 미소가 깃들었다.

활시위를 당기는 추백의 이마에 맺힌 땀방울이 또르르 굴러 턱에 모였다가 바닥으로 떨어졌다. 그 옆으로 교청은과 조후도 한껏 시위를 당긴 상태로 지면을 울리는 마차의 발굽소리를 듣고 있었다.

자월이 허공을 가르는 것이 신호였다.

'형님, 성공하지 못해도 좋습니다. 다치지 않는 것이 우선입니다.'

추백이 눈으로 흘러 들어간 땀 때문에 눈을 질끈 감았다가 뜨며 속으로 중얼거렸다. 자신의 일로 송겸이 부상을 당한다면 그땐 견디기 힘들 것 같았다.

그때였다. 마차를 향해 자월이 뒤쪽 공간으로 소리없이 솟구쳤다.

'지금이다!'

휙! 휙! 휙!

거의 동시에 세 발의 화살이 허공을 가르며 마차 좌우의 호위들에게 날아갔다. 추백 등은 화살이 목적지에 도달하기 전에 다시 세 발의 화살을 날렸다.

마부가 급히 마차를 세웠고, 좌우 호위들이 마차의 앞쪽으로 신형을 솟구쳐 날아오는 화살을 검으로 쳐냈다.

그들은 화살을 막아내며 화살이 쏘아진 방향으로 달려가려 했지만 그럴 만한 여유는 주어지지 않았다.

뒤쪽으로부터 송겸이 유성풍을 전개하며 독수리처럼 덮쳐들었기 때문이다.

송겸이 그들의 뒤로 날아들어 거의 지척에 이르렀을 때가 되어서야 그들 중 하나가 송겸의 존재를 확인했다.

"조심해!"

송겸을 제일 먼저 발견한 호위가 크게 외치면서 한꺼번에 세 개의 비수를 날렸다. 송겸은 등 뒤의 검을 뽑아 눈앞을 어지럽히는 비수를 튕겨냈다.

그리고 어느새 검을 제자리에 꽂아 넣은 뒤, 가장 가까이에 아직까지 등을 돌리고 있는 상대를 향해 만령수를 펼쳤다.

그는 송겸의 손아귀에 놓인 것이나 다름없었다. 동료의 외침에 그가 황급히 돌아섰을 때는 그의 가슴으로 송겸의 손이 스치고 지난 뒤였다.

"윽!"

혼혈이 찍힌 그의 몸이 외마디 비명과 함께 허물어졌다.

송겸의 신형은 거기에서 멈추지 않고 나머지 세 호위의 검세 속으로 파고들었다. 그들을 죽일 작정은 아니었다. 독안정수의 책략에 의하자면 그들은 살아남아야 했다.

세 줄기 검광이 번뜩이는 가운데 사보급출로 검격을 벗겨내고, 장력으로 검광을 흐트러뜨렸다.

눈 깜짝할 사이에 십여 초가 흐르며 한순간 송겸의 눈앞으로 검이 빠르게 짓쳐들었다.

순간, 송겸의 몸이 기이한 각도로 꺾이더니 검을 옆구리로 흘려보냄과 동시에 급격히 거리를 좁혀 적의 요혈을 가격했다.

"컥!"

풀썩.

이제 남은 호위는 둘. 유성풍을 펼친 송겸의 몸이 바람처럼 움직이며 오른쪽에 선 호위를 향해 접근했다. 호위의 검이 여덟 가지 변화를 머금고 춤을 추며 다가왔다.

그러나 순간 그는 시야에서 송겸을 놓치고 말았다. 꺼지듯 사라진 송겸이 실제 목표한 건 오른쪽이 아닌 왼쪽의 호위였던 것이다.

송겸이 벼락같이 신형을 틀자 동료의 공세 상황에 따라 공격하려던 왼쪽 호위의 태세가 한순간 흐릿해졌다. 그사이 환유각이 작렬하며 검을 쳐냈고, 혼이 나간 호위의 몸 위로 만령수가 쏟아졌다.

털썩.

동료가 짚단처럼 쓰러진 사이, 마지막 남은 호위의 검이 송겸의 등을 향해 폭사했다. 송겸이 신형을 뽑아 그대로 앞으로 내달렸다. 호위의 검이 뒤따라오긴 했으나 신법의 차이가 워낙 커 순식간에 송겸은 검의 사정권에서 벗어났다.

송겸은 십 장여를 전진하다가 한순간 몸을 틀어 달려드는 호위의 왼쪽 공간을 향해 거대한 장력을 날렸다. 장력의 위세는 태산과 같아서 옆으로 스쳐 지나가는 것임에도 불구하고 호위의 몸을 뒤흔들었다.

그 틈을 놓칠 송겸이 아니었다. 마지막 발악과 같이 뻗은 호위의 검격을 돌파하며 그의 혼혈을 점했다.

"컥!"

마지막 호위도 속절없이 허물어졌다.

마부석에서 몸을 일으킨 채로 이 광경을 지켜보던 마부가 몸을 부들거리다가 송겸과 눈이 마주치자 허겁지겁 뛰어내려 미친 듯이 앞을 향해 달렸다.

설명은 길었으나 사실 네 호위를 제압하기까지 그리 많은 시간이 걸린 것은 아니었다.

일당백의 실력을 갖춘 호위들과 동행하는 것에 자부심마저 품고 있던 마부였기에, 그의 눈에 비친 송겸은 이제껏 본 적이 없는 영역 밖의 인물이었다.

마부는 나름대로 도망친다고 몸을 빼낸 것이었지만 그가 달려간 곳은 추백 등이 은신하고 있는 곳이었다. 스스로 날 잡아가라 하는 것과 진배없었다.

송겸의 시선이 지그시 마차를 향했다.

모두 제압당한 후에도 마차 안은 텅 빈 것처럼 고요하기만 했다.

'설마 이번에도 수하들만 보냈단 말인가?'

그런 것이라면 앞으로의 계획은 크게 차질을 빚을 것이 분명했다.

"오추룡! 언제까지 숨어 있을 셈이냐!"

아무 반응이 없었다.

어쩔 수 없다는 듯 송겸이 한 걸음 나서며 마차 안을 살피려 할 때였다.

우지끈, 소리와 함께 마차의 천장을 뚫고 한 인영이 땅으로 내려섰다. 물을 것도 없이 오추룡임이 확실했다.

그 광경을 지켜보며 송겸의 얼굴이 한순간 일그러졌다.

'제길, 그냥 얌전히 나오지 마차를 부수고 나오는 건 뭐냐.'

독안정수의 말에 의하면, 마차도 손상되지 않도록 해야 한다고 했는데, 오추룡이 그만 구멍을 내버린 것이다.

"크크크, 독안정수가 어쩐지 순순히 나온다 싶어 꺼림칙했건만 뒤에서 일을 꾸미고 있었던 게로구나."

"욕심은 언제나 화를 부르는 법이지."

송겸이 씨익 웃었다.

"한데 고작 일을 꾸몄다는 것이 버르장머리없는 어린애를 보낸 것이었더란 말이냐?"

"버르장머리없는 늙다리보단 낫지."

오추룡의 안색이 붉게 달아올랐다.

"죽고 싶어 환장한 게로구나!"

오추룡이 신형을 날려 장력을 내뻗었다.

송겸은 빗겨내거나 물러서지 않고 그대로 장력을 맞받아 쳤다. 일단 그의 내력 고하를 알아볼 요량이었다.

두 거대한 힘이 충돌하면서 뿌연 먼지가 피어나 두 사람을 가렸다.

먼발치에서 이 광경을 지켜보던 추백과 조후, 교청은의 마음은 조마조마하기 이를 데 없었다.

점점 먼지가 옅어지면서 두 사람의 모습이 드러났다.

격돌한 지점에 송겸의 신형이 태산처럼 굳게 서 있는 것이 보였고, 그에 반해 오추룡의 몸은 칠 보 정도 뒤로 밀려난 상태였다.

추백은 환호성을 지르는 대신 주먹을 굳게 움켜쥐었다.

교청은과 조후도 서로를 마주 보며 환하게 웃었다.

오추룡이 전력을 기울이지 않은 것일 수도 있지만 이번 결과만을 놓고 본다면 그다지 걱정하지 않아도 될 듯싶었다.

뒤로 밀려난 오추룡의 눈에 의혹이 짙게 서렸다.

그는 자신의 발과 송겸을 번갈아 바라보면서 속으로 고개를 갸웃했다.

'설마 저 어린놈의 내공이 나보다 뛰어나단 말인가!'

그는 일장에 쳐 죽일 생각으로 모든 힘을 다 했었다. 그러나 결과는 엉뚱하게도 팔은 얼얼해지고 신형은 버티지 못하고 밀려난 것이다.

"꽤 쓸 만하구나."

송겸은 말없이 살짝 고개만 끄덕였다. 비릿한 미소까지 머금고 있었기에 그건 마치 '너까짓 놈은 아무것도 아니다'라고 말하는 것 같았다.

오추룡이 다시금 몸을 날렸고, 거의 동시에 송겸도 달려갔다.

추백과 조후, 교청은이 숨조차 멈춘 채 지켜봤다.

송겸과 오추룡의 몸이 중간에 맞닥뜨리는가 싶더니 일제히 뒤로 튕겨졌다. 그러나 그것도 잠시 두 사람이 삽시간에 뒤엉켰다.

멀리서 보고 있으려니 도대체 어떤 공방이 오가는지 전혀 알 수 없었다. 아니, 사실 가까이에서 바라본다 해도 어떤 수법이 오가는지 알지 못할 것이란 생각도 들었다.

격렬히 장력을 교환한 후 떨어져 다시 오 장여의 거리를 두고 섰을 때, 송겸은 다소 의아해했다.

'수라곡주를 무너뜨린 실력치고는 그렇게 썩 대단한 자가 아니지 않는가.'

당장 승리를 이끌어낼 수는 없었지만 그래도 진다는 생각은 들지 않았다. 시간이 오래 걸리느냐 적게 걸리느냐의 문제이지 승산은 확실했다.

'아무래도 빨리 끝내는 게 좋겠지.'

송겸은 빠른 손길로 자월을 꺼내 오추룡 쪽이 아닌 우측 허공을 향해 던졌다. 오추룡은 자월을 흘깃 바라보다 엉뚱한 방향으로 향하는 것을 보고는 대수롭지 않게 여겼다.

자월을 던지며 자안을 이끌어낸 송겸이 신형을 끌어 올려 오추룡에게 짓쳐들었다. 오추룡도 기다렸다는 듯이 송겸을 맞았고, 두 사람은 눈 깜짝할 사이에 십여 초를 교환했다.

송겸은 환유장법의 회자결을 운용하며 오추룡의 장력을 해소하면서 속으로는 숫자를 헤아리고 있었다.

'…다섯, 여섯, 일곱. 지금이다!'

송겸이 사보급출로 옆으로 비껴 섰고, 바로 직후 오추룡이 비명을 내지르면서 바닥을 나뒹굴었다. 그의 허벅지로 붉은 선혈이 샘솟듯 솟구쳤다.

그는 이것이 무슨 조화인지 알 수 없었지만, 그의 허벅지를 관통해 버린 것은 자월도였다.

송겸은 자월이 선회할 각도 값을 넓게 주어 던졌고, 자월이 돌아올 방향을 선점하여 그의 시선을 차단한 후, 계산에 따라 몸을 튼 것이었다.

자월의 회전력은 가히 가공할 만한 것이어서 오추룡의 허벅지는 거의 갈가리 찢겨졌다고 해도 과언이 아닌 상태였다.

"으으윽……."

허벅지를 부둥켜안은 오추룡을 향해 송겸이 빠르게 손을 놀려 마혈을 제압한 후 더 이상 피가 흐르지 않도록 지혈했다. 그에게 물을 것이 있기에 아직 죽어선 안 되는 것이었다.

초조히 지켜보던 추백 등이 한달음에 달려나왔다.

이미 추백은 이곳에 은신하면서부터 여장을 완전히 벗어내고 본래의 모습으로 돌아간 상태였다.

"오추룡!"

추백의 두 눈이 분노로 이글거렸다. 이를 악물고 고통에 찬 신음을 흘리던 오추룡이 추백을 바라보았다. 그의 눈이 뱀처럼 사악해졌다.

"아직도 죽지 않았다니… 네놈도 제법 명이 길구나."

"내 어찌 네놈보다 일찍 죽을 수 있겠느냐!"

"크크크. 그래, 이제 기쁘냐? 네 아비가 죽을 때 두 눈이 아주 슬프더구나. 크크크크."

"이 개자식!"

추백이 격분해 일장에 쳐 죽이려 달려들자 송겸이 얼른 가로막았다.

"죽이는 건 시간문제일 뿐이다. 일단 캐낼 수 있는 데까지 캐낸 후에 손을 써도 늦지 않아."

분한 마음을 금할 수 없었지만 송겸의 말이 옳았기에 추백은 손을 내려놓았다.

"크크. 내게서 뭘 캐낸다는 거냐, 이 애송이들아. 고문이라도 할 참이냐?"

허벅지가 뚫리는 고통 중에도 조롱의 말을 잊지 않는 것으로 보아 어떤 지독한 고문이라도 통하지 않을 것만 같았다.

"고문? 그거 좋지."

송겸이 손을 뻗어 오추룡의 마혈을 해제함과 동시에 극변회감을 최고조로 펼쳤다. 극변회감은 큰 내력의 격차일 때 효과를 볼 수 있는 것이나, 지금 오추룡의 상태는 부상을 당하고 기력이 흩트러진 상태였기에 극변회감이 적용되는 데는 문제가 없었다.

특별한 경우가 아니면 극변회감을 사용치 않으려 했던 송겸은 지금이야말로 특별한 경우라고 생각했다.

반응은 곧바로 나타났다.

방금 전까지 죽일 테면 죽여보란 듯 여유를 부리던 오추룡이 흐느끼기 시작한 것이다.

"흐흑흑… 흑흑… 흐흐흑……."

너무나 갑작스런 돌변에 추백과 조후, 교청은이 깜짝 놀라 한 걸음씩 뒤로 물러났다. 극변회감을 전혀 모르는 그들로서는 그저 오추룡이 무슨 다른 꿍꿍이가 있어 우는 것이라 생각한 것이다.

"내가 손을 쓴 거니 걱정하지 마라. 슬픔의 감정만을 최대한 끌어내서 나타나는 현상이다."

송겸이 비록 설명을 하긴 했지만 그 설명조차 경악스러운 것이라 모두 송겸을 향해 눈이 휘둥그레진 채 시선을 거두질 못했다.

그사이에도 오추룡의 눈물은 하염없이 쏟아졌다.

"흐흐흑… 용서하시오, 곡주. 유혹을 뿌리쳐야 했는데……. 뜻대로 되지 않더구려. 흐흑… 당신은 좋은 사람이었는데……."

가슴을 울리는 슬픈 음성이 연이어 터져 나왔다. 결코 가식으로는 불가능한, 마음이 절절해지는 슬픔이었다.

심지어 당장에 쳐 죽이겠노라 생각했던 추백마저도 순간 안쓰러운 마음이 일 정도였다.

오추룡은 눈물 젖은 눈으로 추백을 찾더니 몸을 질질 끌고 그 앞에 머리를 조아렸다.

"흐흐흑… 미안하오, 미안하오. 내가 정신이 나갔던 게요. 소곡주, 나를 용서하시구려. 흐흐흑… 무인의 마음은 더욱 강해지는 것을 거부하기 힘들다오. 내가 그랬소. 내가 죽일 놈이오. 흐흐흑."

오추룡의 말을 듣던 중 송겸의 뇌리로 퍼뜩 한 가지 생각이 스치고 지나갔다.

'그의 무공은 절대패검을 누를 정도는 아니었다. 그가 만약 스스로 무공을 창안한 것이라면 지금보다 훨씬 강해졌을 것이다. 그런데 지금 그는 유혹을 뿌리치지 못했다고 하지 않는가.'

송겸이 엎드려 흐느끼는 오추룡 앞에 몸을 낮추고 물었다.

"그대는 무공을 누구에게 얻은 건가?"

"흐흑… 그건, 그건… 그건…….'

오추룡은 뒷말을 잇지 못했다.

"누구의 유혹을 받았단 말이냐?"

"그건 지존께서… 지존께서… 내게 주신 선물…….'

송겸이 손을 쓴 것이 아님에도 잠시 오추룡이 흐느낌을 멈추고 멍한 눈길이 되었다. 무언가 내부적으로 충돌이 일어난 것이 틀림없었다.

"지존이 누구냐? 지존이 누구야?"

송겸이 그의 어깨를 붙들고 격렬히 흔들자 오추룡은 넋이 나간 표정으로 중얼거렸다.

"지존은…….'

그 순간 오추룡의 몸에 변화가 일었다. 손의 혈맥이 부풀어 오르는 것을 시작으로 급격히 팔과 어깨까지 굵은 지렁이마냥 핏줄이 솟구친 것이다.

"지존? 지존이 누구냔 말이다?"

"지존은…… 지존은… 단천자… 으아아악~!'

"단천자? 단천자라니! 말도 안 돼! 정말 단천자란 말이냐?"

그러나 더 이상 오추룡은 말을 잇지 못했다. 솟아오른 핏줄이 거의 손가락 굵기만해지면서 터져 버린 것이다. 그와 함께 그는 입과 코와 귀에서 피를 쏟으며 그대로 허물어져 버리고 말았다.

송겸은 왜 오추룡의 혈맥이 이상 반응을 보인 것인지 알지 못했지만, 사실은 극변회감으로 감정의 극한에 이른 그가, 그의 심령에 굳건히 자물쇠가 채워진 '지존 단천자' 라는 비밀을 발설하면서 두 개의 기운이 충돌하여 나타난 결과였다.

"단천자가, 단천자가 살아 있었다니……."

송겸과 일행의 눈이 경악으로 물들었다.

〈제5권 끝〉

후기(미걸의 앞빛)

　페인이란 끝없는 길을 가는 것과 같아서 누구에게나 공평하게 페인의 향기를 풍겨야 하고, 어떤 악조건 속에서도 평정심을 잃지 않아야 한다.

　절대 페인인 나의 마음 바탕이 이러하기에 심장을 지그시 눌러오는 무한소소 5권의 마감도 내겐 여타 다른 약속들과 마찬가지로 그저 어겨야 할 것 중 하나일 뿐이다. -_-;;

　마감을 하루 넘긴 밤.

　속이 타 들어가는 출판사 편집진들의 아픔을 뒤로하고 스파이더 게임을 클릭했다. 여유를 갖기에 이보다 좋은 게임은 없다.

　바로 그때였다.

　"꺼라!"

　스탠드의 불빛만이 모니터와 키보드를 비춰는 가운데, 고막으로 파고드는 헤드폰의 사운드를 뚫고 명확한 음성이 내 뇌를 자극했다.

　'누구?'

　황급히 헤드폰을 벗고 주변을 두리번거렸지만 어디에도 사람의 흔적은 보이지 않았다.

　'이런, 신경과민이군. 절대 페인인 내가 헛소리를 듣다니……'

　나는 잠시 스스로를 돌아보았다. 그동안 글을 쓴다는 핑계로 페인의 삶을 소홀히 한 것은 아닌지 깊은 반성이 마음을 울렸다.

　'마감을 마치고 나면 더욱더 정진하리라!'

　다시 헤드폰을 끼고 게임에 몰두했다.

　"귓구멍이 막힌 게로구나."

또렷한 목소리, 환청이 아니었다.

나는 그제야 사태를 파악했다.

'편집부에서 살수를 보냈군.'

게임 창을 접고 재빨리 알FTP를 켜고 글을 백업했다. 그럴 리는 없겠지만 컴퓨터가 날아가 버릴 것도 생각해야만 하는 것이다.

나는 아무것도 듣지 못한 사람처럼 태연히 자리에서 일어나 혼잣말로 중얼거렸다.

"화장실 좀 다녀올까……."

호주머니 속에 핸드폰이 있는 것은 확인했다.

문을 열고 급히 핸드폰을 꺼내 적외선 리모컨 메뉴를 찾아 인증키를 눌렀다.

'녀석, 죽어라!'

확인키를 누르는 순간, 시원스런 폭발음이 방 안에서 울려 퍼졌다.

콰쾅!

그와 동시에 터져 나오는 단말마의 비명 소리!

벽에 은신해 있던 녀석은 내가 그 자리에 폭탄을 장치해 놓은 것을 전혀 예상치 못한 것이다.

"으으윽……."

안으로 들어가니 뿌연 연기가 서서히 걷히고 있었다.

"콜록콜록."

살수의 기침 소리를 따라 접근한 나는 녀석을 일으켜 세웠다.

"누가 보낸 거냐?"

"편집부……."

"흐흐, 내 그럴 줄 알았지."

"이걸로 끝이라고 생각지 마라. 우리 조직은 그리 호락호락하지 않다."

녀석은 만신창이가 되었음에도 협박하는 것을 잊지 않았다.

"보수는 얼마나 받은 것이냐?"

"천육백 원이다."

"천육백만 원?"

"뭔 소리냐? 천육백 원이라니까."

"허허……."

어이가 없었다. 고작 내 값어치가 천육백 원 정도밖에 되지 않는단 말인가! 살수의 말이 이어졌다.

"그렇다. 우리는 결코 돈 때문에 이런 일을 하는 건 아니다. 우린 이 세상에서 폐인이 사라지는 날까지 노력할 뿐이다. 천육백 원은 왕복 버스비다."

"카드도 없냐?"

"카드가 있으면 지나친 소비가 우려돼 사용치 않는다."

아주 징글징글한 놈들이 아닐 수 없었다.

"똑똑히 들어라. 네가 날 잘 모르는 모양인데, 나는 전설의 폐인 조직인 폐인 결사대의 당주다! 감히 나의 폐인의 길을 막으려 하다니, 간덩이가 온몸을 장악해 버린 모양이로구나. 한 번 더 내 눈에 띄면 그땐 이 정도로 끝나지 않을 것이다."

"흐흐흐… 콜록, 콜록… 그리 쉬운 일만은 아닐 것이다. 우린 버스비만 대주면 어디든 찾아가고야 마니까."

더 이상 들어줄 가치가 없었다. 나는 창문을 열고 녀석을 던져 버렸고, 녀석은 절룩거리면서 버스 정류장 쪽으로 사라졌다.

버스에 굉장히 집착하는 녀석을 보고 나는 생각에 잠겼다.

'이 녀석들을 어떻게 막아야 하나.'

나는 마감은 뒤로하고 폐인 말살 조직에 대해 골몰했다. 이대로는 아무것도 할 수 없을 것 같은 기분이었다.

그때 번개같이 한 가지 생각이 머리에 떠올랐다.

'흐흐흐……. 그래, 그러면 되겠군.'

나는 급히 핸드폰 폴더를 열고 폐인 결사대의 본부에 전화를 걸었다.

"누구냐?"

폐인 결사대의 우두머리 폐왕(廢王)의 흐느적거리는 음성이었다.

"폐인 십팔당주입니다."

"짧게 말하라."

나는 대충 상황을 설명했다.

수화기 너머로 깊은 신음 소리가 울려 퍼졌다.

"어떻게 하면 좋겠느냐?"

"버스가 파업해야 합니다."

"또 다른 건?"

"나머지는 제가 처리하겠습니다."

"실수없도록! 요사이 폐인의 수가 줄어들고 있다. 개조당하지 않도록 불굴의 의지로 대처하여라."

폐왕의 목소리는 흐느적거리긴 했어도 염려로 가득했다.

"문제없습니다."

"용건이 다했으면 끊어라. 러닝셔츠에 슬리퍼 신고 동네 한 바퀴 돌아야 할 시간이다."

“존명!”

신호가 끊기고 나는 잠시 핸드폰을 바라보며 눈물을 흘렸다.

‘폐왕께서는 잠시도 폐인의 길을 소홀히 하지 않으시는구나. 나도 더욱더 정진하리라!’

고개를 돌려 주변을 살폈다. 폭발로 인해 여기저기 돌 가루가 범벅이고, 벽은 당장이라도 무너질 듯이 아슬아슬했다.

‘하아, 아름답구나. 이 평온함이란……’

나는 다시 의자에 앉아 뽀얗게 쌓인 먼지를 내버려 둔 채 스파이더 게임에 몰두했다.

“가자, 승률 50%를 향해~”

다음날 전국적인 버스 파업 소식이 인터넷 포탈 뉴스의 대문마다 걸렸다. 조직의 강대한 힘이 느껴지자, 내가 폐인 결사대의 일원이라는 점이 뿌듯하기 그지없었다.

하루가 지나자 버스 파업은 돌연 철회되었다. 내가 예상했던 것보다 훨씬 더 지독하고 집요한 놈들이란 생각이 들었다.

무언가 대비책을 세워야 했다. 나는 이미 적들에게 노출된 상태, 은신할 장소가 필요했다.

급히 컴퓨터를 차에 싣고 시골로, 시골로 들어갔다.

진정 깡촌이라고 불리는 곳에 이르러 목을 축일 겸 시골 구멍가게를 찾았다. 순간 나는 얼어붙고 말았다. 가게문에 붙은 종이 쪼가리가 문제였다.

아버지의 명령으로 아직 초등학교에 들어가기 전의 아이가 정성 들여 쓴

듯 보이는 글귀가 머리를 아프게 했다.

　　마을 뻐스 승차껀 파라요.

　승차껀의 강한 어감이 고막을 쑤시는 것만 같았다.
　'이 험한 시골에도 버스가 다닌단 말인가!'
　버스가 다닌다면 언제든지 적들은 찾아오고 말 것이었다. 버스 파업까지
하루 만에 진정시킬 정도라면 그 조직은 전국적인 망을 확보하고 있을 것이
고, 그렇다면 천육백 원이면 해결되는 것이다.
　목을 축이려던 생각을 떨쳐 내고 급히 해안으로 차를 돌렸다.
　'섬으로 가야 한다. 섬으로 가야 해.'
　네 시간 정도 차를 몰아 바닷가에 이르렀다. 목적지는 을왕리 해수욕장으
로 유명한 섬이었다. 표를 구입하고 배를 기다리길 30여 분 정도 지났을까.
배가 도착했다.
　배는 무척 커서 아래층 전체가 차를 주차할 수 있도록 되어 있었다. 행렬
을 따라 차를 주차시킨 후 2층으로 올라갔다.
　바로 그때였다.
　나는 눈이 튀어나오려 하는 것을 막으려 두 손으로 눈두덩을 붙들어야만
했다.
　"헉!"
　어이없는 일이었다. 트럭까지는 이해할 수가 있었다. 결정적인 건 버스가
배에 올라타고 있었던 것이다.
　나는 창백해진 얼굴로 곁에 선 노인에게 물었다.

"버, 버스도 들어오는군요?"

"당연하지 않나? 우리 나라에서 버스가 안 다니는 곳이 어디 있겠나."

나는 내릴까 말까 고민하다 언뜻 한 생각이 떠올라 물었다.

"혹시 버스비는 얼마죠?"

"좀 비싸지. 삼천 원이거든."

"휴우……."

나는 그제야 마음이 놓였다. 그놈들은 왕복 천육백 원이 한계가 아닌가. 편도 삼천 원은 그들에겐 거금일 것임에 틀림없었다.

'크크크. 녀석들, 이젠 바이바이다.'

갈매기들이 새우깡을 얻어먹으려고 떼를 지어 배 곁을 맴돌았다. 기분이 좋아져 새우깡 한 봉지를 뜯어 허공에 뿌리자 갈매기들이 무슨 개 떼처럼 몰려들었다.

"많이 먹어라 이놈들아~"

한껏 여유를 만끽했다.

나는 그때까지만 해도 닥쳐올 재앙이 얼마나 큰 것인지 전혀 깨닫지 못했다.

섬에 도착하여 차를 몰고 들어가서, 민박집을 잡았다.

신선한 바다 공기를 들이마시며 다시금 각오를 다졌다.

시간은 내가 관리한다.

마감은 적어도 한 달 정도는 넘겨야 한다.

어디에 있든 나는 폐인이다.

컴퓨터를 어지럽게 늘어놓고 반바지에 러닝셔츠 차림으로 민박집에서 제공한 슬리퍼를 신고 섬마을을 돌아다녔다.

거칠 건 없었다. 간간이 버스비, 편도 삼천 원이 떠올라 저절로 웃음이 나왔다.

얼마나 걸었을까. 나는 점점 기분이 나빠졌다.

'뭐야, 이건.'

곰곰이 이유를 생각하니 감이 왔다. 문제는 너무 깔끔하다는 점이었다. 게다가 눈에 띄는 사람들은 어찌나 부지런한지 폐인 비슷한 부류도 찾아볼 수가 없었다. 삼십 년을 넘게 살아왔지만 이런 곳은 단연코 처음이었다.

그때 한 팻말이 나의 눈을 사로잡았다. 나는 즉시 남극의 빙산에 갇힌 것처럼 얼어붙고 말았다. 온몸에 기운이 쏙 빠져나가고 으슬거리기까지 했다.

팻말에 적힌 또렷한 글씨가 원인이었다.

전국에서 가장 부지런한 마을! 12년째 1위 고수.

눈앞이 캄캄했다.

'도대체 내가 무슨 짓을 한 거지……'

충격에 휩싸인 나는 비틀거리면서 민박집으로 달렸다. 폐인은 아무리 급한 일이 있다 해도 결코 달려서는 안 된다는, 폐인 규칙 15조를 어기는 일이었지만 지금은 어쩔 수 없었다.

'벗어나야 해!'

폐인이 한 명도 존재하지 않는 곳은 그야말로 바다 깊은 곳에서 산소 탱크 없이 돌아다니는 것만큼이나 위험한 일이었다.

민박집의 문을 부술 듯이 열고 들어가자, 주인장의 얼굴에 옅은 조소가 떠오른 것이 보였다.

'설마……'

"이제야 깨달은 모양이군, 멍청한 녀석."

주인장의 말이었다.

"누구냐, 너는?"

"나? 크크크. 나는 폐인 말살대의 두목 최근면(崔勤勉)이다."

근면? 이름에서부터 보스의 기운이 느껴졌다.

"아니야, 그럴 리 없어!"

나는 고개를 가로저었지만 내 마음은 그와는 반대로 확신이 번지고 있었다.

"너는 꽤 수고를 한 것 같다만, 어리석게도 폐인 말살대의 총본부에 제 발로 걸어오다니……. 그 미련함에 경의를 표하는 바이다."

최근면은 한쪽 입꼬리를 올리며 조롱하더니 이내 허공을 향해 외쳤다.

"애들아, 잡아라!"

사방팔방에서 복면인들이 쏟아져 나와 나를 붙들었다.

"놔라, 이놈들! 내가 누군지 알고 이러는 것이냐!"

그러나 나의 외침은 공허하기 짝이 없었다. 폐인이 한 명도 존재하지 않는 곳에서 어떤 도움을 바랄 수 있겠는가. 게다가 폐인들이 설혹 있다 치더라도 그들이 도와줄지는 미지수가 아닌가. 정작 도와준다면 그들이 폐인일 리가 없었다.

나는 독방으로 끌려갔다.

낡은 책상 위에 486컴퓨터 한 대가 놓여 있고, 인터넷은 물론이고 어떤 게임도 깔려 있지 않았다. 아니, 게임을 깔 수가 없었다.

운영 체제는 도스(DOS) 6.0이었고, 2배속 시디롬, 램은 16램, 하드는 100메가, 14400모뎀은 달려 있었지만 전화선이 없는 이상 아무 의미도 없었다.

본체 전면에 '기적적인 사양, 최신의 컴퓨터' 라는 문구가 나를 혼돈으로 몰아붙였다.

매일 하루 두 번 강제로 목욕당했고(이건 거의 모욕이었다), 규칙적인 식사, 50분 글 쓰기 후 10분 휴식이 주어졌다.

그로부터 삼 일 뒤, 나는 말끔한 몰골로 무한소소 5권을 마감했다.

진정 이 자리를 빌려 청어람 출판사의 편집진에게 경의를 표하는 바이다.

〈폐인들은 오시라! → www.muhans.com〉